KB262763

해리수
표도의
도망자
임진광 퓨전 판타지 소설
FUSION FANTASTIC STORY

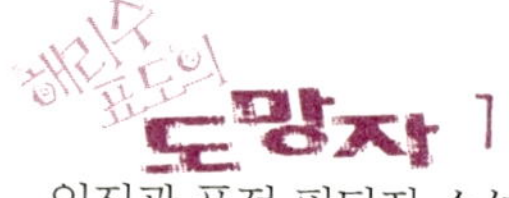

도망자 1

임진광 퓨전 판타지 소설

초판 1쇄 찍은 날 § 2007년 2월 6일
초판 1쇄 펴낸 날 § 2007년 2월 16일

지은이 § 임진광
펴낸이 § 서경석

편집장 § 문혜영
편집책임 § 최하나
편집 § 문정흠

펴낸곳 § 도서출판 청어람
등록번호 § 제1081-1-89호
등록일자 § 1999. 5. 31
어람번호 § 제1-0796호

주소 § 경기도 부천시 원미구 심곡1동 350-1 남성B/D 3F (우) 420-011
전화 § 032-656-4452 팩스 § 032-656-4453
http://www.chungeoram.com
E-mail § eoram99@chollian.net

ⓒ 임진광, 2007

ISBN 978-89-251-0538-3 04810
ISBN 978-89-251-0537-6 (세트)

1
The Fugitive
사람인지 오크인지 구분이 안 되는 한 여자와
지상 최강의 힘을 가진 한 남자가 날 쫓는다…
오늘도 난 달린다!!
해리수 표도의
도망자
[도망, 시작]
임진광 퓨전 판타지 소설
FUSION FANTASTIC STORY
도서출판 청어람

해리수 표도의 도망자 The Fugitive

CONTENTS

한밤중, 향주의 거리에서 어느 정도 떨어진 갈대숲 앞에서 두 무리가 서로 대치하고 있었다. 두 무리의 이름은 각각 허유문과 백수방. 이 두 방파는 이 향주의 향락 업소 이권을 가지고 오래전부터 크고 작은 싸움을 반복하고 있었다.

"우리의 지겨운 싸움도 슬슬 결판을 내야 할 때가 된 것 같군."

허유문주 유사맹의 말에 백수방주 강무생은 자신만만한 미소를 지었다.

"나 역시 마찬가지 생각이다."

지금까지 허유문과 백수방은 호각의 싸움을 보이고 있었다. 그런데 유사맹이 이렇듯 자신있는 태도를 보이는 것은 뭔가 믿는 것이 있어서가 분명했다. 오랜 적대 관계답게 서로에 대한 정보 수집도 게을리 하지 않은 강무생은 유사맹이 믿는 것이 얼마 전 새로 초빙했다는 고수라는 것을 짐작했다.

"그래, 어디 믿고 있는 패가 무엇인지 보여주시지."

유사맹의 말에 강무생이 뒤를 돌아보며 말했다.

"전 대협, 부탁드립니다."

백수방도들 사이에서 한 남자가 걸어나왔다. 꼿꼿이 선 자세가 마치 한 자루의 검을 연상시키는 남자였다. 유사맹은 상대를 알아보고는 놀라 소리쳤다.

"강검 전사검!"

전사검은 하북에서 명성을 떨치는, 아무도 막을 수 없다는 파괴적인 검법을 자랑하는 절정의 고수였다.

강무생이 말했다.

"자, 그럼 그쪽도 패를 꺼내보시지."

그 역시 허유문 쪽에서도 자신들에게 대항하기 위해 고수를 불러들였다는 것을 조사해 알고 있었다.

"내가 상대하지."

허유문도 무리 속에서 한 사람이 모습을 드러냈다. 도사 복장을 한 초로의 남자였다. 강무생은 나타난 자가 유사맹의 외가와 연고가 있는 공동파 사람이라는 것을 짐작했다. 하지만 그는 자신이 거금을 들여 불러들인 전사검의 무공을 믿었다.

"그럼 최근 우리가 다투고 있는 향주 북쪽의 춘향루와 대박장을 걸고 승부를 내도록 하지."

해리수 표도의
도망자

마음 같아서야 어느 한쪽이 끝장날 때까지 결판을 내고 싶었지만, 많은 사람이 죽게 되면 아무리 무림문파 간의 다툼에 관여하지 않는다는 관아라도 개입할 수밖에 없게 된다. 그렇기에 이런 식의 문제에서는 이익을 두고 무공으로 승부를 겨루는 것이 보통이었다.

"부탁드립니다."

유사맹의 말에 고개를 끄덕이며 공동파 도사가 앞으로 나와 검을 뽑았다. 전사검 역시 자신의 무기인 팔십 근에 달하는 대형 검을 등의 검집에서 뽑아냈다.

주변에 사람은 많지만 들리는 것은 침 삼키는 소리와 벌레 소리뿐이었다. 서로를 노려보던 양측은 어느 한순간 공동 도사의 선공으로 싸움을 시작했다.

"합!"

낮은 기합성과 함께 세 줄기의 섬광이 전사검의 요혈을 노리고 날아들었다. 전사검은 뒤로 물러서며 검광을 피했다. 공동 도사는 돌진하며 공격해 들어가는 검광을 다섯 개로 늘렸다. 그 순간 전사검이 검을 휘둘러 다섯 개의 검광 중 하나를 후려쳤다.

깡!

금속음과 함께 두 사람의 동작이 멈췄다. 공동 도사는 앞으로 뻗은 자신의 검을 바라보았다. 검날이 중간에 부러져 있었고, 고개를 돌려보니 없어진 검의 앞부분이 일 장 밖의 땅바닥에 박혀 있었다.

“어떻게 내 검을 간파했나?”

공동 도사의 물음에 전사검이 답했다.

“처음에는 피하는 것이 고작이었소. 당신이 공격 방향을 다섯 곳으로 늘리지만 않았다면 난 계속 피할 수밖에 없었지. 공격을 늘리자 검이 난잡해져서 그만큼 빈틈이 찾기 쉬워졌지.”

공동 도사는 한숨을 내쉬고 부러진 검을 던졌다.

“내가 졌네.”

짝짝짝!

강무생이 박수를 치며 말했다.

“역시 훌륭한 검법이었습니다, 전 대협.”

그는 유사맹에게 시선을 옮기며 말을 이었다.

“그럼 약속대로 내일부터 춘향루와 대박장은 우리의 관할이오.”

목적을 이룬 강무생은 기분 좋게 떠나려 했다. 그런데 그때 유사맹이 버럭 소리를 질렀다.

“아직 끝난 것이 아니다!”

강무생은 걸음을 멈추고 말했다.

“무슨 소리요? 이미 승부는 끝나지 않았소. 설마 문주 씩이나 되시는 분이 약속을 어기겠다는 것이오?”

유사맹이 대답했다.

“물론 진 것은 인정한다. 내 말은 두 번째 승부를 하자는 것이다.”

“두 번째 승부?”

"그렇다. 우리 문의 관할인 다섯 곳의 기루와 두 곳의 도박
장을 걸지."

강무생은 속으로 웃었다. 이번 싸움에 건 춘향루와 대박장
은 향주에서 가장 큰 기루와 도박장이다. 이곳을 빼앗긴 이상
지금까지 팽팽하던 두 문파의 세력 비는 격차가 생길 것이 분
명했다.

'유가 녀석이 급해지니까 막 나겠다는 것이군.'

그는 유사맹에게 물었다.

"어떻게 승부하겠다는 것이오? 좀 전에 진 공동 도사가 다
시 도전하겠다는 것이오?"

"아니다. 이렇게 하자. 우리편의 사람이 차례로 너희 고수
와 겨뤄 누구 한 사람이라도 이기면 우리가 이기는 것이고, 아
무도 못 이기면 우리가 지는 것으로 하자."

강무생은 유사맹이 일 대 일로는 이길 자신이 없으니까 수
로 밀어붙이는 것이라 판단했다. 그는 전사검을 보며 물었다.

"괜찮겠습니까?"

전사검이 고개를 끄덕이자 강무생은 히죽 웃었다.

'좋아, 이 기회에 허유문을 길거리에 나앉게 만들어주지.'

그는 전사검의 무공을 믿었다. 또한 만약 잘못될 경우를 대
비하여 생각해 둔 것이 있었다.

'허유문의 제자 따위 몇 명이 덤벼도 전사검의 상대는 안 된
다. 게다가 허유문 제자들이 모조리 전사검에게 패한다면 허
유문은 완전히 기세가 꺾일 테니, 우리 백수방의 상대가 되지

않게 될 것이다. 일이 잘못되어 전사검이 패하더라도 그땐 허유문도 피해가 만만치 않을 테니 승부를 인정 못한다고 우기고 패싸움을 벌이면 된다.'

결정한 그는 웃으며 답했다.

"좋소. 그럼 나는 이번에 손에 넣은 춘향루와 대박장을……."

"잠깐, 이쪽은 다섯 곳의 기루와 두 곳의 도박장을 걸었는데 너는 두 곳만 건다면 형평성에 어긋나는 것이 아니냐. 너 역시 춘향루, 대박장 외에 다섯 곳을 더 걸어라."

춘향루와 대박장은 웬만한 기루, 도박장 세네 곳을 더한 것보다 크니 똑같은 수를 건다면 이쪽의 손해였지만, 완벽한 승리를 자신한 강무생은 순순히 고개를 끄덕였다.

"좋소. 그렇게 하도록 하지."

승부가 다시 시작되었다. 유사맹은 뒤를 돌아보며 제자 하나를 불렀다.

"네가 가도록 해라."

"예."

허유문의 제자 하나가 앞으로 나섰다. 날이 어두워서 누군지 잘 보이지 않았지만, 허유문 제자의 무공 수준이야 뻔하다고 생각한 강무생은 외쳤다.

"그럼 시작하도록 하지!"

말이 끝남과 동시에 허유문의 제자가 앞으로 나서며 삼 초를 공격했다. 강무생도 잘 아는 허유문의 무공이었다. 그는 상대가 시간을 끌며 전사검을 지치게 할까 봐 소리쳤다.

"허유문의 사람 수가 많으니 빨리 끝내도록 하시오!"

그런데 그때 전사검의 안색이 갑자기 변했다. 그는 검을 쳐들며 소리쳤다.

"너는 허유문도가 아니구나!"

"뭐?!"

강무생이 깜짝 놀라는 사이, 전사검이 검을 내려쳤다. 그 순간, 싸우던 허유문의 제자가 품에서 부채를 꺼내 내밀었다.

전사검의 강검은 공동파 도사의 검도 간단히 부러뜨렸다. 부채 따위를 부수는 거야 일도 아닐 것이라고 주변 사람들은 생각했다. 그런데 놀라운 일이 일어났다. 부채와 부딪친 전사검의 검이 궤도를 바꾸며 바닥을 치는 것이 아닌가!

"앗!"

놀라는 외침이 터지는 가운데 전사검이 뒤로 물러섰다. 허유문 제자는 반대로 앞으로 나서며 부채를 들지 않은 왼손을 뻗었다. 전사검은 피하려 했지만 이미 상대의 손이 그의 어깨를 잡은 후였다.

우둑!

뼈가 탈골되며 전사검은 낮은 신음을 흘렸다. 그는 고통을 참으며 상대를 노려보았다.

"네놈은 표도로구나."

"표도?"

허유문의 제자는 부채를 펼쳐 부치며 여유롭게 대답했다.

"그래, 내가 표도일세."

표도는 천하의 무인이라면 누구나 아는 이름이었다. 물론 허유문의 제자가 아니었다. 전사검 이상 가는 명성을 떨치는 절정고수 중 하나였다.

"이놈!"

전사검은 노호성을 터뜨리며 움직일 수 있는 남은 팔로 주먹을 휘둘렀다. 표도는 빙긋 웃더니 가볍게 손을 떨쳐 받아넘겼다.

우둑!

그 순간 전사검은 남은 팔마저 탈골되어 버렸다. 사량발천근의 교묘한 기교에 분근착골수의 초식이 더해진 절정의 수법이었다. 전사검은 양팔이 움직이지 않는 중에도 투기를 잃지 않고 몸통 박치기를 날렸지만,

"협!"

가벼운 기합성과 함께 표도의 발이 전사검의 턱 끝을 차버렸다. 충격이 뇌를 흔드니 제아무리 전사검이라도 어쩔 수 없었다. 그대로 정신을 잃고 사지를 대지에 눕혔다. 승리한 표도는 의기양양한 표정이 되어 백사방도들을 훑어보는데, 모두들 그와 눈을 마주치지 못하고 시선을 피했다.

"……."

강무생의 얼굴이 일그러졌다. 첩자가 전해준 정보에서 유사맹이 초빙했다는 고수는 공동 도사가 아닌 표도였던 것이다. 유사맹은 가짜 패로 첫판의 승부에서 일부러 진 다음, 다시 판

을 벌인 두 번째 승부에 그를 끌어들인 것이다.

그는 이를 박박 갈며 외쳤다.

"이건 사기다! 이 승부는 인정할 수 없다!"

표도가 웃으며 물었다.

"어째서 사기라는 것이오?"

"허유문 제자가 아닌 네가 나왔지 않나?!"

강무생의 항의에 표도는 가소롭다는 듯 피식 웃었다.

"허허, 분명 약속은 우리편에서 누구든지 전사검을 이기면 이라고 하지 않았소. 허유문도라는 조건은 어디에도 없었소. 또한 내가 상대한 전사검 역시 백수방도가 아니지."

"속였지 않나!"

"속였다니? 뭘? 그리고 속인 것이 사실이라고 해도 속은 놈이 바보지."

유사맹이 나서서 말했다.

"그만 패배를 인정하시지. 그렇지 않으면……."

그는 손을 들었다. 그러자 갈대숲 속에서 단궁을 든 허유문 제자들이 나타나 백수방도들을 겨누었다.

"목숨을 잃게 될 걸세."

허유문 제자들이 한 사람을 끌어내 왔다. 백수방이 첩자로 심어둔 사람이었다. 첩자를 통해 거짓 정보를 흘린 후, 함정을 파놓고 기다리고 있었던 것이다. 강무생은 이를 갈다가 결국 고개를 숙일 수밖에 없었다.

"졌다."

　다음날, 백수방과의 싸움에서 승리하고, 대량의 이권까지 손에 넣은 허유문에서는 한바탕 잔치가 벌어졌다. 물론 잔치의 주인공은 승리의 주역인 표도였다.

　"이야, 표 대협! 정말 대단하십니다! 무공이 대단하다는 것이야 진작부터 알았지만 지모까지 대단하실 줄이야 상상도 못했습니다!"

　유사맹이 표도의 술잔을 채우며 말했다. 이 모든 계획은 표도의 머릿속에서 나온 것이었다.

　"하하, 그 정도야 대단한 것도 아니지."

　호탕하게 웃어젖힌 표도는 은근슬쩍 목소리를 낮추었다.

　"그보다 의뢰비는……."

　"여기 있습니다."

　두둑한 돈주머니가 표도의 손에 쥐어졌다. 표도는 표정을 감추지 못하고 히죽거리더니 자리에서 일어났다.

　"그만 가겠네."

　"예? 좀 더 드시지 않고요."

　"볼일이 있네."

　이렇게까지 말하니 유사맹도 더 이상 붙잡지 못하고 표도를 보냈다.

　그런데 그가 가고 몇 시진 정도가 흐른 뒤였다. 이번에 새로 관할이 된 대박장에서 사람이 찾아왔다.

　"도박장에서 난동을 부리는 자가 있다고?"

업소에 매달 상납금을 받고 대신 문제가 있으면 해결해 주는 것이 업소 이권에 손을 댄 무림문파의 일이다. 대박장이 자신들의 관할이 된 이상, 허유문에서는 이런 문제가 생기면 당연히 해결해 주어야 했다.

"허허, 첫날부터 이런 일이 생길 줄이야."

유사맹은 막 관할이 되었고, 또한 향주에서 가장 큰 도박장인 대박장에서의 영향력을 높이기 위해 자신이 직접 나서기로 했다. 그는 제자들을 인솔하여 즉시 대박장으로 향했고, 도착하자 대박장의 주인이 직접 그를 맞이했다.

"어떻게 된 일이오?"

"예, 글쎄, 초저녁부터 한 사람이 큰돈을 들고 찾아왔습니다. 그런데 하는 도박마다 돈을 잃더니 사기라며 난리를 치는 겁니다. 이래서는 도저히 영업을 할 수 없으니 빨리 쫓아내 주십시오."

"알겠소."

자신있게 대답한 유사맹은 도박장 안으로 들어갔다. 그런데 이게 웬일인가? 도박장에서 소리를 지르고 있는 인간은 아까 전에 헤어진 표도가 아닌가?

"……"

표도가 유사맹을 발견했다.

"어, 문주께서 어쩐 일이시오?"

난동을 부리는 당신을 쫓아내려 왔다고는 차마 말 못하고 유사맹은 돌려 말했다.

"그, 그게……. 그러는 표 대협이야말로 어찌 된 일입니까?"

"문주님께 큰돈도 받았겠다, 한판 하려고 왔소. 그런데 이놈의 도박장이 사기를 쳐서 돈을 크게 잃은 거요. 내가 어찌 참을 수 있겠소."

유사맹은 한숨을 내쉬었다. 그는 할 수 없이 뒤따라 들어온 대박장 주인에게 부탁했다.

"저분이 잃은 돈을 돌려주실 수 없겠습니까?"

대박장 주인의 표정이 떨떠름하게 변했다. 그는 유사맹을 흘겨보다가 마지못해 대답했다.

"그러지요."

그런데 어찌 된 노릇인지 표도가 받지 못하겠다고 하는 것이 아닌가.

"그럼 안 되지. 그렇게 되면 내가 꼭 돈 잃고 억지 부리는 것 같잖아?"

유사맹과 대박장 주인은 마음속으로 외쳤다.

'억지 부리는 것 맞잖아!'

유사맹은 어서 빨리 이 난감한 상황을 벗어나고 싶었기에 즉시 표도에게 물었다.

"그렇다면 어떻게 하면 좋겠습니까?"

"도박장에 왔으니 도박을 하겠소. 정당하게 도박에서 잃은 돈을 도박으로 따겠소."

도박에서 잃은 돈을 도박으로 되찾는 사람이 세상에 몇이나 되겠는가. 그러나 유사맹은 그 기적과 같은 확률을 실행해야

만 했다. 표도가 남은 돈마저 잃게 되면 감당할 수가 없기 때문이다.

그리하여 유사맹이 대박장 주인에게 부탁하여 일부러 잃는 짜고 치는 도박이 시작되었다. 물론 당연하게도 표도는 돈을 거는 족족 땄다.

신이 난 표도는 닥치는 대로 돈을 긁었다. 그러자 주변 도박꾼들까지 표도를 따라 걸기 시작했고, 도박장의 손해는 갈수록 불어났다. 대박장 주인의 얼굴은 갈수록 험악해졌고, 유사맹의 얼굴에는 식은땀이 맺혔다.

결국 잃은 돈을 모두 되찾고 덤으로 수익까지 올린 표도는 그제야 만족하고 자리에서 일어났다.

“그럼 수고하시오.”

그가 가고 나서야 유사맹은 안도의 한숨을 내쉴 수 있었다. 그는 대박장 주인에게 사과하고 손해까지 배상해 주어야 했다.

그런데 표도의 짓은 그것으로 끝이 아니었다. 그 후로도 허유문이 관리하는 도박장이란 도박장은 모두 찾아가는 것이었다. 도박장이라는 것은 십중팔구 손님이 돈을 잃기 마련인데, 표도는 돈을 잃으면 사기라고 난리 치니 도박장 입장에서는 골칫거리가 아닐 수 없었다.

거기다 표도는 도박을 끝내면 허유문이 관리하는 기루로 갔는데, 거기서도 실컷 먹고 마시고는 돈 안 내고 튀는 짓을 반복했다. 이 인간에 대한 소문이 퍼지자 기루에서는 그를 받지 않으려 했지만, 그럼 또 손님을 골라 받는다고 난리를 부렸다.

유사맹의 입장에서는 환장할 노릇이었다. 도박장과 기루에서는 상납금은 잘도 받아가면서 왜 저 인간을 쫓아내지 않느냐고 항의가 쏟아졌고, 그렇다고 표도를 때려잡을 자신도 없으니 양쪽 사이에서 이리 차이고 저리 차이는 신세였다.

도저히 견딜 수가 없어 아예 돈을 더 줄 테니 도박장, 기루에 가지 말아달라고 부탁했지만, 표도는 내가 왜 유사맹의 돈을 받아야 하느냐며 거절했다.

결국 유사맹은 도박장, 기루의 계속되는 항의를 견디지 못하고 집 안에만 틀어박혔다. 그가 모르는 곳에서 음모가 진행되고 있는 것을 알지 못한 채…….

"자, 이제 유사맹과 허유문의 평판은 땅에 떨어졌소. 그를 더 이상 신뢰하지 못한 도박장, 기루의 주인들이 곧 강 문주님의 보호를 받고자 찾아올 것이오."

표도의 말에 백수방주 강무생은 연신 고개를 숙였다.

"다 표 대협님의 복안 덕분입니다."

강무생은 표도가 나선 허유문과의 싸움에서 기반이 되는 기루와 도박장을 잃고 크게 상심하고 있었다. 그런데 그때 표도가 찾아와 잃은 기루, 도박장을 되찾을 뿐만 아니라 허유문의 관할까지 얻을 수 있는 방법이 있다고 제안해 왔던 것이다.

이대로는 허유문의 힘에 밀려 망할 판이라 강무생은 표도의 제안을 받아들일 수밖에 없었다. 이에 표도는 일부러 난리를 부려 허유문의 평판을 떨어뜨린 것이었다.

"그럼 약속한 의뢰비를……."

 해리수 표도의
도망자

강무생은 방의 재산을 모조리 긁어 마련한 돈을 내밀었다.

"예, 여기 있습니다."

허유문에서 받은 돈보다 곱절은 많은 액수를 받아 챙긴 표도는 기분 좋게 떠나갔다. 그런 그의 뒷모습을 바라보던 강무생은 한마디 말을 내뱉었다.

"나쁜 새끼."

허유문, 백수방 양쪽에서 거금을 뜯어낸 표도는 콧노래를 흥얼거리며 걸어갔다. 뒤에서 강무생이 욕하는 소리가 살짝 들렸지만, 그는 깨끗이 무시해 버렸다. 능력없는 놈들의 시샘에 불과하다고 생각했다.

'그러게 평소에 열심히 수련하고 머리 좀 굴리며 살지 그랬냐.'

표도, 그는 강호에 출도한 지 이제 오 년째가 되는 절정고수였다. 그러나 강호 생활을 한 기간이나 지닌 무공에 비교하면 명성은 그리 높지 않았다. 출신과 문파가 불분명한 것도 있지만, 주로 하는 일이 현상범을 잡거나 중소 문파들의 싸움에 뛰어들어 중간에 돈을 뜯어내는 것이었기 때문이다.

백도 아니고 흑도 아닌 정사 중간의 인물이었지만, 그를 잘 아는 사람들은 누가 그에 대해 물으면 고개부터 저었다. 상종해서 좋을 인간이 아니라는 의미였다.

하지만 표도는 조금도 신경 쓰지 않았다. 그에게는 눈에 보이지 않는 명성보다 가치가 액수로 드러나는 돈이 더 좋았다.

그런 일을 하면 여기저기 원한을 맺기 마련이지만, 자신에게 원한있는 녀석들 따위가 몇이 오든 전혀 두렵지 않았기 때문이다.

그는 자신의 무공과 지혜를 믿었다. 강호에서 활동한 지 오 년간 그는 단 한 번도 패한 적이 없었다.

'자, 그럼 한밑천 생겼으니 당분간 놀고 먹으며 느긋하게 다음 먹잇감을 찾아봐야겠군.'

향주를 떠나 가까운 도시에 도착한 표도는 고급 찻집에 앉아 비싼 차를 마시며 앞으로의 계획을 생각했다. 그런데 마침 근처 자리에 앉은 사람들의 이야기하는 소리가 들렸다.

"팽 어른의 칠순 생신이 얼마 남지 않았는데 무슨 선물을 준비했나?"

"그러는 자네는?"

표도는 귀를 쫑긋했다. 이내 그는 이야기를 나누는 사람들에게 다가가 물었다.

"팽 어른이란 분이 혹시 팽학수 어른을 말하는 것이오?"

"그렇소만?"

팽학수는 이 근처에서 모르는 사람이 없을 정도로 유명한 갑부였다. 표도는 잘하면 또 한밑천 잡을 수 있겠다고 생각했다.

'돈 많은 인간 주위에는 자연히 큰 건수가 꼬이기 마련이지.'

며칠 후, 팽학수의 칠순 잔치에 표도는 적당한 선물을 들고 찾아갔다. 잔치에 모여든 이름있는 인물과 인사를 나눈 후 구

석 자리에 혼자 앉은 그는 어떻게 하면 팽학수의 재산을 뜯어
낼 수 있을까 고민했다.

그때 누군가가 다가와 말을 걸어왔다.

"혹시 표 대협이 아니신지요?"

고개를 들어 보니 육감적인 몸매를 가진 여인이었다. 처음
보는 얼굴이었지만 미녀를 보자 그는 절로 얼굴에 미소가 생
겨났다.

"그렇소. 본인이 표도요."

"처음 뵙겠습니다. 직접 뵙기는 처음이지만 명성은 익히 들
어왔습니다."

여인은 표도의 앞자리에 앉았다. 표도는 그녀의 유혹이 섞
인 시선을 느끼며 물었다.

"소저의 방명은 어찌 되시오?"

"매향이라 합니다."

표도는 어디서 들어본 것 같은 이름이라고 생각했지만 막상
떠오르는 것은 없었다. 별것 아니겠지라고 생각한 그는 미소
를 지으며 물었다.

"소저께서도 팽 어른의 생신을 축하하러 오셨군요?"

매향은 싱긋 웃더니 고개를 저었다.

"틀렸어요."

"틀리다니?"

"난 소저도 아니고, 팽학수란 사람이 몇 살을 먹었든 관심없
어요."

그녀는 손가락을 뻗어 탁자 위에 놓인 표도의 손등을 문질렀다. 은근한 눈빛을 표도에게 보내며 사근사근한 목소리로 속삭이듯 말했다.

"사실 난 모험을 하러 왔어요."

표도는 온몸이 근질근질한 느낌을 받으며 물었다.

"모험이라니? 무엇을 말이오?"

"불륜이죠."

매향의 손가락이 표도의 목덜미로 향하고 있었다.

"제 남편은 정말 재미없는 사람이에요. 그래서 난 남편이 일이 있어 집을 비울 때면 모험을 찾아 떠나죠. 나와 함께 금지된 장난을 즐겨줄 용기있는 남자를 찾아서……."

표도는 자신도 모르게 침을 꿀꺽 삼켰다. 매향은 그의 턱을 손가락으로 쓰다듬으며 물었다.

"어떤가요? 당신은 나와 모험을 할 용기가 있나요?"

표도는 웃었다. 이 상황에서 도망치면 사내가 아니라고 생각했다. 팽학수에게서 뜯어낼 생각은 그의 머릿속에서 사라진 지 오래였다. 돈을 버는 이유가 무엇인가? 인생을 즐기기 위해서가 아닌가. 그렇기에 즐길 수 있는 기회는 놓치지 않아야 한다는 것이 그의 지론이었다.

"물론이오. 우리 함께 새로운 즐거움을 찾아 떠납시다."

"당신은 내 남편이 무섭지 않나요?"

매향의 질문에 표도는 큰소리를 탕탕 쳤다. 자신감이 넘쳐 흘러 주체를 못할 지경이다.

"나 표도, 세상에 태어나 지금까지 그 누구도 두려워한 적이 없소."

"좋아요. 그럼 날 따라오세요."

매향을 따라 팽학수의 집을 나온 표도가 도착한 곳은 근처의 객점이었다. 방을 잡고 방 안에 들어가자마자 매향은 표도를 침대로 밀어붙였다.

표도는 속으로 좋아 죽겠으면서도 물었다.

"너무 서두르는 것 아니오?"

"모험은 언제나 갑작스럽기 마련이지요."

매향은 옷을 벗었다. 표도는 속옷만 남은 그녀의 몸에 눈이 커졌다. 그런데 그때 매향이 검은 천을 꺼내 표도의 눈을 가리려 했다.

"아니, 이건 뭐 하는 거요?"

"좀 더 즐겁게 하기 위한 장난이죠."

표도는 앞이 보이지 않자 불안함을 느꼈다. 하지만 좀 전에 본 매향의 차림으로는 무기 같은 것을 숨길 데가 없어 보여 암습을 두려워할 필요는 없을 것 같았다. 무엇보다 매향이 자신의 옷을 벗기기 시작하자 끓어오르는 정욕에 이것저것 생각할 겨를이 없었다.

"좋소! 좋아! 최고야!"

다음날, 창문으로 들어오는 아침 햇살을 느끼며 표도는 잠에서 깨어났다.

‘벌써 아침인가?’

어젯밤에 너무 무리를 해서인지 현기증이 날 지경이었다. 매향, 그녀는 너무나 뜨겁고 끝없는 수렁 같은 여자였다.

‘정말 죽여줬지.’

그는 자리에서 일어나는 대신 어젯밤 활화산이 터지는 것 같은 하룻밤을 보낸 여인의 살결을 음미하기 위해 손을 뻗어 옆으로 향했다.

‘응?’

그런데 뭔가 이상했다. 분명 어젯밤 뜨거운 운우지락을 보냈던 쫙 빠진 미녀의 부드러운 살결이 만져져야 하는데, 손에 잡히는 것은 30년 넘은 늙은 멧돼지의 거친 가죽 같은 느낌의 것이었다. 그것도 이중 삼중으로 접히는 것이 본능적으로 혐오감이 치솟아오르는 것이 아닌가?

‘대체 내 옆에 누워 있는 존재가 뭐야?’

침대에서 상체를 일으켰으나 볼 수가 없었다. 눈을 검은 천으로 가리고 있었기 때문이다.

“이걸 아직도 하고 있었네?”

천을 풀고 고개를 돌렸다. 그리고 옆에 누워 있는 것의 정체를 확인한 순간, 표도는 어떤 무서운 고수를 만났을 때보다 놀라 강호 무인의 체면도 잊고 비명을 지르고 말았다.

“으아아아아아아악!”

옆에 누워 있는 인간은, 아니, 괴물은 저팔계를 연상시키는 살과 살로, 또 살로 이루어진 존재였다. 표도는 자신도 모르게 손을 떨었다. 설마……. 설마……. 어젯밤 뜨거운 밤을 보낸 여자가……?

"으응?"

그 존재가 표도의 비명 소리에 잠에서 깨어났다. 그 존재는 표도를 올려다보더니 씨익 웃으며 말했다.

"어젯밤, 정말 죽여줬어."

설마설마 했던 것이 현실이 되는 순간이었다. 표도는 벌떡 일어나 소리쳐 물었다.

"당신, 정체가 뭐요?!"

"무슨 소리야? 어제 말했잖아. 매향이라고."

"그럴 리가? 분명 어제와 다르잖아!"

"아, 그거?"

매향은 일어나더니 숨을 크게 들이마셨다. 그러자 우둑우둑하는 소리와 함께 놀랍게도 그 많은 살이 안으로 들어가더니 어젯밤의 육감적인 몸매가 되는 것이 아닌가?

"이 축골공은 늘 신경 쓰고 있지 않으면 안 돼서 정사를 할 때나 자고 있을 때는 펼칠 수가 없어."

말을 한 매향은 다시 순식간에 원래대로 살을 풀어냈다.

"어때? 이제 알겠지?"

표도는 분노가 충천했다. 그렇다면 어젯밤에 눈을 가린 것은 색다르게 즐기기 위해서가 아니라 그 돼지 모습을 들키지 않기 위해서였단 말인가!

눈앞의 추악한 매향의 모습을 보니 어젯밤 저 여자를 껴안고 헐떡거렸다는 사실에 구역질이 치밀어 올랐다. 분노를 참지 못한 그는 매향에게 달려들며 소리쳤다.

"죽어라, 요괴야!"

그러나 기세 좋게 뛰어든 것도 잠시, 그는 얼마 가지 않아 매향의 철권에 방바닥을 뒹구는 신세가 될 수밖에 없었다.

"나에게 요괴라고? 이 자식, 어젯밤 일만 아니면 넌 죽었다!"

매향의 발에 짓밟히며 표도는 경악했다. 상대는 상상을 초월할 정도로 강했다. 천하에 적수가 드물다는 절정고수인 자신이 상대가 안 되다니!

"대체 당신은 누구요?"

"이게 자꾸 똑같은 말 하게 하고 있어! 매향이라고 했잖아!"

순간 표도의 머릿속에 떠오르는 것이 있었다. 마음속으로 아니길 간절히 바라며 그는 떨리는 목소리로 물었다.

"서, 설마 당신이 유매향?"

"그래."

"그, 그렇다면 천하제일고수 진인겸이……."

"내 남편이지."

천하에서 가장 뛰어난 고수들을 보통 십대고수라고 한다. 하지만 이 시대에선 십대고수라는 말을 쓰지 않는다. 열 명이나 추릴 필요도 없이 천하의 모든 절정고수들을 아득히 넘어서는 존재가 하나 있었기 때문이다. 그가 바로 진인겸. 천 년에 한 번 나올까 말까 하다는 절대적인 무공을 가진 존재.

‘내, 내가 진인겸의 마누라와 잤단 말이야?’

표도의 얼굴에서 핏기가 사라졌다. 자신의 무공과 지모를
믿고 세상 무서운 줄 모르고 날뛰던 그의 인생은 그 후부터 꼬
이기 시작했다.

Chapter 1
세상 밖으로 도망쳐라

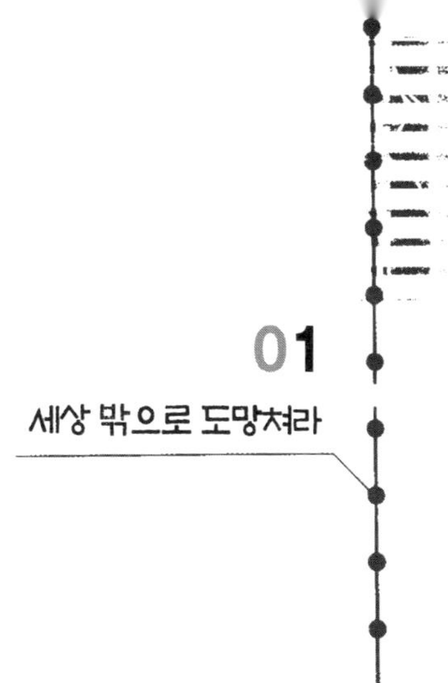

01
세상 밖으로 도망쳐라

문제의 사건이 벌어진 지 보름이 지났다. 현재 표도는 초췌하고 마른 안색이 되어 한 석굴 안에서 노인과 마주하고 앉아 있었다. 사건 전의 거만함과 자신감은 어디다 두고 왔는지, 절정고수다운 넘치는 자신감과 기도는 온데간데없이 사라지고 없었다.

"그래, 날 찾아온 이유가 뭔가?"

질문을 하는 노인은 만통박이라고 하여, 무공은 없지만 아는 것이 많아 강호의 무인들이 조언을 얻으려 찾는다는 인물이었다. 그를 마주하고 있는 표도 역시 다른 사람들과 같은 이유로 그를 찾아왔다.

"도망칠 곳을 찾고 있소."

표도의 말에 만통박은 의외인 듯 눈이 커졌다.

"펼쳐 뻗으면 상대는 마치 망망대해에 빠진 것 같은 기분을 느끼며 결코 피하지 못해 해리수(海利手)라 불리는 절정 수공을 쓰는, 강호에서 다섯 손가락에 드는 후지기수인 표도. 그런 자네가 도망을 치다니, 대체 누구에게서 도망을 친단 말인가?"

"진인겸."

"진인겸?!"

진인겸이라는 말에 만통박은 경악하여 잠시 할 말을 잃고 있다가 물었다.

"어쩌다 진인겸에게 쫓기는 신세가 되었단 말인가?"

진인겸, 그가 누구인가? 그가 강호에 출도한 것은 지금으로부터 15년 전이었다. 명문대파의 제자도 아니고 그다지 눈에 뜨이는 특징이 있는 것도 아닌, 그의 강호 출도 따위를 알고 신경 쓰는 사람은 아무도 없었다.

그러나 곧 전설이 시작되었다. 그는 출도하자마자 곧장 당시의 천하십대고수를 하나하나 찾아가 승부를 청했고, 그때마다 승리했다. 그것도 승부에서 3초를 넘거나 조그만 상처 하나 입은 적이 단 한 번도 없었다.

강호 출도 후 불과 1년 만에 천하제일고수가 된 그는 15년이 지난 지금까지 무패의 행진을 계속하고 있다. 유일하게 그를 죽일 수 있는 것은 세월뿐이라는 말까지 나돌 정도였다.

말 그대로 절대무적이다. 그런 진인겸을 아무리 표도가 겁을 상실했다고 해도 쫓기는 신세가 될 정도로 건드린다는 것은 있을 수 없는 일이었다. 설사 술 먹고 정신이 나가 미친 짓을 벌였다고 해도 말이 안 된다. 왜냐하면 시비를 건 순간 표도는 저 세상으로 떠났을 것이기 때문이다.

물어보던 그는 순간 생각이 미쳤다. 진인겸을 직접 만나지 않고도 그에게 쫓길 정도로 일을 저지를 경우가 떠올랐다. 그는 떨리는 목소리로 다시 물었다.

"설마 자네, 진인겸의 마누라를……?"

표도는 한숨과 함께 대답했다.

"어쩌다 보니 그렇게 되었소."

만통박은 잠시 입을 다물고 표도를 쳐다보았다. 표도는 그의 시선을 받으며 긴 한숨을 내쉬었다. 잠시의 침묵 후 표도가 다시 한숨을 내쉬며 입을 열었다.

"할 말이 있으면 하시오."

만통박 역시 한숨을 내쉬었다. 그는 벌써부터 눈앞의 표도가 죽은 사람으로 보이는지 불쌍하다는 눈으로 쳐다보다 물었다.

"어쩌자고 진인겸의 마누라를 건드렸단 말인가? 진인겸의 마누라에 대한 집착은 광적이라 차라리 소림사에 쳐들어갈지언정 진인겸의 마누라에게는 눈길도 주지 말라는 말이 있을 정도로 무림의 금기인 것을. 게다가 진인겸의 마누라인 유매향은 유명한 추녀 중의 추녀로 인간이 아닐지도 모른다는 소문까지 있는데……."

"제길, 감쪽같이 속았다고! 나야말로 손해배상 청구하고 싶은 심정이란 말이야!"

표도는 자초지종을 설명했다.

"그 여자가 날 유혹하는 거야. 사내라면 그런 기회를 어찌 마다하겠어? 나 역시 마찬가지였지. 일을 벌이기 전에 내 눈을 천으로 가리게 하는 것을 보고 뭔가 수상하다는 사실을 눈치챘어야 했는데… 멍청하게도 색다르게 즐겨보고 싶다는 말을 그대로 믿어버렸지."

"그래서?"

"일을 치르고 곧바로 잠이 들었는데, 아침에 일어나 눈을 가린 천을 치운 다음 보니 지옥이더군."

표도는 기가 막힌 듯 땅이 꺼져라 탄식한 다음 목소리를 높였다.

"세상에, 축골공으로 얼굴 근육과 골격까지 바꾸어 완전히 다른 사람이 되는 여자가 있을 줄은 상상도 하지 못했어! 게다가 그 엄청난 살을 몸 안으로 구겨 넣을 수 있다니! 쫙 빠진 몸매는 코끼리 몸통처럼 변해 버렸고! 처음에는 저팔계가 미녀로 둔갑한 것일지도 모른다고 생각했을 정도야."

"진인겸의 마누라도 절세고수지. 사실 진인겸에게 처음 무공을 전수한 것이 그녀라는 말도 있으니까."

"확실히 절세고수더군. 요괴인 줄 알고 '죽어라, 요괴야!' 하고 덤볐다가 반대로 맞아 죽을 뻔했으니까."

"그래서 그 일을 남편인 진인겸이 알게 되었단 말이지?"

표도는 다시 한 번 한숨을 푹 내쉬었다. 여기까지 오는 동안

단 한시도 편히 지내지 못했다.

"여자의 정체를 아는 순간 재산 정리하고 여기로 달려왔지. 아마 보름 내로 쫓아올 거라 생각되는군. 진인겸이 자기 마누라에 대한 것은 귀신같이 알아내기로 유명하잖아."

접근하는 수많은 절세미녀를 놔두고 남자라면 즉시 도망갈 괴물 같은 여자가 좋다고 결혼한 진인겸의 행동은 가히 강호 칠대불가사의 중 하나이다. 그리고 그런 자신이 좋다는 남편이 있으면서도 그 얼굴로 바람을 피우고 다니는 진인겸의 마누라는 그 사실 하나만으로 강호삼대악녀로 꼽힌다.

그런데 얼굴이 따라주지 않기 때문에 진인겸 마누라의 바람은 남자를 유혹하는 것이 아닌 겁탈하는 것이 대부분이었다. 기가 막힌 것은, 당한 남자 입장에서는 피해 보상 청구를 해도 시원치 않은데 이어지는 질투에 불타는 천하제일고수 진인겸의 검까지 받아야 한다는 점이었다.

만통박이 잠시 생각에 잠기더니 한숨과 함께 말했다.

"이제까지 진인겸의 마누라와 잔 남자치고 살아남은 사람은 단 하나도 없지. 땅굴을 파고 숨은 녀석이 3개월, 거세를 하고 황궁의 내시로 들어간 녀석이 반년, 경공만은 천하제일이라는 신각 무신영이 멀리 남쪽으로 바다 건너 1년간 도주한 것이 가장 오래 산 기록이었지, 아마? 그를 죽이고 1년 반 만에 돌아온 진인겸이 기념으로 가져온, 자기 몸에 달린 주머니에 새끼를 넣고 다니는 신기한 동물이 강호에 화제가 된 적도 있었지."

“그러니까 당신을 찾아온 것 아뇨.”

표도는 애원하듯 물었다.

“당신이라면 알 수 있지 않겠소, 진인겸에게서 도망칠 수 있는 방법을?”

“으음…….”

만통박은 턱을 문지르며 곰곰이 생각했다. 표도는 속이 바짝바짝 타는 심정으로 그에게서 좋은 생각이 나오기만을 기다렸다. 그러나 기다리던 대답은 실망스러웠다.

“이 세상에서 진인겸을 피할 장소는 아마 없을 거야.”

표도는 울상이 되었다.

“그럼 죽을 수밖에 없단 말이오?”

“아니, 내 말은 아직 끝나지 않았어. 이 세상에서 피할 곳이 없으면 세상을 떠나는 방법이 있지.”

“이 세상을 떠나라고?”

기대가 가는 한편으로 미심쩍기도 했다. 표도는 의심스러운 눈으로 만통박을 쳐다보다 물었다.

“혹시 진인겸이 죽이러 오기 전에 속 편히 미리 죽어 저 세상으로 가라는 것은 아니겠지?”

“물론 아니지. 날 어떻게 보는 건가. 모르는 것이 없는 만통박이네.”

그러나 이어지는 만통박의 이야기는 좀 허황되고 믿기 힘든 것이었다.

“우태산에 인연 끊는 무당이 살고 있는데, 그 무당은 이 세상 어디에도 있을 수 없게 된 사람을 다른 세상으로 보내준다고 하더군. 물론 저승은 아니고."

"숨겨준다고? 어디로 말이오?"

"그거야 나도 모르지. 한 가지 확실한 것은 그 무당을 찾아간 사람은 모두 종적도 없이 사라져 다시는 소식조차 들을 수 없게 되었다는 거야."

표도는 눈살을 찌푸리며 곰곰이 생각하다가 물었다.

"설마 그 무당이 흑점의 이름만 바꾼 것으로, 그 무당을 찾아간 사람은 모두 고기만두가 되어 무당 뱃속으로 사라졌다는 것은 아니겠지?"

"나도 소문으로 들은 것뿐이라 장담은 못하겠지만, 혹시 모르니 가볼 테면 가봐. 내가 해줄 수 있는 이야기는 이것뿐이네. 가보든지 말든지, 남은 것은 자네의 자유일세."

말을 마친 만통박은 손을 내밀었다.

"단 정보료는 내놓고."

표도는 기대했던 것과는 영 거리가 있는 정보였지만, 전혀 답이 없는 것보다는 낫다고 생각했다. 그는 한숨을 내쉬며 손을 품속의 돈주머니에 넣었다.

"얼마요?"

"백 냥."

"백 냥?!"

표도는 노해 목소리를 높였다. 남의 돈 뜯어낼 때는 배포가 커지지만, 반대로 내놓을 때는 소심해지는 인간이 바로 그였다.

“겨우 어디서 주워들은 이야기를 달랑 하나 해주고 백 냥이나 내놓으라고? 이 영감탱이, 순 사기꾼 아냐!”

그의 손은 절로 돈주머니가 아닌 옆에 있는 무기로 옮겨갔다.

“그따위 악덕 상술에 내가 넘어갈 것이라고 본다면 나, 표도를 너무 무시한 거요!”

그러자 만통박은 흘흘 웃으며 말했다.

“주기 싫으면 주지 않아도 되네. 자네에게 못 받은 백 냥은 진인겸에게 청구하면 되니까.”

“…….”

순간 표도의 머릿속에 살인멸구라는 말이 떠올랐다. 그의 무공으로 만통박 따위야 일 초면 저 세상으로 보낼 수 있다. 그러나 강호를 굴러먹던 경험이 그의 손을 막았다.

이런 동굴에 처박혀 있는 노인 하나가 강호 전체의 정보를 수집하는 것은 불가능하다. 만통박은 단지 앞에다 내세운 대표자에 불과하고, 그의 뒤에 정체불명의 정보 조직이 있다는 것은 강호에 알려진 공공연한 비밀이었다.

즉, 여기서 만통박을 죽여보았자 곧 제2의 만통박이 자리를 이어받을 테고, 표도의 정보는 진인겸에게 전해질 것이다.

‘별수없는가.’

표도는 한숨을 내쉬며 돈을 내놓았다. 기분 나쁘게 웃으며 돈을 세는 만통박을 보며 그는 자리에서 일어섰다.

“그럼 난 이만 가겠소.”

“잠깐!”

떠나려는 그를 만통박이 붙잡았다.

“무슨 할 말이라도 남았소?”

“잠시 기다리게.”

만통박은 돈을 세는 것을 끝내고 챙긴 다음, 동굴 안쪽을 뒤지더니 몇 가지 물건을 꺼내 가지고 왔다.

“이게 자네에게 필요할 것 같아서.”

그가 내놓은 물건은 인피면구과 수염 등의 변장 도구였다.

“쫓기는 신세에 본 얼굴을 내놓고 다니면 위험하지 않겠나?”

듣고 보니 일리있는 말이었다. 표도는 고개를 끄덕였다.

“하긴 그렇군. 평소 현상범을 잡으려 쫓아다닌 적은 많아도 쫓겨본 경험이 없어서 미처 그 생각을 못했군.”

그는 인피면구를 얼굴에 쓰고 수염을 붙여보았다.

“자, 어떤가?”

만통박이 내민 거울에 비춰보니 완전히 다른 사람의 모습이었다. 표도가 생각보다 쓸 만하겠다고 생각하고 있는데…….

“백 냥일세.”

“……”

표도는 생글생글 웃으며 손바닥을 펼친 만통박을 노려보다 입을 열었다.

“깎아주시오.”

2

변장을 하고 만통박의 동굴에서 나온 표도는 가까운 마을의 객점으로 향했다. 그곳에서 간단하게 배를 채운 그는 술과 함께 시름을 마시며 생각에 잠겼다.

‘이제 어쩐다……’

만통박이 해준 무당 이야기는 믿어야 할지 의문이었다. 상당히 의심스럽고, 무엇보다 돌아온 사람이 없다는 말에서 뭔가 음모의 냄새가 나는 것 같다는 생각이 들었다. 평소라면 호기심에 한번 조사해 볼 마음으로 가볼 수도 있었을 테지만, 지금은 당장 목숨을 구하는 것이 우선 문제였다.

‘차라리 중원을 떠나 서역이나 동쪽의 왜국으로 가는 편이 낫지 않을까?

짐작도 안 되는 이야기보다는 그래도 그 편이 나을 것 같았다.

‘아니, 차라리 무인을 때려치우고 이름도 바꾸고 시골에 땅과 집을 사서 자리 잡는 것이 괜찮을지도……’

이렇듯 여러 가지로 생각하고 있을 때였다. 누군가 객점 안으로 들어오는 소리가 들렸다. 표도가 무심코 그쪽으로 고개를 돌리니 하늘색 비단에 구슬로 장식한 호화로운 옷차림의 홍안의 미남자였다. 그런데 그 미남자는 주변을 둘러보더니 표도를 발견하고는 곧장 다가와 물어보았다.

"실례하겠소."

상대가 하고 많은 사람 중에 하필 자신에게 말을 건다는 사실에 경계심을 느끼며 표도는 물었다.

"무슨 일이오?"

"강호의 무인으로 보여 무엇 좀 물어보려 하는데 괜찮겠나?"

얼굴은 변장했지만 복장은 무인의 것 그대로라 표도를 고른 모양이었다. 표도는 자신보다 어려 보이는 사람이 반말을 하는 것이 기분 나빴지만, 복장을 보아하니 있어 보이는 집안 출신으로 보이고 쓸데없는 문제를 일으키고 싶지 않아 고개를 끄덕였다.

"물어보시오."

미남자는 그의 앞자리에 앉았다.

"사실 난 사람 하나를 찾고 있네."

그는 품에서 종이를 꺼내 펴 보이며 물었다.

"이 사람을 혹시 보지 못했나?"

종이에 그려진 얼굴을 보는 순간 표도는 심장이 멎을 뻔했다. 다름 아닌 그의 얼굴이 아닌가!

"이, 이 사람은……."

"당신도 강호인이면 이름 정도는 들어보았을 것이오. 꽤나 명성이 있는 것 같으니까. 해리수 표도라고 하는 자요."

표도는 눈앞의 미남자를 살펴보았다.

‘설마… 설마 눈앞의 인물이…….’

그는 마음속의 두려움을 감추며 물었다.

“실례지만 존성대명이 어떻게 되십니까?”

“진인겸이라고 하오.”

‘헉!’

표도는 심장이 덜컥 내려앉는 줄 알았다. 원수는 외나무다리에서 만난다더니 하필이면 이런 곳에서 만나고 만 것이다.

그는 경계를 하긴 했지만 눈앞의 인간이 진인겸인 줄은 꿈에도 예상하지 못했다. 그가 듣기로 진인겸은 나이가 마흔이 넘었다고 하던데, 눈앞의 인간은 아무리 봐도 스물을 넘지 않아 보이지 않는가.

“제가 듣기로 진 대협의 나이는…….”

“내 나이, 올해로 마흔둘이오.”

진인겸은 얼굴을 쓰다듬으며 말을 이었다.

“좀 어려 보이지? 전에는 안 그랬는데, 최근 몇 년 전부터 나이를 거꾸로 먹는 것 같더니 이렇게 되더군.”

세월만이 진인겸을 죽일 수 있다고 하더니 그는 세월에게마저 승리한 모양이다. 표도는 마음속으로 부르짖었다.

‘반로환동이야! 이 인간은 나이 마흔에 벌써 반로환동이라니! 그런 것은 다 늙고 나서 하라고!’

그의 태도에 뭔가 이상함을 느꼈는지 진인겸이 물었다.

“무슨 문제가 있소? 표정이 안 좋아 보이는데.”

표도는 급히 변명했다.

“명성이 천하에 울리는 강호제일고수를 만나게 되니 너무나 영광이라 그렇습니다.”

“하하, 그런 것인가? 너무 긴장할 필요 없네. 나나 당신이나 결국 똑같은 강호의 무인일 뿐일세.”

진인겸은 웃고는 물었다.

“그러고 보니 존성대명이 어찌 되시는지…….”

이 상황에서 본명을 말할 수는 없는 노릇이다. 표도는 대충 생각나는 이름을 댔다.

“제 이름은 장소산이라고 합니다. 강호의 무명소졸이라 진 대협께서는 들으셔도 모르실 겁니다.”

“그렇지 않소. 내가 보니 그대의 자세나 기도에서 고수의 풍모가 느껴지는군. 지금은 무명일지 몰라도 그건 세상이 아직 당신을 몰라보고 있는 것일 뿐, 곧 천하에 명성을 떨칠 것이 분명하오.”

단지 앉아 있는 것을 본 것만으로 표도의 무공을 꿰뚫어 본 것이다. 이 화제가 계속되면 정체가 드러날 것 같아 표도는 급히 말을 바꾸어 물었다.

“그런데 진 대협께서 이곳에는 어쩐 일이십니까?”

“아, 지금 이럴 때가 아니지.”

진인겸은 다시 한 번 표도의 인상착의가 그려진 그림을 보여주었다.

“이 표도란 자를 잡으러 왔소.”

“그자가 진 대협께 무슨 죄를 지었습니까?”

그는 한숨을 내쉬었다.

"남에게 말하기 부끄러운 일이니 묻지 말게. 그저 그자를 혹시 본 적이 있는지나 좀 알려주시오. 강호에 제법 알려진 자이니 그대도 이름쯤은 들어봤을 것이오. 듣기로 이 근방에 있다고 하던데……."

표도는 놀라지 않을 수 없었다.

'벌써 그 일을 알고 여기까지 쫓아왔단 말인가?'

진인겸의 마누라를 건드리면 일 개월 이상 목숨을 부지하기 힘들다던 강호의 소문은 진짜였다. 지금 보름 만에 이렇게 대면하고 있는 표도가 그 증거였다.

다행히 진인겸은 표도의 변장을 눈치 채지 못하고 있었다. 표도는 인피면구 하나에 백 냥이나 받아먹은 만통박에게 진심으로 감사하지 않을 수 없었다. 그렇지 않았다면 그의 목은 이미 남아나지 않았을 것이다.

"죄송하지만 모르겠습니다."

표도는 서쪽으로 갔다고 거짓 정보를 흘린 뒤 정작 본인은 동쪽으로 튄다는 계획도 순간 생각해 보았다. 그러나 섣부르게 거짓말을 했다가 들키면 끝장일 것 같아 자제하고 평범하게 대답했다.

"그렇소?"

별 기대도 안 했는지 간단히 받아들인 진인겸은 자리에서 일어났다. 표도는 어서 가라고 마음속으로 열심히 빌었다.

그런데 진인겸은 엉덩이를 들다 말고 시선을 표도의 앞으로 돌렸다. 변장이 들통났나 싶어 속으로 기겁했지만, 잘 보니 그가 바라보는 것은 표도 앞에 놓인 술잔이었다.

"…한잔 드시겠습니까?"

진인겸은 무안한 듯 헛기침을 했다.

"어험, 미안하오. 사실 보름 전부터 한숨 눈 붙일 틈도 없이 달려오느라 잠은 물론 제대로 먹고 마시지도 못했소."

정말 지독한 놈이라고 속으로 욕하면서도 표도는 술이 가득 찬 술잔을 내밀었다.

"무슨 일인지는 모르지만 너무 무리하면 될 일도 안 되는 법입니다. 한잔 드시지요."

"이럴 때가 아닌데……."

말은 그렇게 했지만 유혹을 이기기 힘들었는지 진인겸은 술잔을 받아 마셨다. 마음속으로 작정한 바가 있는 표도는 계속 술을 권했다.

"한 잔 가지고는 서운하니 한 잔 더……."

"이거 미안해서 어쩌나."

일단 한번 목구멍으로 술이 들어가자 진인겸은 더는 사양하지 않고 계속해서 받아 마셨다. 술기운이 돌기 시작하자 그는 자신이 이곳에 오게 된 경위를 떠들기 시작했다. 물론 당사자인 표도가 이미 알고 있는 내용이었다.

"표도, 그 개놈의 자식이 내 마누라를 건드렸소. 세상에, 마누라를 다른 사내놈과 공유하는 인간이 어찌 하늘 아래 당당할 수 있겠소."

“그야 그렇지요.”

생각만 해도 분한지 진인겸을 술잔을 움켜쥐며 이를 갈았다.

“그 자식을 만나는 즉시 육시처참을 해버릴 것이오! 아니, 살과 뼈를 갈아 먹을 것이오!”

그의 손에 잡힌 술잔이 으깨져 탁자에 가루가 되어 쌓였다. 그 술잔과 자신의 모습이 겹쳐 보이니 표도는 모골이 송연해졌다. 하지만 유매향에게 속아넘어간 자신이 반대로 목숨을 위협당하는 현 상황에 대한 억울함을 풀 길이 없어 진인겸에게 물었다.

“그런데 왜 부인은 가만두고 남자만 죽이겠다는 겁니까? 오히려 부인을 다시는 그런 짓을 못하게 혼내줘야 하는 것이 아닐까요?”

“후우! 거기에는 사연이 있다네.”

과거 무언계란 인물이 있었다. 당시 천하에 당할 자가 없는 무적의 고수인 그였지만, 그의 아들은 무공에 관심이 없어 학문을 익혀 벼슬을 했다. 때문에 그의 무공은 아들이 아닌 딸에게 이어졌다.

하지만 딸 역시 무언계의 무공을 익히지 않았다. 대신 무언계의 부인의 무공을 익혔다. 여성이 익히기에는 무언계의 무공이 맞지 않았고, 부인 역시 절대고수라 그녀의 무공을 익혀도 천하에 명성을 떨치기에 부족함이 없었기 때문이다.

주인을 찾지 못한 무언계의 무공은 사위인 유월엽에게로 넘겨졌지만, 그 역시 무공을 익히지 않은 것은 마찬가지였다. 이미 다른 무공을 익히고 있었고, 무공을 얻었을 때는 새로운 무공을 처음부터 다시 익히기엔 너무 늦은 나이란 이유였다.

그런데 무언계의 사위인 유월엽에게는 큰 걱정이 하나 있었다. 바로 하나뿐인 자신의 딸 유매향이었다. 얼굴은 추악하고 성격은 개차반이니 누가 데려갈지 앞날이 캄캄했다. 거기다 숨겨두었던 무언계의 무공까지 몰래 찾아내 익히니 어린 나이임에도 유월엽이 감당할 수 없을 지경이었다. 여성에게 맞지 않는다는 무언계의 무공도 워낙 강골인 그녀에게는 상관없었던 것이다.

그때 유월엽의 눈에 띈 사람이 있었으니 바로 어린 하인인 진인겸이었다. 무공에는 그다지 재능이 없었지만 사람 보는 눈은 뛰어난 유월엽은 진인겸이 천하에 한 명 있을까 말까 한 무재임을 한눈에 알아본 것이다.

그리하여 유월엽은 진인겸을 불러 제안했다. 제자로 삼고 절세 무공을 가르쳐 줄 테니 대신 자신의 사위가 되어 평생 유매향을 책임져 달라는 것이었다. 그는 진인겸이라면 유매향 이상의 고수가 되어 그녀를 제어할 수 있을 것이라 생각했다.

유매향이 어떤 여자인지 잘 알고 있었던 진인겸은 고민했다. 하지만 무공에 대한 열망을 이기지 못한 그는 유월엽의 제안을 수락하였다.

세월이 흘러 진인겸은 천하제일고수가 되었고, 약속대로 유매향과 결혼했다. 그리고 얼마 후, 유월엽은 그에게 딸을 잘 부탁한다는 말을 마지막으로 세상을 떠났다. 진인겸은 죽은 사부의 유언을 받들어 부인인 유매향에게 해달라는 것을 다해주며 살았다.

그런데 유매향은 마음속으로 남편인 진인겸을 깔보고 있었다. 지금은 천하제일고수라고 천하인이 떠받들고 있지만 결국 자기 집 하인이 아니었느냐는 것이다. 완전히 남편을 무시하고 마음대로 다니며 이 남자, 저 남자와 바람을 피워댔다.

진인겸으로서는 분통이 터지는 일이었다. 마누라를 죽이고 싶은 마음이 하루에 골백번도 더 들었지만 사부와의 약속 때문에 참을 수밖에 없었다. 때리려고 손이 올라갈 때마다 딸을 잘 부탁한다는 사부의 얼굴이 떠올라 손을 멈추고는 했다.

대신 분노의 화살은 유매향과 잔 남자들에게 돌아가 세상 끝까지라도 쫓아가 죽이게 된 것이다.

"그렇게 고생스러우면 깨끗이 헤어져 버리지 그러십니까?"

"사부님과 맹세하길, 무슨 일이 있어도 그녀를 버리지 않고 데리고 살겠다고 했소. 지금의 날 만들어주신 사부님과의 약속을 어찌 어길 수 있겠소."

이야기를 끝낸 진인겸은 탄식했다.

"이렇게 살 줄 알았다면 차라리 그때 그 제안을 거절할 걸 그랬소. 그랬다면 생활은 고달팠어도 마음만은 편했을 것을……."

표도는 마음속으로 욕했다.

'넌 그래도 천하제일고수라도 됐지, 너의 화풀이로 죽어간

남자들은 뭐냐!'

하지만 겉으로는 진인겸을 위로했다.

"정말 가슴 아픈 사연이로군요. 천하제일고수도 좋은 것만은 아닌 것 같습니다."

마음에도 없는 소리로 비위를 맞춰가며 표도는 계속해서 술을 권했다. 그로부터 한 시진 후, 마침내 그의 노력이 결실을 맺어 진인겸은 완전히 만취하여 인사불성이 되었다.

"저런, 진 대협. 정신 차리십시오."

"표도, 죽여 버리겠어! 죽여 버리겠어!"

"이거 안 되겠군."

자신을 죽이겠다는 인간을 부축한 표도는 객점에 방 하나를 빌려 데려가 눕혔다.

"휴우~"

표도는 누워 있는 진인겸을 찬찬히 살펴봤다. 완전히 무방비 상태인 것을 보니 손 한번이면 죽일 수 있을 것 같지만, 상대는 천하제일고수. 최대한 조심하지 않으면 안 된다.

"드르렁~"

곧 코 고는 소리가 들렸다.

'그러고 보니 잠도 안 자고 날 쫓아왔다고 했지? 그야말로 절호의 기회다.'

표도는 품에서 단도를 꺼냈다. 쫓기며 사느니 이 기회를 살려 진인겸을 죽인다! 술을 먹일 때부터 작정했던 생각을 실현할 순간이었다.

‘내가 살기 위해서니 어쩔 수 없는 일이다. 마누라 잘못 둔 죄라 여기고 죽어라!’

그는 마음속으로 외치며 진인겸의 심장을 노리고 단도를 치켜들었다. 그런데 그 순간, 진인겸이 눈을 번쩍 뜨는 것이 아닌가!

“지금 뭐 하는 거요?”

잠을 자는 와중에도 살기를 느끼고 눈을 뜬 것이다. 표도는 깜짝 놀라 손을 멈추었다.

“설마 그걸로 날 찌르려 한 것은 아니겠지?”

진인겸은 날카로운 목소리로 물었다. 표도는 급히 물러나며 변명했다.

“그럴 리가요. 속을 푸시라고 과일을 깎아드리려 한 것입니다.”

자신이 생각해도 너무 어설픈 변명이었지만, 당장 달리 생각나는 것이 없었다. 진인겸은 그의 변명에 별 대꾸 없이 침대에서 일어나려 했다. 그런데 그게 잘 되지 않는지 비틀거리며 몇 번이나 쓰려지려 했다.

“아, 내가 왜 이러지?”

표도는 그 이유를 너무나 잘 알고 있었다. 그가 술에 넣은 특제 몽혼약이 효과를 발휘하기 시작한 것이다. 아예 극독이었다면 손을 쓸 필요도 없이 더욱 좋았겠지만, 안타깝게도 당장 가진 약이라고는 몽혼약뿐이었다.

‘기회다!’

그는 결심을 다졌다.

'몸도 하나 제대로 못 가누는 인간을 뭐가 무서워 못 죽인단 말인가? 상대는 이미 날 의심하고 있으니 약효가 사라지면 영원히 기회는 없다. 이 기회를 살리지 않으면 평생 후회할 것이다.'

일단 결심한 이상 더 이상의 망설임은 없었다. 표도는 온 힘을 다해 진인겸의 목을 노리고 칼을 찔러갔다.

그러나 실패였다. 진인겸이 가볍게 목을 틀어 칼을 피한 것이다. 목표를 잃은 그의 칼은 진인겸의 목에 긴 상처만 만들고 말았다.

진인겸은 반격하기보다 뒤로 물러나 피했다. 그의 소극적인 태도와 그가 강호에 출도한 지 15여 년간 단 한 번도 입지 않았다는 부상을 최초로 만들어냈다는 사실에 고무된 표도는 침대 위로 뛰어오르며 다시 한 번 기회를 노렸다.

"죽어라!"

그러나 역시 진인겸은 천하제일고수다웠다. 제대로 가누지도 못하는 몸으로 요리조리 잘도 피해냈다. 화가 난 표도는 피하지 못하도록 힘으로 상대를 내리누르려 했다. 그런데 그것이 오히려 빈틈을 만들어내고 말았다.

진인겸은 위에서 누르려는 표도를 양발로 밀어 차 표도는 그만 침대 아래로 굴러 떨어졌다. 역습에 당하긴 했지만 천하제일고수의 공격치고는 별 타격이 없었기에 그는 곧바로 벌떡 일어나 다시 공격하려 했다.

그때, 그의 얼굴을 손가락으로 가리키며 진인겸이 버럭 소리치는 것이 아닌가?

"너, 이 자식!"

뭔가 이상하다는 것을 깨달은 표도는 자신도 모르게 얼굴로 손이 갔다. 매끌매끌한 피부가 만져졌다. 좀 전에 엎치락뒤치락하며 아래로 떨어지는 통에 그만 인피면구가 벗겨지고 만 것이다.

3

요 보름간 수백 번을 보며 이를 간 얼굴이다. 아무리 제정신이 아니어도 잘못 보는 일이란 있을 수 없었다.

"표도!"

표도의 정체를 알아본 진인겸이 노호성을 지르며 벌떡 일어났다.

'제길! 완전히 망했군!'

하지만 아직 승산은 자신에게 있다고 표도는 판단했다. 진인겸은 술과 약 때문에 여전히 몸을 가누지 못하고 있었던 것이다.

표도는 익숙하지 않은 단도는 던져 버리고 품속의 자신의 독문 무기로 손을 가져갔다. 이미 들킨 이상 이제 와서 정체가 들킬까 염려할 필요는 없었다.

'에라, 이참에 속 시원히 욕도 한번 해주자!'

이런 생각이 든 그는 버럭 소리쳤다.

"이 마누라 간수도 못하는 놈아! 네가 무슨 천하제일고수냐! 너에게는 천하제일자라가 더 어울린다!"

그 순간, 그의 볼을 스치는 섬뜩한 느낌과 함께 하늘이 무너지는 듯한 굉음이 울려 퍼졌다.

콰콰콰콰쾅!

"……."

표도는 멍청한 표정이 되어 고개를 돌려 뒤를 바라보았다. 그의 뒤에 있어야 할 문과 벽이 어느새 사라지고 없었다. 뿐만 아니라 복도 맞은편의 벽도 부서져 밤하늘의 전경이 펼쳐지고 있었다.

"젠장! 빗나갔군."

들려오는 소리에 다시 앞으로 고개를 돌리니 한 손을 펼쳐 앞으로 뻗은 진인겸이 씩씩거리고 있었다. 술과 몽혼약에 취한 기색은 어느새 사라지고 없었다.

표도는 이 상황에서도 묻지 않을 수 없었다.

"…방금 그거, 장풍입니까?"

그 역시 절정고수라 불리는 몸이라 장풍은 쓸 줄 안다. 그러나 그가 쓰는 장풍은 삼 장의 거리를 두고 촛불을 끄는 정도이지, 이런 상상을 초월한 무식한 장풍이 아닌 것이다.

진인겸은 대답하지 않고 다시 한 번 시범을 보여주는 것으로 대신했다.

"죽어라!"

앞으로 뛰어들며 양손을 뻗었다. 표도는 다급히 몸을 뒤집었다. 방금 전까지 그가 서 있던 바닥이 무너져 내렸다.

다시 한 번 보니 확실히 장풍이 맞았다. 단지 다른 점은 표도가 쓰는 장풍보다 천 배 정도 위력이 강하다는 것뿐이었다.

"망할!"

두 번이나 빗나간 것에 짜증을 내며 진인겸은 자신의 머리를 두드렸다. 아직도 남아 있는 약 기운 때문에 제대로 조준을 못하는 것에 화가 난 것이다. 사실 진인겸이 정상 상태였다면 처음의 장풍에 표도는 이미 다진 고기가 되었을 것이다.

표도 역시 그 사실을 알았다. 하지만 아무리 약의 효과가 남아 있다고 해도 이제 그의 마음속에는 싸울 생각이 완전히 달아나고 없었다.

그가 볼 때 저건 이미 인간을 초월한 괴물이었다. 인간의 힘으로 어쩔 수 있는 수준이 아니었다.

"이만 실례하겠소."

표도는 말과 동시에 장풍으로 날아간 벽을 통해 아래층으로 뛰어내렸다.

"이 자식, 거기 서!"

서면 죽음인데 설 리가 없다. 표도는 죽을힘을 다해 달리고 또 달렸다. 진인겸은 즉시 쫓아가려 했지만 몇 걸음 걷지 못하고 비틀거렸다. 표도의 욕에 분노하여 앞뒤 안 가리고 장풍을 갈겨댔지만, 사실 그의 몸 상태는 당장 쓰러지지 않는 것이 이상할 정도였다.

“망할!”

움직이지 않는 자신의 몸에 분통을 터뜨리며 진인겸은 이를 부득부득 갈았다.

‘표도, 그 개자식! 내 마누라를 건드린 걸로도 모자라 날 죽이려고까지 해? 무슨 일이 있어도 네놈을 찢어 죽이고야 말겠다!’

한편, 표도는 진인겸이 쫓아올까 두려워 죽을힘을 다해 도망치고 또 도망쳤다. 한참을 달리고 뒤를 돌아보니 쫓아오는 기척이 느껴지지 않았다.

“휴우!”

안도한 그는 가까운 나무에 등을 기대고 앉았다. 정말 구사일생이었다. 하지만 마음을 놓자 한편으로 아까운 생각이 들었다.

‘진인겸을 해치울 절호의 기회였는데. 이럴 줄 알았으면 좀 더 강력한 독약을 가지고 다닐걸.’

표도는 혀를 차며 말을 내뱉었다.

“아깝군.”

“그래, 정말 아까웠어.”

갑자기 뒤에서 들려오는 소리에 표도는 깜짝 놀라 벌떡 일어났다.

“진인겸?!”

“아니야. 그 사람은 아직도 당신이 먹인 약 때문에 정신을 못 차리고 있어."

대답과 동시에 나무 양쪽에서 뭔가 덩어리 같은 것이 출렁하고 튀어나왔다. 표도는 기겁을 하며 비명 같은 소리를 내질렀다.

"유매향!"

표도를 쫓기는 신세로 만든 근본 원인, 진인겸의 마누라 유매향이 아닌가!

"후훗."

소름 끼치는 웃음을 흘리며 유매향이 나무 뒤에서 나왔다. 그녀는 묘한 미소와 함께 표도를 쳐다보며 말했다.

"쭉 지켜보았어. 지금까지 남편에게 쫓긴 남자는 그저 도망치거나 목숨을 구걸할 생각밖에 없었는데 역으로 남편을 죽이려 하다니, 당신 정말 대단한 남자야."

표도는 뒷걸음질치며 물었다.

"날 죽이러 왔소?"

"그럴 리가. 난 오히려 당신을 살리려고 하는데 너무하네."

"뭐요?"

"이대로 있으면 당신은 내 남편에게 죽을 수밖에 없어. 남편이 천하제일고수가 된 이후로 감히 남편을 죽이려 한 간 큰 인간이 없었지. 그래도 방심한 틈을 노렸기에 이번 당신의 작전이 성공한 것이야. 하지만 이제 그도 경계할 테니 다신 통하지 않을걸."

표도 역시 좀 전까지 그 생각을 하던 참이라 고개를 끄덕였다.

"그렇겠지."

"그렇다면 이제 그를 죽일 수 없으니 남은 것은 도망치는 것뿐. 소문을 들어 알겠지만 이제까지 그의 추적을 뿌리친 인간은 단 한 명도 없어. 세상 끝까지 도망친다고 해도 소용없다고."

유매향은 웃으며 말을 이었다.

"하지만 내가 도와주면 이야기가 다르지. 아니, 세상을 통틀어 진인겸으로부터 지켜줄 수 있는 사람은 나밖에 없어."

"……."

표도 입장에서는 상당히 구미가 당기는 제안이긴 했다. 문제는 도대체 유매향이 무슨 목적이냐는 것이었다.

"원하는 것이 뭐요? 왜 날 구하겠다는 것이지?"

"그거야……."

유매향은 혀로 입술을 훑았다.

"그날 밤의 일을 잊을 수 없어서 그렇지."

표도는 순간 온몸에 소름이 돋았다. 그러니까 이 여자는 그를 숨겨서 두고두고 밤 시중을 들게 하겠다는 속셈인 것이다.

"어때? 살 방법은 그것뿐이라고."

표도는 순간적으로 갈등했다. 하지만 곧 세차게 고개를 저었다. 산다고 해도 평생 언제 들킬지 몰라 전전긍긍해야 하는 인생이다. 또한 언제 유매향이 싫증내어 진인겸에게 넘길지 알 수 없다. 그리고 무엇보다…….

‘그 모든 이유를 떠나 저 여자와 잠자리를 다시 하느니 차라리 죽는 것이 낫다.’

결정한 그는 유매향을 노려보며 단호하게 대답했다.

“거절하겠소!”

그는 대답과 동시에 몸을 날렸다. 저 여자와 같이 있어봤자 좋을 일 없다. 아니, 표도가 보기에 모든 악의 원흉은 저 여자였다.

“그렇게는 못하지.”

말과 동시에 유매향의 얼굴이 표도의 바로 지척으로 다가왔다. 표도는 깜짝 놀라 몸을 뒤집으며 삼 장을 날렸다. 그러나 그가 날린 장은 고무 덩어리를 치는 느낌과 함께 유매향의 살에 튕겨져 버렸다.

‘괴물!’

표도가 볼 때 진인겸이나 그 마누라나 똑같이 인간 같지 않은 것들이었다.

“죽든 말든 날 가만두시오!”

문제의 사건이 있던 날 아침, 뭣도 모르고 덤볐다가 이미 왕창 깨진 경험이 있는 표도였다. 싸워봤자 승산이 없는 것을 아는지라 절규하듯 외치며 도망쳤다.

“그렇게는 못하지. 난 내가 원한 것은 포기한 적이 없거든.”

그녀는 말하며 즉시 추격하여 오더니 손을 뻗어 표도를 낚아채려고 했다. 표도라고 그냥 당하고 있지만은 않고 맞받아치려고 했다. 그런데 그때, 분노에 가득 찬 천둥치는 듯한 외침 소리가 들렸다.

"표도, 이 후레자식아!"

표도나 유매향이나 깜짝 놀라 그 자리에 굳어버렸다. 진인겸의 목소리였던 것이다.

'벌써 약 기운을 몰아낸 것인가?

지금 분노한 진인겸과 표도가 만나게 되면 유매향이 손을 쓸 틈도 없이 표도는 죽을 것이다. 그렇다면 일단 표도의 목숨부터 살려놓고 봐야 한다고 유매향은 판단을 내렸다.

"쳇, 어쩔 수 없군. 내가 막을 테니 빨리 도망쳐!"

표도는 잠시나마 그녀가 예뻐 보였다. 그는 급히 고개를 끄덕이고는 다시 한 번 '걸음아, 나 살려라' 하고 도망쳤다.

잠시 후 진인겸이 흉신악살의 얼굴이 되어 달려왔다. 그는 유매향을 보곤 흠칫 놀라더니 다시 인상을 쓰며 물었다.

"표도가 이쪽으로 오지 않았소?"

유매향은 능청스러운 표정으로 대답했다.

"난 모르겠는데?"

진인겸의 눈썹이 꿈틀했다. 수십 년을 살아오는 동안 이런 일이 수십 번이다. 아무리 유매향의 연기가 뛰어나다고 해도 거짓말이라는 것이 뻔히 보였다.

"당신은 집에 돌아가 있으시오."

말을 하자마자 그는 표도가 갔을 것으로 예상되는 방향으로 달려가려 했다. 그러나 그전에 유매향이 가로막았다.

"아내를 이런 데 버려두고 갈 생각이야?"

진임겸은 짜증이 났다. 시간을 끌려는 수작이라는 것을 모를 리 없었다. 화가 난 그는 언성이 높아졌다.

"비켜!"

"안 비키면 어쩔 건데?"

유매향은 어디 칠 테면 쳐보라는 식으로 머리를 내밀었다. 진인겸의 주먹이 부르르 떨렸다. 주먹을 휘두르고 싶어 움찔움찔 올려가려던 것이 수 차례였지만, 그때마다 죽은 사부의 유언이 떠올랐다.

"인겸아, 내 딸을 잘 부탁한다. 그 아이가 무슨 잘못을 저지르더라도 부디 날 봐서 용서해 다오."

자식 사랑이 지나친 감이 있는 유언 내용이었지만, 그는 걱정하지 말고 편히 눈을 감으시라고 이미 대답을 해버렸다. 그리고 그는 자신이 맹세한 것은 무슨 일이 있어도 지키는 남자였다.

한편, 뒤돌아볼 엄두도 못 내고 도망치며 표도는 자신도 모르게 눈물이 나왔다. 수공만은 천하의 적수가 없다고 자신하며 강호를 종횡하던 자신이 어쩌다 이런 신세가 됐단 말인가!

이젠 의심스럽다거나 돌아온 사람이 없다는 것 등을 따질 여유도 없었다. 진인겸, 유매향 이 두 인간에게서 도망칠 수만 있다면 지옥이라도 환영하고 싶은 심정이었다.

'이렇게 되면 희망은 그것밖에 없다!'

결정을 내린 그의 발은 만통박이 말해준 연 끊는 무당이 산다는 우태산으로 향하고 있었다.

4

표도는 천 리나 되는 길을 언제 진인겸이 날 죽이러 올지 모른다는 불안감에 시달리며 한숨도 자지 않고 달리고 또 달렸다. 다행히 전 사건 이후 다시 진인겸이나 유매향을 만나지 않고 소문의 무당이 있는 곳에 도착할 수 있었다.

그런데 막상 만통박이 알려준 곳에 도착해 보니 잘못 온 것이 아닌가 하는 생각이 들었다. 대궐 같은 이층 저택에 높은 기와 담장, 금으로 된 간판과 문지기들이 지키는 커다란 문까지, 낙향한 고관대작이라면 몰라도 도무지 무당이 살 것 같지 않은 집이었다.

'만통박이 잘못 알려준 것 아냐?'

어찌 되었든 여기까지 힘들여 왔으니 아무 수확도 없이 다시 돌아갈 수는 없는 노릇이었다. 표도는 문 앞의 상체를 드러낸 근육질의 문지기에게 물었다.

"여기가 인연 끊는 무당이 있다는 곳 맞소?"

문지기는 고개를 끄덕이더니 곧바로 문을 열었다.

"따라오십시오."

다른 말은 일체 없었다. 표도 역시 더 이상 묻지 않고 문지

기를 따라 기화요초가 심어진 정원을 지나 집 안으로 들어갔
다.

표도가 보니 앞으로 쭉 뻗은 대청 안쪽에 비단옷으로 치장
한 사십대 여성이 화려한 의자에 몸을 기대고 있었다. 그녀는
상체를 드러낸 근육질의 남자들 시중을 받으며 과일을 받아먹
고 있었다.

"선 신녀님이십니다."

문지기는 소개를 끝내자마자 돌아갔다. 표도는 앞으로 걸어
가 무당 앞에 섰다.

"무슨 일로 왔는가?"

무당은 표도를 쓱 훑어보고는 물었다. 표도는 조금은 긴장
하며 입을 열었다.

"인연을 끊어준다고 들었소만."

"만 냥."

무당은 곧바로 거금을 요구했다. 동시에 표도의 인상이 구
겨졌다. 호화로운 생활의 비밀은 비싼 의뢰비에 있었던 모양
이다.

표도로서도 만 냥은 대단히 큰돈이긴 하지만 그 정도는 문
제없었다. 얼마 전에 크게 한탕해서 챙겨놓은 것이 있었으니
까. 그러나 대뜸 내놓자니 믿음이 안 가는 것이 사실이었다.
그는 확실히 하기 위해 물었다.

"다른 세상으로 보내준다고 하던데, 그것이 확실하오?"

무당은 건성으로 대꾸했다.

“그러려고 여기까지 온 것 아냐?”

물론 그렇기는 하지만 아직은 믿을 수 없었다.

‘돈만 받고 함정에 빠뜨려 산속에 파묻은 뒤 돈만 꿀꺽할지 어떻게 알아.’

표도는 속으로 생각하며 물었다.

“구체적으로 어떻게 한다는 것인지 말해주시오.”

“아주 간단해. 말 그대로 이 세상에서 떠나게 해주는 것이지.”

표도로서는 그 말이 꼭 죽인다는 것으로 들렸다. 여차하면 손을 쓸 채비를 하며 다시 물었다.

“죽인다는 것이오?”

“그건 나도 몰라.”

“뭐요?”

“난 그저 술법을 써서 어딘가로 보내는 것뿐이야. 아마도 이 세상이 아닌 다른 세상이라고 생각되지만 그곳이 어딘지는 나도 몰라. 언제 가봤어야지 말이지.”

표도는 어이가 없어하며 물었다.

“아니, 그럼 본인도 모르는 세상으로 보낸단 말이오? 그러고도 잘도 돈을 요구하는군 그래.”

그러나 무당은 대수롭지 않다는 태도였다.

“한 번 가면 다신 돌아올 수 없는걸. 가본 사람이 돌아와 말을 해주어야 어떤 세상인지 알려줄 것 아니야? 안 그래?”

일리가 있는 말이긴 했다. 하지만 당사자인 표도 입장에서는 한 번 가면 다신 돌아올 수 없는 저세상과 일맥상통하는 것 같아 더 걱정이 되었다.

"절대 다시 돌아올 수 없는 거요?"

"내가 보낸 사람 중에 다시 돌아온 사람이 있다는 소릴 못 들어봤으니 그런 줄 아는 거지. 다시 돌아올 방법이 있을지도 모르지만, 당신 입장에서는 못 돌아오는 편이 더 좋은 것 아 냐? 어찌 되었든 한 가지 확실한 것은 내가 보낸 사람은 이 세 상에서 존재 자체가 사라지는 것이니 이 세상의 어떤 위협도 그를 해치지 못한다는 것이지."

무당의 설명을 들은 표도는 곰곰이 생각했다.

'확실히 그렇긴 하다. 왔다 갔다 할 수 있는 곳이면 진인겸 이 쫓아올 위험이 높다. 가서 되돌아올 수 없는 곳이면 자기 마누라를 놓고 갈 수 없기 때문에라도 따라오지 못하겠지.'

그는 지금까지의 무당의 말을 정리해 보았다.

"그러니까 당신은 본인도 어딘지 모르는 곳으로 보내 버린 다? 가서 죽든지 병신이 되든지는 본인 사정이고 자신은 알 바 아니다, 이건가?"

"그래, 이해가 빨라서 좋군. 어떡할 거야? 하려면 하고 싫으 면 말고. 난 강요하지는 않으니까."

여기까지 온 이상 물러설 수도 없는 노릇이다. 표도는 생각 만 해도 끔찍한 진인겸 부부의 모습을 떠올리며 각오를 다졌 다.

"좋소. 하겠소."

표도는 전표로 만 냥을 내놓았다. 그런데 막 돈을 내는 순간 떠오르는 생각이 있었다.

'이 돈이 다른 세상에서도 통용될지 알 수가 없잖아?'

전표는 전장에서 돈으로 바꾸는 것이니 다른 세상에도 전장이 있고 이곳 전장과 거래하는 사이가 아닌 바에야 쓸 수 있을 리가 없다.

'그렇다면 금이나 보석 같은 것으로 바꾸면 될까?'

금은보석은 저 멀리 서역에서도 통하니 가능성이 높겠지만 어쩌면 다른 세상은 발에 차이는 것이 금은보석이고 돌덩어리가 더 가치가 있을지도 모른다. 아니, 짐승들만 살아 화폐 자체가 의미 없을 수도 있다.

'그래도 일단 밑져야 본전이니……'

이런 생각을 하며 무당에게 물어보았다.

"여기, 금이나 보석 같은 것을 살 수 있소?"

"그야 물론이지. 나는 다른 세상에 가면 쓸모없는 이 세상의 돈을 다른 세상에서 쓸모 있을지도 모르는 금과 바꿔주는 환전상 역할도 하고 있거든."

표도는 생각했다.

'이 무당은 무당이라기보다 장사꾼이 맞는 것 같군.'

어찌 되었든 표도는 가진 돈을 모두 금과 보석으로 바꾸고 만일에 대비해 식량까지 사기로 했다. 준비가 대충 끝나는 것 같자 무당이 의자에서 일어나며 말했다.

"준비가 됐으면 그만 가도록 하지."

근처에 물건을 사러 가는 것 같은 말투였다. 표도는 황당해하며 물었다.

"바로 당장 다른 세상으로 가는 것이오?"

"시간 끌 이유가 어디 있어, 후딱 처리하고 끝내야지? 나도 바쁜 몸이야."

표도로서는 인생이 좌우하는 큰일이지만, 무당으로서는 평소 늘 하는 일일 뿐이었다. 표도는 곤란하다는 표정이 되어 말했다.

"나는 며칠간 잠도 못 자고 이곳까지 달려왔소. 거기다 아직 준비가 완전치 않으니 이삼 일 쉬었다가 출발했으면 하오."

아무리 쫓기는 신세라 급하다지만 표도는 수년간 강호를 굴러먹던 몸이다. 아직 아무것도 알 수 없는 무당에게 자신의 목숨을 맡길 수는 없었다. 게다가 보내준다는 다른 세상은 무당 역시 어딘지 모른다지 않는가.

'며칠간 이곳에 머무르며 무당의 능력에 대한 것이나 그가 다른 세상에 보낸 사람들에 대한 정보를 입수해야겠다.'

그러나 세상일은 그의 뜻대로 되지 않았다. 아까 전에 돌아갔던 문지기가 다시 나타나 말했다.

"어떤 이상한 여자가 찾아와 이곳에 표도란 자가 오지 않았느냐고 묻습니다."

순간 표도는 안색이 변해 문지기에게 물었다.

"혹시 저팔계같이 생긴 여자가 아니오?"

"맞습니다."

유매향이 분명했다. 대답을 듣는 순간 표도는 즉시 무당에게 말했다.

"지금 당장 출발하십시다."

무당은 피식 웃었다.

"당신을 쫓는 사람이 온 모양이군."

이런 경우가 처음이 아닌지 무당은 문지기에게 그런 사람은 없다고 대답하라 이르고는 표도에게 따라오라고 손짓했다. 표도는 무당의 뒤를 따라 집 안 깊숙이 들어갔다.

"여기야."

한 방 안에 들어가 무당이 벽의 장치를 건드리자 바닥의 비밀 통로가 나타났다. 어두운 계단을 따라 계속 내려가니 이상한 문양이 그려진 철문이 나타났다. 철문을 열고 들어가니 안에는 석실이 있고, 철문과 비슷한 문양이 바닥, 벽, 천장에 이르기까지 가득 채워져 있었다.

"가운데 서 있어."

철문을 닫고 불을 켜며 무당이 말했다. 표도는 대답없이 중앙에 섰다. 무당이 곧바로 손을 모으고 알아들을 수 없는 주문을 외우기 시작하자 사방에 그려진 문양이 무당을 중심으로 빛나며 퍼지기 시작했다.

주문이 계속되자 사방 문양의 빛이 강해져 갔다. 무당의 목소리는 갈수록 커지며 거칠어졌고, 표도는 불안감을 느꼈다.

그때였다.

쾅쾅!

“표도, 어디 있지?! 썩 나와!”

외침 소리가 들리며 철문 두드리는 소리가 요란하게 들려왔다. 바로 유매향의 목소리였다. 그녀는 앞을 막는 문지기를 때려눕히고 협박하여 비밀 통로까지 알아내 쫓아온 것이었다.

“여기 인간들에게 다 들었어. 집주인 여자하고 둘이 있지?! 둘이서 그 안에서 뭔 짓을 하고 있는 거야!!”

그녀의 목소리에는 질투심이 담겨 있었다. 이곳이 뭐 하는 곳인지도 모르고 단지 여자와 함께 있다는 사실만으로 눈에 보이는 것이 없는 모양이었다. 남편까지 있는 여자가 질투를 하다니 개가 웃을 일이지만, 표도는 웃기보다 공포에 질려야 했다.

“괜찮아. 철문 열쇠 없이는 그 누구도 열거나 부수지 못하니까.”

무당의 말에 표도는 조금 안심했다. 그러나 그것도 잠시였다.

“이 연놈들아, 당장 나오지 못해!”

유매향의 욕지거리와 함께 철문 두드리는 소리가 더욱 커졌다. 그와 동시에 철문 주변으로 돌가루가 떨어져 내리기 시작했다.

“안에 있는 년, 잡히기만 하면 머리 가죽을 벗겨 버릴 테다!”

이제는 철문이 조금씩 찌그러져 갔다. 철문 따위, 주먹으로 박살 내는 유매향의 가공할 무공이었다. 무당도 놀랐는지 주문을 멈추고 커진 눈으로 문 쪽을 쳐다보았다.

표도는 지체할 틈이 없다고 판단하고 급히 무당에게 말했다.

"어서 빨리 날 보내시오. 밖의 여자도 내가 없는 것을 보면 당신에게 어찌하지 못할 것이오."

사실은 어디다 숨겼냐고 무당을 족칠 가능성이 높았지만, 표도 입장에서는 제 코가 석 자라 무당을 생각해 줄 여유 따위는 없었다.

"아, 알았어."

무당은 주문을 재개했다. 무당의 주문 소리와 철문 부수는 소리, 유매향의 욕지거리가 뒤섞여 석실 안은 시장통마냥 시끄러웠다.

"됐다!"

어느새 철문은 찌그러져 두 뼘가량의 틈이 생겼다. 유매향은 즉시 축골공을 시전하여 그 틈으로 안으로 들어가려 했다. 그녀의 엄청난 몸뚱이가 그 작은 틈을 빠져나가는데, 마치 연체동물을 보는 듯했다.

표도는 다급해졌지만 주문이 계속되는 한 그 자리에서 움직일 수가 없었다. 급한 김에 품에서 암기를 꺼내 던졌다.

아무리 유매향의 무공이 절세적이라 해도 철문에 끼인 상태에서는 암기를 피할 수 없을 것이다. 철문 사이로 들이민 얼굴에 암기가 정통으로 맞아버렸다.

"아얏!"

그 모습을 본 표도는 용기백배했다. 이 기회에 이 요괴를 죽여 널리 세상에 이바지하리라 결심하고 닥치는 대로 품을 뒤져 암기를 던져 댔다. 던진 암기는 모조리 유매향에게 적중했고, 그녀는 피투성이가 되었다.

그런데 유매향은 그다지 타격이 없는 듯했다. 코맹맹이 소리를 하며 표도에게 말했다.

"아얏! 표 랑, 왜 그래?! 아프단 말이야!"

얼굴에 은은한 홍조까지 띠는 것을 보니 아픔보다는 쾌감을 느끼는 모양이었다.

'변태 요괴 년!'

질린 표도는 무당을 돌아보았다. 도대체 언제 주문이 끝나는지 답답해진 탓이었다. 표도의 공격에 색다른 쾌락을 음미하던 유매향은 그의 시선을 따라 무당을 보았다.

"저년이로군!"

다시 질투로 타오르던 유매향은 석실 안의 빛나는 문양과 무당이 주문을 외우는 것을 보고 뭔가 이상함을 깨달았다.

"무슨 짓을 하려는 거지?"

표도는 대답하지 않고 무당만 재촉했다.

"빨리! 빨리!"

유매향이 노해 외쳤다.

"무슨 짓을 하려는 거야?!"

단숨에 그녀의 몸이 철문을 통과해 석실 안으로 들어왔다. 다시 골격을 맞춘 그녀는 손을 뻗어 무당을 잡으려고 했다. 그런데 그 순간 무당의 힘찬 외침 소리가 들렸다.

"하!"

그와 동시에 석실 사방의 문양에서 쏟아진 빛이 표도에게 쏘아졌다. 유매향이 깜짝 놀라 보니 빛에 싸인 표도의 몸이 점차 사라지고 있는 것이 아닌가?

"안 돼!"

그녀는 즉시 몸을 날려 표도를 잡으려 했다. 그러나 그녀의 손이 표도의 목을 잡으려는 순간, 표도의 모습은 사라지고 그녀는 허공만을 움켜쥐고 말았다.

Chapter 2

다른 세상이라고 문제가 없는 것은 아니다

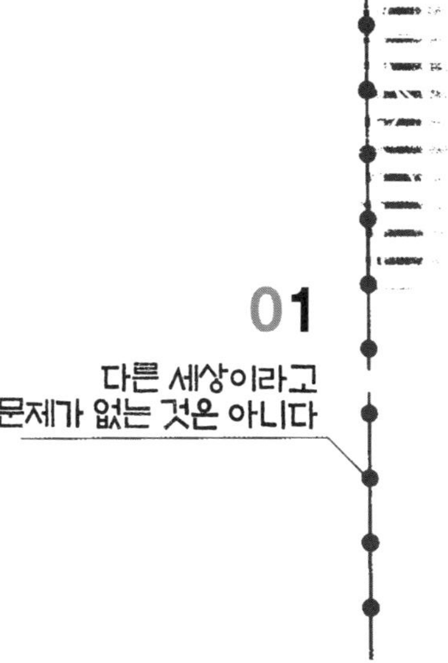

유매향의 손에 잡히려는 찰나, 표도는 놀라 몸을 뒤로 젖히며 비명을 내질렀다.

"헉!"

등이 뭔가에 닿으며 막혔다. 그런데 이게 웬일인가? 유매향의 모습이 어느새 사라지고 없었다.

"어?"

정신을 차린 표도는 주변을 살폈다. 수많은 나무가 그의 눈에 들어왔다.

"숲 속인가?"

하늘을 보았다. 밤하늘의 별빛이 무수히 보였다. 숲 속의 밤. 중원에 있을 때는 흔히 볼 수 있는 광경이다. 하지만 자신

이 좀 전까지 있었던 장소가 지하 석실이고, 시간이 한낮이었
다는 점을 생각해 볼 때 평범한 숲 속의 밤이라고만 볼 수는 없
었다.

표도는 일단 유매향의 손에서 벗어났다는 사실에 안도하며
바닥에 주저앉았다. 잠시 후 그는 한숨을 내쉬고는 중얼거렸
다.

"다른 세상에 온 건가?"

믿어야 할지 말아야 할지 확실한 판단을 할 수가 없었다. 결
론을 내리는 것은 좀 더 상황을 파악한 뒤에 하기로 한 표도는
일어나 일단 걸음을 옮겼다.

나무 사이를 지나 조금 가니 가파른 길이 나왔다. 알고 보니
이곳은 산등성이였다. 표도는 높은 곳으로 올라가 주변을 살
펴보기로 하고 위로 올라갔다. 한참을 오른 후 아래를 내려다
보니 저 멀리 불빛이 모여 있는 것이 보였다.

'마을인가?'

날이 어둡고 거리가 멀어 확실하진 않았다. 표도는 불빛을
목표로 결정했다. 그런데 그가 다시 걸음을 막 옮기려는 순간
바로 아래쪽에서 불빛이 다가오는 것이 보였다.

'누구지?'

다른 세상인 이상 사람이 아닐 수도 있었다. 표도는 가까운
바위 뒤에 숨어 동정을 살폈다.

"……."

아래쪽의 불빛이 조금씩 가까워져 갔다. 언제라도 출수할

준비를 한 채 표도는 기척을 죽이고 불빛이 다가오기를 기다
렸다. 그런데 그때 불빛에서 사람의 목소리가 들려왔다.

"거기 누구 없소?"

중원에서 늘 듣던 사람의 말소리였다. 표도는 조금 안도했
다. 하지만 그것도 잠시, 뭔가 이상하다는 것을 깨달았다.

'왜 다른 세상에서 중원의 말이 들리지?'

중원 내에서도 사투리가 있어 지방마다 의사 소통이 힘들
때가 있다. 다른 나라라면 완전히 말이 다르다. 다른 세상이라
면 더 말할 것도 없어야 했다.

"나는 적이 아닙니다. 들리면 대답해 주시오."

다시 소리가 들렸다. 이제는 가까워 횃불을 든 인영을 확인
할 수 있었다. 표도는 바위 뒤에서 나와 말을 걸었다.

"너는 누구냐?"

즉각 대답이 왔다.

"전 방칠입니다."

"방칠?"

분명 어디선가 들어본 것 같은 이름이었다. 횃불을 든 사람
이 다가와 표도 앞에 섰다. 나이 서른 정도로 흔한 얼굴의 남
자였다.

'어? 그리고 보니……'

얼굴을 보고 곰곰이 생각해 보니 떠오르는 것이 있었다.

"아니, 넌 철사방에 있던 녀석이잖아?"

방칠은 표도가 자신을 알아보자 놀라며 표도의 얼굴을 살

폈다.

"절 아십니까? 그쪽의 성함은 어찌 되십니까?"

"난 표도다."

"표도? 혹시 해리수란 별호를 가지신 표 대협?"

"그렇다."

표도는 대답하는 한편 생각했다. 다른 세상으로 보내준다더니 중원의 아는 얼굴을 만났다. 그렇다면 이곳은 중원이란 소리가 아닌가?

"그놈의 무당, 다른 세상으로 보내준다더니 날 속였어!"

그가 분해 당장이라도 무당을 찾아가 족치려는데 방칠이 웃으며 말했다.

"여기, 다른 세상 맞습니다."

"뭐?"

"저도 표 대협처럼 무당에게 돈을 주고 이 세상으로 온 것입니다. 그러고 보니 벌써 삼 년 전의 일이로군요."

"그렇다면 여기가 정말 다른 세상이란 말인가?"

표도가 믿기지 않는다는 표정이자 방칠이 웃으며 말했다.

"당장은 믿기 힘들지도 모르지만 곧 믿을 수밖에 없게 될 겁니다."

그렇게까지 말하는 것을 보니 확실히 다른 세상으로 온 것이 맞긴 한 모양이었다. 표도는 왠지 기운이 빠지는 것을 느끼며 방칠에게 물었다.

"자네는 여기서 무엇을 하고 있는 건가?"

“산에 불빛이 빛나는 것을 보고 중원에서 누가 왔나 싶어 찾으러 왔지요. 표 대협이 올 줄이야 몰랐지만 말입니다.”

“그래? 나처럼 중원에서 오는 사람이 많은 모양이지?”

“거의 두세 달에 한 번 꼴로 오고는 하지요. 하지만 꼭 표 대협처럼 이곳으로 오는 것은 아닙니다. 대체로 이곳을 포함한 대륙 각지의 네, 다섯 곳에서 무작위로 떨어지고는 하지요.”

표도는 잠시 생각해 보고는 다시 물었다.

“그렇다면 방칠, 자네는 이곳에서 나 같은 사람이 오기를 기다리고 있었던 건가?”

“예, 맞습니다. 다른 중원 사람이 나타나는 지점에서 저 같은 사람이 한 명씩 대기하고 있지요.”

표도의 표정이 진지하게 변했다. 방칠의 말대로라면 조직적인 행동을 보이고 있다고 볼 수 있었기 때문이다.

“자세한 이야기는 제 거처로 가서 하기로 하지요.”

방칠은 말하며 자신의 거처로 안내했다. 그가 사는 곳은 처음 표도가 이 세계에 나타난 숲과 가까운 곳이었다. 표도가 처음 이 세계에 도착해 움직였을 때 반대쪽으로 갔기 때문에 방칠의 거처에서 나오는 불빛을 보지 못한 모양이다.

“여깁니다.”

도착한 집은 중원의 양식과는 다른 이층의 목조 건물이었다. 방칠이 문을 열고 안으로 들어가자 표도도 뒤를 따라 들어갔다. 집 안에 들어서니 나무 탁자 하나가 중앙에 있고 마른 고기와 가죽 등이 벽에 매달려 있었다.

표도는 집 안을 살피다 물었다.

"혼자 사는가?"

"예, 두 명씩 맡기에는 인원이 부족해서요."

둘은 나무 탁자를 사이에 두고 앉았다. 표도는 단도직입적으로 물었다.

"자네의 말을 들어보니 누군가 시켜서 이곳을 지키고 있는 것 같군."

"역시 표 대협이시군요. 그 말씀대로입니다."

방칠은 고개를 끄덕이고는 설명했다.

"전 여기서 중원에서 오시는 분을 맞이하고 새로운 세상에 쉽게 적응할 수 있도록 이 세상의 말과 상식을 알려주는 일을 하고 있습니다."

"이 세상의 말과 상식이라고?"

"예, 이 세상에서도 우리가 살던 세상과 같이 사람들이 살고 있습니다. 조금 생김새가 다르긴 하지만 거의 우리와 별 차이가 없지요. 단, 말이나 풍습 같은 것은 중원과 많이 다릅니다."

이미 사람이 사는 것으로 보이는 마을의 불빛을 봤기 때문에 표도는 의문을 느끼지 않고 고개를 끄덕였다.

"하긴, 세상이 다르니 그렇겠지."

"그래서 처음에 오신 분들은 이 세상 사람과 습관도 다르고 말도 안 통해서 이만저만 고생이 아니지요. 그래서 먼저 이 세상에 온 사람 중 한 분이 이런 생각을 하신 겁니다. 고향을 떠나 여기까지 오게 된 사람들끼리 서로 돕고 살자. 새로 오는 사람들에게 우리와 같은 고생을 하지 않게 하자. 그리하여 그 분을 중심으로 탄생한 조직이 바로 중원회입니다.”

방칠의 설명은 열성적이었지만 표도는 별 반응 없이 생각했다.

‘중원에서 패거리 만들기 좋아하던 놈들이 여기서도 그 버릇을 고치지 못한 모양이군. 난 남에게 소속되는 것도 소속시키는 일도 좋아하지 않으니 상관없는 일이지만, 먼저 온 사람들에게 이 세상의 말과 상식을 배워 알아두는 것은 나쁘지 않겠다.’

마음속으로 결정을 내린 그는 물었다.

“조직을 만들 정도면 꽤나 많이들 이곳에 온 모양이군.”

“예. 무당의 술법으로 이 세상으로 온 사람의 수는 벌써 백 명이 넘습니다.”

“그렇게나 많아? 무당 녀석, 많이도 받아 챙겼겠군. 어쩐지 저택도 으리으리하더라니.”

잠시 투덜거리던 표도는 다시 물었다.

“그 중원회인가의 회주가 누구지?”

“무산선인이십니다.”

“무산선인?”

표도가 곰곰이 생각해 봤지만 들어본 적이 없는 이름이다. 생각이 나지 않자 그는 곧 신경을 껐다.

‘이름이 생각 안 나는 것을 보면 대단한 인물은 아니겠지.’

이곳에 온 사람들은 중원에서 살지 못해 무당을 통해 이곳으로 도망쳐 온 사람들이다. 표도는 자신도 같은 경우이면서도 도망을 친 인간들 중에 대단한 인물이 있겠느냐고 생각했다.

"그런데 넌 왜 이 세상에 왔지?"

"거기에는 눈물 없이는 들을 수 없는 사연이 있습니다."

방칠은 긴 한숨을 내쉬더니 이야기를 시작했다.

"전 우연히 방의 명으로 명문정파 분들을 안내하게 되었습니다. 그런데 거기서 명문의 여식인 한 아리따운 소저를 만나게 되었지요. 그 소저와 난 한눈에 사랑에 빠졌습니다. 하지만 난 사파의, 그것도 일개 방도에 불과한 존재. 반면 그녀는 명문의 금지옥엽. 이루어질 수 없는 사랑이었지요."

그는 살짝 눈물을 글썽였다.

"결국 그녀의 가족들은 절 눈엣가시로 여겨 죽이려 했고, 결국 전 도망을 거듭하다 이곳까지 오게 된 겁니다."

그는 아련히 그때를 떠올리며 그리워했다.

"아아, 그녀는 지금쯤 무엇을 하고 있을까? 날 기억하고는 있을까?"

표도는 같잖다는 표정으로 듣고 있다가 말했다.

"너, 그 여자에게 수작 부리다가 차였지? 그래서 앙심 품고 밤에 약 먹이고 덮치다가 실패했지? 그래서 도망치다 여기 온 거고."

방칠은 깜짝 놀라더니 항의했다.

"아니, 나의 아름다운 추억을 범죄로 몰고 가다니! 아무리 표 대협이라도 너무한 것 아닙니까?"

"닥쳐! 네 이야기에는 치명적인 결점이 있어."

"결점이라고요?"

"네 면상을 봐라. 명문 여식이 한 번 보고 빠질 상판인가."

"……."

순간 말문이 막힌 방칠은 항변했다.

"그녀가 특이한 취향일 수도 있지 않습니까."

그러자 돌연 표도는 진지한 얼굴이 되었다.

"좋아, 어디 허심탄회하게 이야기해 보자. 너, 솔직히 말해 봐. 넌 네 얼굴이 마음에 드냐?"

"…아니요."

"그런데 여자가 마음에 들어하길 바라냐?"

"……."

방칠은 더 이상 따지다가는 삶의 의욕을 상실할 것 같아 입을 다물었다. 한참을 구시렁거리던 그는 돌연 의문을 느껴 물었다.

"그런데 덮치다가 실패한 것은 어떻게 아신 겁니까?"

"그거야 네가 성공했다면 지금 아깝다고 입맛 다시고 있겠냐?"

"……."

진실이 까발려진 방칠은 반대로 물어보았다.

"그러는 표 대협은 어쩌다가? 표 대협의 무공이면 어디 가도 뚫릴 것이 없을 텐데요."

과거를 떠올리는 것만으로도 표도의 얼굴은 우거지상이 되었다.

“묻지 마. 다쳐.”

“…예.”

표도는 화제를 돌렸다.

“그러니까 네가 이 세상의 말과 상식을 가르쳐 준다, 이거지? 그런데 배우는 대신 무조건 중원회인가에 가입하라는 것은 아니겠지?”

“가입은 자유입니다. 한 달간의 교육과 숙식은 고작 금 한 냥만 받고 있습니다.”

“그럼 그렇지.”

표도는 쓴웃음을 지었다. 역시 어느 세상이든 공짜는 없었다.

‘여기까지 와서도 돈을 내야 하는군. 하지만 여기서도 금이 통용된다는 것은 가지고 온 금이 무용지물은 아니라는 뜻이니 한편으로는 다행이다.’

가지고 온 금을 꺼내주며 표도는 문득 생각나는 것이 있어 물었다.

“돈이 없는 사람은? 바로 쫓아내는 거냐?”

“그럴 리가요. 같은 동포인데 그렇게 매정하진 않습니다. 외상으로 하고 중원회의 일을 하는 것으로 갚게 합니다.”

이미 날이 늦어 표도는 방칠이 차려주는 식사를 하고 잠을 잤다. 이곳의 식사는 중원의 것과는 달랐지만 그럭저럭 먹을 만했다.

다음날 아침, 아침 식사가 끝나고 방칠은 일단 기본적으로 알아두어야 할 것들을 설명했다.

"여기서 조금 내려가면 마을이 하나 있습니다. 이 세상의 사람들이 살고 있지요. 하지만 어느 정도 말을 능숙하게 할 수 있기 전까지는 이 세상 사람들을 만나는 것은 삼가십시오."

"왜?"

"그야 우리 중원인이 다른 세상에서 왔다는 것은 어디까지나 비밀이니까요. 자칫하면 큰 문제가 될지도 모르니 그 점을 명심해 주시기 바랍니다."

"알았어."

"이름도 하나 정해두는 것이 좋겠습니다. 이 세상에서는 표도니 방칠이니 하는 이름은 너무 생소하니까요. 적당히 이 세상 사람을 만났을 때 댈 이름을 정하십시오."

"이름? 어떤 이름으로 해야 생소하지 않는데?"

"예를 들어, 저의 경우는 루크라고 합니다."

"루크?"

"예. 루크 스카이워커죠."

왠지 멋있는 것 같다는 생각을 하며 표도는 말했다.

"난 뭐가 뭔지 모르겠으니까 네가 알아서 정해봐."

"예. 그렇다면 솔로가 어떻겠습니까?"

"솔로?"

"예. 멋지지 않습니까?"

"그게 끝이야?"

“끝인데요.”

“넌 뒤에 스카 어쩌고 붙잖아.”

“그럼 헬이라고 붙이죠.”

“헬?”

“솔로 헬입니다.”

“그게 끝이냐?”

“끝입니다. 이름이 마음에 안 드시면 나중에 바꾸기로 하고, 어찌 되었든 말을 배울 동안 이곳 사람들과 만나는 것을 삼가 십시오.”

“알았다.”

고개를 끄덕였지만 표도가 듣기에 자신을 위해서라기보다 중원회 때문인 것 같아 별로 마음에 들지 않았다. 그리고 무엇보다 문제는 이 세상 말을 배우기 전까지는 이 집에 처박혀 있어야 된다는 것이었다.

“이 세상 말을 배우는 데는 얼마나 걸리지?”

“그거야 표 대협의 노력 여하에 달렸죠.”

방칠은 웃으며 책 두 권을 꺼내주었다.

“한 권은 이 세상 말을 배우는 책이고, 다른 한 권은 이 세상을 살며 알아두어야 할 상식이 적힌 책입니다. 둘 다 우리 중원회에서 이 세상에 오는 중원인을 위해 특별히 제작한 것이죠.”

“뭐야? 네가 가르쳐 주는 것이 아니었어?”

“전 일단 볼일이 있어 도시로 나가봐야 해서 보름 정도 자리

를 비울 겁니다. 그동안 혼자서 공부하시고, 나중에 제가 와서
틀린 것이 없나 확인해 보죠.”

표도는 전혀 모르는 세상에 혼자 남겨진다는 사실에 조금
불안함을 느꼈다. 하지만 절정고수인 자신이 방칠 따위에게
의지한다는 것을 보이기 싫어 알겠다고 고개를 끄덕였다.

방칠은 몇 가지 당부를 끝으로 알아서 지내라고 하고는 그
날로 짐을 챙겨 나가 버렸다.

2

방칠이 떠나고 표도는 방칠의 집에서 혼자 지내게 되었다.
그는 배가 고프면 저장되어 있는 식량을 적당히 요리해 먹고,
방칠이 준 책으로 이 세상의 말을 배우거나 무공을 수련하며
시간을 보냈다.

일일이 자신의 손으로 직접 해야 한다는 사실이 귀찮았지
만, 진인겸 부부의 위협을 걱정하지 않아도 된다는 사실만으
로도 그다지 불만은 없었다.

그런데 하루는 밝은 달빛을 받으며 이층 창가에 앉아 책을
읽고 있을 때였다. 멀리서 심상치 않은 느낌의 소리가 귓가에
들려왔다.

‘뭐지?

그대로 창을 통해 지붕으로 올라갔다. 소리가 들려오는 곳
은 산 아래쪽에 있는 마을에서였다. 이곳과 상당한 거리가 있

었지만, 표도의 무공이 뛰어나고 워낙 시끄러운 소리라 바로 알아챌 수 있었다.

"무슨 일이 있는 모양이군."

지금까지 표도는 마을 근처에도 간 적이 없었다. 마을 사람들 역시 방칠의 집 근처로 오지 않았다.

방칠의 말에 의하면 예전 이곳에 머물던 중원인과 마을 사람들 간에 문제가 발생해 이곳은 마을 사람들에게 금지화되었다고 한다. 자세한 이야기는 하지 않았지만 표도는 대충 어떤 일인지 짐작할 수 있었다.

이곳에 오는 중원인은 중원에서 문제를 일으켜 도망쳐 온 자들이다. 그런 인간들이 다른 세상이라고 인간성이 바로 달라지길 기대하는 것은 무리이다. 횡포를 부리거나 폭력을 휘둘렀을 가능성이 높다.

표도는 들려오는 소리에 귀를 기울였다. 비명이나 고함 소리가 심심찮게 섞여 있었다.

'어찌 되었든 모른 척할 수만은 없는 일이군.'

방칠이 말을 능숙하게 익히기 전에는 이 세상 사람과는 접촉하지 말라고 당부했지만, 바로 근처에서 뭔가 문제가 벌어졌는데 아무것도 모른 척하고 가만히 있을 수는 없었다. 무엇보다 며칠 계속 집 안에만 틀어박혀 있다 보니 갑갑했다.

'슬쩍 훔쳐보기만 하면 되겠지.'

표도는 작정하고 경공을 펼쳐 마을로 달려갔다. 마을에 가까워질수록 소리는 더욱 커져 갔다. 그리고 그중에는 사람이 아닌 것의 소리도 있었다.

아우우우우!

표도는 중얼거렸다.

"늑대?"

마을의 전경이 눈에 들어왔다. 마을 외곽은 외적을 막는 방책이 세워져 있었지만, 이미 반쯤 무너져 마을 안쪽이 들여다보였다.

'늑대가 맞군.'

중원의 늑대보다 훨씬 덩치도 크고 생김새도 달랐지만 늑대라 보기에 무리가 없었다. 마을의 거리에는 수십여 마리의 늑대 떼가 날뛰고 있고, 마을 사람들은 늑대의 습격을 피해 이리저리 도망치고 있었다. 무기를 든 청년들이 대항하고 있긴 했지만 자신을 지키는 것만으로도 벅차 보였다.

'어떡하지?'

표도는 잠시 고민했다. 솔직히 표도란 인간은 중원에서도 협객과는 거리가 멀었다. 고통받는 사람들을 위해 발벗고 나서기보다 돈 되는 일에 끼어드는 것을 훨씬 좋아했다.

그런데 그가 망설이는 사이, 한 마리 늑대가 그를 발견하고 달려들었다

크르르릉!

표도는 여전히 생각하면서 반사적으로 손을 뻗었다. 그의 손이 달려들던 늑대의 목을 움켜잡았다. 중원에서 해리수라 불리는 수공이 펼쳐진 것이다.

깽!

손아귀에 힘을 주자 늑대는 목뼈가 부러지며 그대로 축 늘어졌다. 그 순간 표도는 결정을 내렸다.

"오래간만에 몸 좀 풀어보는 것도 좋겠군."

이 세상에 온 이후 계속 집 안에서만 보냈다. 이곳에 오기 전 중원에서도 진인겸 부부에게 도망 다니기에 바빴다. 비록 짐승이긴 하지만 오래간만에 자신보다 약한 존재를 간단히 부숴 버리는 감각을 느끼게 되자 기분이 좋아진 것이다.

결정을 내린 이상 이제 망설임은 없다. 그는 즉시 마을 안으로 뛰어들며 휘파람을 불었다. 내공이 담긴 그의 휘파람 소리는 마을 전체에 울려 퍼졌다.

그 소리에 자극을 받은 늑대들이 표도를 향해 달려들기 시작했다. 표도는 양손을 쉴 새 없이 움직이며 달려드는 늑대들의 목을 닥치는 대로 잡아 꺾어버렸다. 한 번 손을 뻗을 때마다 여지없이 한 마리의 목이 잡혀 부러지니 백발백중이었다.

"하하하하!"

흥이 난 표도는 웃음을 터뜨렸다. 중원의 늑대보다 크고 강하다 해도 표도의 상대는 아니었다. 순식간에 그의 주위로 늑대 시체가 쌓였다.

마을 사람들은 갑작스런 사태에 놀라 행동을 멈추고 표도를 바라보았다. 늑대들 역시 자신의 동료들이 너무나 간단히 죽어나가자 공격을 멈추고 그를 둘러싼 채 으르렁거리기만 했다.

그런데 그때였다. 어디선가 늑대 울음소리가 들려왔다. 다른 늑대와는 확연히 다른 느낌이었다. 표도 주위의 늑대들이 그 소리를 듣자마자 호응하듯 함께 울어댔다.

'우두머리인가?'

표도는 소리가 들려온 방향으로 고개를 돌렸다. 그리고 나타난 우두머리 늑대의 모습을 보고 크게 놀랐다.

'저게 뭐야?'

나타난 늑대는 늑대의 모습이긴 했지만 두 발로 서 있는 것이 아닌가? 누더기지만 옷도 입고 있는 것이 사람과 늑대를 반쯤 섞어놓은 것 같았다.

'늑대 요괴?'

이 세계에 온 지 얼마 되지 않는 표도에게 늑대인간은 처음 보는 존재였다.

크르르룽!

늑대인간은 손에 들고 있던 인간의 시체를 던져 버리고 표도에게 다가왔다. 표도는 상대가 처음 보는 괴물이자 지금까지의 여유를 버리고 경계심을 가졌다.

카악!

빈틈을 노리던 늑대인간이 표도에게 달려들었다. 다른 늑대와는 비교도 안 되는 빠르기였다. 그러나 그 순간 표도의 오른손이 번개같이 움직였다.

우둑!

뼈가 꺾이는 소리가 들리며 늑대인간은 그대로 바닥에 털썩 쓰러졌다. 이번에도 다른 늑대와 마찬가지로 일수에 목을 잡아 꺾어버린 것이다.

"흥, 별것도 아니군."

괜히 쫄았다고 생각하며 표도는 피식 웃었다. 그런데 그 순간 죽은 줄 알았던 늑대인간이 달려들며 표도의 다리를 덥석 깨무는 것이 아닌가?

"악!"

표도는 고통과 놀람에 소리쳤다. 지금까지 살면서 자신이 목을 꺾은 자치고 살아난 인간이 없었다. 그렇기에 이번 늑대인간 역시 지금까지와 마찬가지로 죽었을 것이라 생각하고 방심하고 있다 그만 불의의 기습을 받은 것이다.

"이놈이!"

분노한 표도는 힘껏 장을 내려쳤다. 머리통에 정통으로 장을 맞는 늑대인간은 두개골이 함몰되며 그대로 뻗었다.

"제길, 깜짝 놀라게 하고 있어."

표도는 투덜거리며 다리의 상처를 살폈다. 이빨에 물린 자국이 선명하게 나 있었지만 그렇게 큰 부상은 아니었다.

그런데 뭔가 이상한 느낌에 돌아보니 죽은 줄 알았던 늑대인간이 꿈틀거리고 있는 것이 아닌가?

"뭐야, 대체 이건?"

목뼈가 부러지고 두개골이 함몰되어도 살아 있다는 것은 지금까지의 그의 상식으로는 있을 수 없는 일이었다.

크아아아!

늑대인간이 벌떡 일어났다. 아무래도 안 되겠다고 생각한 표도는 품에서 자신의 무기인 철선을 꺼냈다. 특별한 철로 만들어진 이 부채는 화접선이라 하여 공수 양면에서 균형 잡힌 무기였다.

캬아!

괴성을 지르며 늑대인간이 달려들었다. 엄청난 속도였지만, 표도의 감각은 상대의 움직임을 이미 간파하고 있었다.

"섬!"

표도는 외치며 부채를 펴 휘둘렀다. 부챗살은 명도(名刀)와 같은 날카로움을 보이며 초승달 형태의 섬광을 만들어냈다. 그와 동시에 달려들던 늑대인간의 몸과 머리가 분리되며 각기 바닥으로 굴러 떨어졌다.

"이젠 죽었으려나?"

죽었을 거라 생각하면서도 두 번이나 예상이 틀린 경험이 있어 자신이 없어진 표도는 늑대인간을 살폈다. 그런데 이 늑대인간은 몸과 분리가 되었음에도 불구하고 눈을 부라리고 표도를 노려보고 있는 것이 아닌가?

"이 자식, 대체 어떻게 하면 죽는 거야?"

표도가 기가 막혀 하고 있는데, 마을 청년들이 몰려오더니 늑대인간을 마구 찔러댔다. 이번에는 효과가 있었는지 늑대인간은 마침내 숨을 거두고 잠잠해졌다. 몇 남지 않은 늑대들도 우두머리가 죽자 전의를 상실했는지 꼬리를 말고 도망쳐 버렸다.

‘어찌 되었든 끝났군.’

특이한 괴물 놈 때문에 생각보다 고생했다고 생각하며 표도 는 주변을 둘러보았다. 마을 사람들이 모두 나와 표도를 쳐다 보고 있었다.

“고맙다는 인사보다는 돈이나……. 뭐, 이런 말을 해봤자 통 하지도 않겠지?”

아직 표도가 익힌 이 세계 말이 일천해 의사 소통을 하기에 는 무리였다.

“에… 그러니까… 감사보다는 돈…….”

표도는 방칠이 준 이 세계 말 책을 뒤지며 몇 마디 하려고 했다. 그런데 뭔가 이상한 느낌에 문득 고개를 드니 마을 사람 들의 표정이 뭔가 이상했다. 어린이, 여자, 노인 등은 뒤로 물 러나 피해 있고, 청년들이 무기를 들고 자신을 노려보고 있는 것이었다.

“어이, 이봐! 왜 그래? 설마 이 세계는 은혜를 원수로 갚는 것이 유행인 것은 아니겠지?”

그때 청년 하나가 검을 내밀며 소리쳤다. 표도로서는 알아 먹을 수 없었지만 대충 분위기로 파악할 수 있었다.

‘나보고 꺼지라 이거로군.’

도와줬더니 고맙다는 소리 한마디 없이 쫓아내려 하다니. 표도는 화가 치밀어 올랐지만 오늘은 더 이상 싸우고 싶지 않 았고 늑대인간에게 물린 상처도 신경 쓰여 그만두기로 했다.

“이것들아, 인생 그렇게 살지 마!”

알아듣지는 못하겠지만 한마디 해주고 표도는 방칠의 집으로 돌아왔다.

"이 세계 인간들은 돼먹지를 않았어."

그는 투덜거리며 책을 읽던 창가에 앉아 바지를 올리고 늑대인간에게 물린 상처에다 금창약을 발랐다. 그리고 문득 고개를 들어 하늘에 뜬 보름달을 바라보니…….

"왠지 휘영청 뜬 달을 보니 가슴이 뛰고 기분이 싱숭생숭하군. 고향 생각이 나서 그러나? 내가 이런 풍류가 있는 인간인 줄은 예전엔 미처 몰랐네."

3

늑대 습격 사건 이후 별다른 문제 없이 시간이 흘렀다. 표도는 늑대에게 물린 상처가 근질근질했지만, 상처가 나으려니 그럴 거라고 대수롭게 여기지 않았다. 단지 낮에는 피곤하고 밤에 잠이 잘 안 오는 것이 불면증이 아닐까 조금 걱정될 뿐이었다.

얼마 후, 방칠이 돌아왔다.

"그동안 별일 없으셨습니까?"

"응."

표도는 마을에 갔던 일을 이야기하면 왜 당부를 어겼냐고 귀찮게 할까 봐 말하지 않고 넘어갔다. 방칠은 별 눈치를 채지 못하고 자신이 할 말만 했다.

“실은 도시에 나가 중원회에 표 대협이 오신 일을 전했습니다. 그러자 회주이신 무산선인께서 표 대협을 만나고 싶어 하십니다.”

그는 표도의 눈치를 살짝 살피며 물었다.

“어떻습니까, 저와 함께 중원회로 가시는 것이?”

표도는 중원회주 무산선인이라는 자가 자신을 영입하고 싶어 한다는 것을 알아챘다.

‘어떡할까?

그는 중원에서도 혼자 행동하는 사람이었다. 남의 밑에 들어가고 싶지도 않고, 그렇다고 골치 아프게 조직을 이끌 생각도 없었다.

하지만 생각해 보니 계속 여기 처박혀 있기도 뭐하고, 그렇다고 달리 갈 만한 곳도 없었다.

‘하긴, 중원회주를 만난다고 해서 꼭 중원회에 들 필요는 없지.’

그는 방칠에게 물었다.

“중원회가 어디지?”

“중원회의 총본부는 여기서 한 달 정도 걸리는, 우리가 있는 이 나라의 수도에 있습니다.”

방칠은 지도를 꺼내 보이며 설명했다.

“지금 우리가 있는 이 나라를 하이랜드라고 합니다. 데메테르라고 하는 이 세계에서 가장 큰 대륙의 3국 중 하나이지요. 우리가 있는 곳은 하이랜드 왕국의 남부 지방, 여기 서부 관문을 통과해 가면 수도인 유프투스에 도착합니다.”

표도는 방칠의 설명을 듣다 보니 마침 이 나라의 수도에 있다고 하니 이 세상을 구경하는 셈 치고 가보는 것도 나쁠 것 같지 않다고 생각되었다. 순간의 기분에 결정을 내린 그는 선뜻 고개를 끄덕였다.

“가보지, 뭐.”

“잘 생각하셨습니다.”

이삼 일 후, 표도와 방칠은 여행을 위한 준비를 마치고 수레에 올라타 수도를 향해 출발했다. 어느 정도 집에서 멀어지자 방칠이 말을 꺼냈다.

“그럼 여행을 시작하며 당부드릴 것을 이야기해야겠습니다. 중원에서는 여행에서 주의해야 할 것이 도적 떼들이었지요? 물론 이곳이라고 도적 떼가 없는 것은 아니지만, 이 세계의 경우 여행에서 가장 주의해야 할 것은 몬스터들입니다.”

“몬스터?”

표도의 반문에 방칠은 의아해졌다.

“제가 준 이 세상의 상식 책에 나와 있을 텐데요. 안 읽어보셨어요?”

“아직 말 배우는 책도 떼지 못해서 그 책은 손도 대보지 않았지.”

“꼭 읽어보시는 것이 좋을 겁니다. 특히 몬스터의 경우 대처방법을 모르면 아무리 무공이 강해도 아차, 하는 사이에 당할 수도 있으니까요. 특별한 방법을 쓰지 않으면 좀처럼 죽이기 힘든 것도 많습니다."

그는 살짝 아부를 덧붙였다.

"표 대협의 무공이라면 위험한 일은 없을 테지만요."

방칠의 말을 듣자 표도는 얼마 전 상대했던 늑대인간의 일이 생각했다.

'더럽게 안 죽더니 특별한 방법이 필요한 몬스터란 것이었나 보군.'

그는 또다시 그런 경우를 만나게 되면 곤란할 것 같다는 생각이 들었다. 그래서 마차를 타고 가는 동안 어차피 할 일도 없고 하여 상식 책을 봐두기로 했다.

'어디 보자. 몬스터 편이라……. 여기 있군.'

몬스터에 대한 설명은 상식 책에서 가장 많은 부분을 차지하고 있었지만, 이 세상에는 워낙에 많은 종류의 몬스터가 있어 모두 언급하기는 무리였다. 그렇기에 이 책에 실린 것은 흔하게 만나게 되거나, 만났을 때 특별한 대처 방법이 필요한 것만을 주로 서술하고 있었다.

'정말 별의별 요괴들이 다 있군. 얼씨구, 이 오크란 놈들은 유매향을 닮았잖아?'

표도가 보기에 별 신기한 괴물들이 많아 그는 푹 빠져 책을 읽었다. 여관에 도착해서도 식사를 하며 한편으로는 책을 읽는데, 한 몬스터 설명이 눈에 띄었다.

'이 녀석이 내가 상대한 늑대요괴로군.'

한번 상대해 본 놈이라 표도는 흥미를 가지고 자세히 읽었다.

 해리수 표도의
도망자

‘워 울프, 달의 마력에 영향을 받아 변신하는 것들 중 가장 대표적인 몬스터. 재생력이 뛰어나고, 특히 달이 차 있을 경우 불사에 가까워진다. 선천적으로 태어날 때부터 워 울프인 경우와 워 울프에게 물려 감염된 경우가 있다.’

표도의 표정이 변했다.

‘감염이라고?’

그는 떨리는 심정으로 계속해서 읽었다.

‘이 워 울프를 상대하기 위해서는 마를 물리치는 은제 무기가 효과적이다. 자칫해서 물릴 경우 감염되어 자신이 워 울프가 될 가능성이 있으니 특히 조심할 것……’

표도는 떨리는 눈으로 책을 들고 있는 자신의 팔을 보았다. 얼마 전부터 신경 쓰이게 많이 난 팔뚝의 털이 보였다.

그의 머릿속에 한 개의 단어가 메아리쳤다.

‘감염, 감염, 감염, 감염, 감염, 감염……!’

방칠이 이상해하며 물었다.

“어디 아프십니까? 안색이 좋지 않아 보입니다.”

정신을 차린 표도는 즉시 말했다.

“아, 아닐세.”

그의 머리가 빠르게 회전했다. 당시 마을 사람들이 자신에게 험악하게 대한 것은 배은망덕해서가 아니라 워 울프에 물린 자신이 워 울프가 될 것임을 알고 있었기 때문이다.

‘아니, 지금 문제는 그게 아니지. 감염이라는 말이 쓰인 것을 보면 병과 비슷하다는 것이다. 뭔가 치료 방법이 있을지도

모른다.'

먹는 둥 마는 둥 대충 식사를 끝낸 표도는 자신의 방으로 갔다. 혼자가 된 그는 상식 책을 뒤지며 필사적으로 치료 방법을 찾았다.

그러나 중원회에서 만든 이 상식 책은 중원에서 처음 온 사람들이 이 세상 사람들과 위화감을 느끼지 않고 적응하며 살아갈 수 있도록 하는 것을 목적으로 만들어진 것이었다. 그렇기 때문에 이 세상 사람이라면 누구나 알 만한 지식만이 적혀있을 뿐, 워 울프에 물렸을 경우의 대처 요령 같은 특별한 경우를 언급한 내용은 어디에도 없었다.

결국 몇 시간의 노력 끝에 얻은 수확이라고는 이 책에는 자신이 원하는 것이 안 적혀 있다는 사실을 확인한 것뿐이었다.

"으아아악! 어쩌란 말이야!"

책을 집어 던진 표도는 머리를 부여잡고 절규했다.

'방칠에게 의논할까? 아니, 만약 치료 방법이 없다면 날 괴물 취급해 죽이려 할지도 모른다.'

하지만 아직 이 세계에 대한 지식이 일천한 표도로서는 달리 의논할 상대도 없었다. 망설이던 표도는 그 방법밖에 없다고 결론을 내리고 방칠의 방을 찾아가려 했다. 그런데 그때,

두근두근!

갑자기 미친 듯이 심장이 뛰었다. 표도는 자신도 모르게 창밖을 바라보았다. 휘영청 뜬 보름달이 눈에 들어왔다.

두근두근!

그 순간 표도의 목구멍을 통해 이질적인 외침이 터져 나왔다.

한편, 옆방의 방칠은 표도와는 반대로 한참 꿈에 부풀어 있었다.

'이번 일은 내 평생 다시없는 기회다. 반드시 성공시켜야 한다.'

중원에서 오는 사람을 기다리고 있다가 안내하는 역할은 중원회 내에서 가장 능력없고 위치가 낮은 사람이나 하는 일이었다. 방칠 역시 예외가 아니다.

그런 방칠에게 있어 표도 같은 절정고수를 안내하는 일은 평생에 다시없는 기회였다. 그는 이번에 표도를 잘 꼬드겨 중원회에 가입시키고, 그의 후광을 이용해 중원회의 요직을 차지할 기대를 가지고 있었다.

'장래 표도를 회주 자리에 올리고 내가 그의 보좌로 이인자의 자리에……'

갈수록 꿈과 희망이 꺼져 갈 때였다. 표도가 잠들어 있을 옆방에서 심상치 않은 소리가 들려왔다.

"아우우우우우!"

방칠은 깜짝 놀랐다. 왠지 모골이 송연해지는 소리였다. 그와 동시에 표도가 자고 있어야 할 옆방에서 물건 부서지는 소리가 들렸다.

"무슨 일이지?"

자리에서 일어난 방칠은 표도의 방문을 두드렸다.

"표 대협! 표 대협!"

그런데 안에서 들려오는 대답 소리는 사람의 것이 아니었다.

"크아아아아!"

방칠은 깜짝 놀랐다. 표도의 방 안에서 무슨 일이 생긴 것은 확실한 것 같은데, 문을 열고 안으로 들어가 볼 엄두가 나지 않았다. 그가 문 앞에서 망설이고 있는데, 다시 방 안에서 외침 소리와 함께 창문이 부서지는 소리가 들렸다.

"표 대협!"

이제는 망설이고 있을 때가 아니었다. 문을 부수고 방 안으로 뛰어들었다. 그러나 이미 방은 텅 비어 있었고, 박살이 난 창문을 통해 찬바람만 몰아칠 뿐이었다.

"이게 대체… 어떻게 된 일이지?"

Chapter 3
아픔은 서로 나누면 줄어든다?

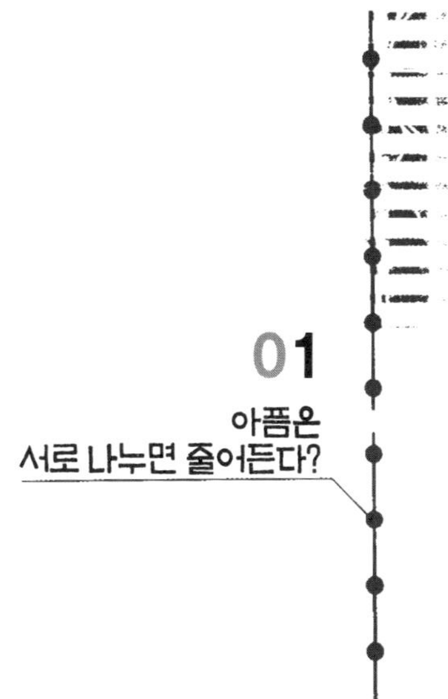

표도는 달리고 또 달렸다. 워 울프가 되면서 증강된 신체 능력과 수련을 통해 얻은 절정의 무공이 합쳐지니 그 속도는 실로 가공할 만했다.

순식간에 들판을 지나 몇 개의 산을 넘었다. 방칠과 함께 묵었던 여관이 있는 마을과는 수십 킬로미터 이상 떨어지게 되었다.

갑작스레 발동한 야성은 미친 듯한 질주로 체력이 어느 정도 떨어지자 진정되었다. 갈증을 느낀 표도는 들려오는 시냇물 소리에 달리는 것을 멈추고 시냇가로 향했다. 머리를 물에 처박고 실컷 마시자 비로소 정신이 들었다.

'헉!'

밝은 달빛이 수면에 비추는 모습은 표도의 얼굴이 아닌 늑대의 것이었다.

'이럴 수가!'

표도는 기가 막혔다. 이 세계에 온 지 불과 한 달여 만에 요괴가 되어버리다니!

'이건 꿈이야!'

그는 가까운 나무에 머리를 들이박았다. 머리가 깨지며 피가 튀었지만, 달의 마력으로 활성화된 워 울프의 재생력으로 곧 아물어 버렸다. 자해도 마음대로 되지 않는 신세였다.

'재수없는 놈은 뭘 해도 안 된다더니 딱 내가 그렇구나! 이게 무슨 꼴이란 말인가!'

한참을 공황 상태에 빠져 주저앉아 있던 표도가 일어난 것은 배고픔 때문이었다. 자신의 신세가 기가 막힌 것은 기가 막힌 것이고, 뱃속은 먹을 것을 내놓으라고 아우성이었다.

'먹을 만한 것이…….'

표도는 먹을 것을 찾아 돌아다녔다. 여기가 어딘지 감도 잡을 수 없는 상황에서 그저 배를 채우고 싶다는 본능만으로 그는 움직였다. 그러다 보니 그만 나무에 붙어 있는 흰 털의 존재를 눈치 채지 못하고 말았다.

뭔가 이상한 것을 느낀 것은 그로부터 얼마 후였다. 처음 맡아보는, 그러나 본능적으로 거부감이 느껴지는 묘한 냄새가 그를 자극했다.

'이게 뭐지?

겉은 늑대의 모습이었지만 안은 아직 인간이었다. 표도는 본능이 전해주는 정보를 이해하지 못했다. 그저 뭔가 기분 나쁜 존재가 있다고 생각할 뿐이었다.

그가 그 존재를 확실히 알아차린 것은 뒤편에서 엄청난 포효 소리가 들려오고 나서였다.

크오오오오오!

깜짝 놀라 돌아보니 집채만 한 크기의 거대한 괴물이 자신을 노려보고 있었다. 원숭이 같은 형체에 길고 흰 털이 몸을 완전히 덮고 있는 가운데, 검을 수십 개쯤 늘어놓은 것 같은 흉측한 이빨과 발톱만이 털 밖으로 튀어나와 있었다.

'이놈은 뭐야?'

표도가 읽었던 이 세계의 상식 책에는 나와 있지 않은 몬스터였다.

사실 이 몬스터는 사스콰치라고, 상당히 희귀하면서도 몬스터 중 상위에 속하는 강력한 생물이었다. 표도가 뭣도 모르고 자신의 영역에 침입하자 분노해 나타난 것이었다.

표도는 몬스터의 이름이야 몰랐지만, 크기와 이빨의 흉포함으로 미루어 무서운 괴물이라는 것만은 알 수 있었다. 상대해 좋을 것이 없겠다고 판단한 그가 도망치려는데 사스콰치가 긴 팔을 뻗어 휘둘러 왔다.

콰직!

휘두르는 팔 앞에 서 있는 아름드리 나무들이 힘없이 부러져 나갔다.

‘엄청난 힘이다!’

제아무리 대단한 고수라도 해도 저런 공격에 맞았다가는 일격에 허리가 두 동강 날 것이 분명했다. 표도는 급히 뒤로 물러나 피하며 그대로 도망쳤다.

그러자 사스콰치가 팔다리를 놀리며 쫓아왔다. 움직임이 엄청나게 빠른 데다가 보폭에 있어 비교가 되지 않으니 표도의 경공이 뛰어나도 좀처럼 떼어놓을 수가 없었다. 게다가 얼마 가지 않아 병풍처럼 펼쳐진 절벽이 앞을 가로막았다.

‘젠장, 일부러 날 이쪽으로 몰아간 건가?’

표도는 괴물 따위에게 속았다는 사실에 어처구니가 없었다. 하지만 감상에 젖어 있을 때가 아니었다. 사스콰치가 또다시 공격해 왔다. 표도는 잽싸게 몸을 날려 피했다.

사스콰치의 공격은 기세, 속도, 공격 거리, 위력 등에 있어서 엄청났지만 단 한 가지, 공격의 변화만큼은 단순했다. 절정고수인 표도로서는 충분히 피할 수 있을 정도였다. 계속되는 공격을 피하며 어느 정도 여유까지 생긴 표도는 반격을 준비했다.

그러나 표도는 불운했다. 표도를 맞추지 못한 사스콰치의 공격이 절벽을 후려친 것이다. 그 강력한 위력 앞에 절벽이 부서지며 바위들이 쏟아져 내렸고, 그 위치가 하필이면 절벽에 가까이 붙어 있던 표도의 바로 위였다.

비처럼 쏟아지는 돌덩이들을 모두 피하는 것은 제아무리 표도라 해도 불가능했다. 커다란 돌덩이 하나를 머리에 정통으로 맞은 표도는 짐승의 비명 소리를 내질렀다.

"깽!"

충격으로 머리가 어질어질하고 정신을 차릴 수가 없었다. 그 기회를 놓치지 않고 사스콰치의 공격이 작렬했다.

퍼억!

표도의 몸이 수십 장을 날아가 바위에 부딪쳤다. 얼마나 강력한 위력이었는지 그가 부딪친 바위가 산산이 부서질 정도였다. 단 일 격에 표도의 몸은 힘없이 바닥이 누웠다.

크르르르!

승리를 확신한 사스콰치가 천천히 표도에게 다가왔다. 그런데 그때였다. 표도의 눈이 번쩍 뜨였다.

"캬오오오오오!"

표도는 바닥을 박차고 뛰어올랐다. 한순간 사스콰치의 어깨 위를 스쳐 가는 듯싶더니 사스콰치의 어깨가 갈라지며 피 분수가 뿜어져 나왔다.

캭!

사스콰치는 상처에 분노하며 긴 팔을 마구 휘둘러 표도를 잡으려고 했다. 그러나 표도는 섬광처럼 사스콰치의 주변을 맴돌며 그때마다 상처를 새겼다. 한밤중의 두 야수는 소리를 질러대며 치열한 싸움을 벌였다.

"크오오오!"

카아아아!

일반적으로 사스콰치는 워 울프와는 비교도 되지 않을 만큼 강력한 몬스터이다. 하지만 그것은 어디까지나 일반인이 워울프가 되었을 경우에 해당하는 이야기일 뿐, 절정고수인 표도의 무공과 워 울프의 능력이 합쳐지니 그 능력은 사스콰치를 훨씬 상회했다.

크아!

사스콰치가 팔을 뻗어 바닥에 서 있는 표도를 잡으려 했다. 그러나 그는 이미 그 자리에 없었다. 사스콰치의 팔을 타고 머리 위로 올라가 사스콰치의 이마를 향해 팔을 뻗었다. 표도가 자랑하는 절정의 수공과 워 울프의 힘이 합쳐져 사스콰치의 두개골이 산산이 부서졌다.

"……."

머리에 구멍을 남기며 사스콰치는 무너지듯 쓰러졌다. 표도는 승리의 포효를 내지르며 사스콰치의 피부를 뜯어내고 살점을 뜯어 먹었다.

"아우우우우우!"

다음날, 아침 햇살을 느끼고 표도는 깨어났다. 정신을 차린 그가 한 일은 자신의 팔을 살피는 일이었다.

"헉!"

털은 사라지고 본래의 자신의 팔이 눈에 들어왔다. 안도의 한숨을 내쉰 그는 중얼거렸다.

"꿈이었나……?"

그러나 그것이 착각이라는 사실을 표도는 곧 알 수밖에 없었다. 어디인지 알 수 없는 장소와 옆에 쓰러져 있는 거대한 괴물, 그리고 어젯밤 사투의 흔적.

"꿈이 아니었어."

그가 기억하는 것은 괴물에게 일격을 당하고 날아갔을 때까지였다. 그는 마음을 진정하고 주변의 흔적과 괴물의 상처를 보고 상황을 추리했다.

결론은 생각보다 쉽게 났다. 괴물의 몸에 난 무수한 상처, 무엇보다 결정타였을 이마의 상처는 비록 손톱이라는 다른 무기를 사용했음에도 자신의 독문 무공에 의한 것임을 명백히 보여주고 있었다.

"내가 한 거군."

쓰러진 사스콰치를 보던 표도는 문득 자신의 몸을 확인했다. 분명 즉사해야 정상이었을 공격을 당했는데, 평소와 전혀 다름없이 멀쩡했다. 상식 책에서 읽었던 워 울프에 대한 내용이 생각났다.

"워 울프의 재생력……."

표도는 쓴웃음을 지었다.

"완전히 괴물이 되어버렸군."

그러나 한탄만 하고 있을 수는 없었다. 어떻게든 원래대로 돌아갈 방법을 찾지 않으면 안 되었다. 제아무리 강력한 힘을 준다고 해도 그는 짐승이 되고 싶지는 않았다.

어느 정도 시간이 흘러 진정한 표도는 해치운 사스콰치의 고기로 요기를 하고 방칠에게로 돌아가기 위해 움직였다. 그러나 도대체 자신이 어젯밤에 어느 방향으로 얼마나 달려온 건지 짐작조차 되지 않았다. 사람이나 안내 표지라도 있다면 이곳이 어디인지 파악할 수 있을 텐데, 이곳은 끝없이 나무만이 펼쳐진 숲이었다.

"젠장! 완전히 길을 잃었군."

이리저리 헤매는 사이 결국 해가 져 버렸다. 만월에 가까운 달이 뜨자 표도는 또다시 워 울프로 변신했다. 하지만 완전한 만월도 아니고, 이미 한 번 겪은 일이라 폭주하여 돌아다니는 일은 없었다.

워 울프가 되자 길을 찾는 것은 한결 쉬워졌다. 인간보다 훨씬 뛰어난 늑대의 감각이 수색을 용이하게 했다. 얼마 안 가 표도는 인간의 냄새를 찾아낼 수 있었고, 냄새의 흔적을 따라 이동한 결과 멀리 마을의 불빛을 발견할 수 있었다.

'찾았군.'

현재 늑대의 모습으로 마을로 들어갈 수는 없었다. 날이 밝아 원래대로 돌아온 후 마을 사람들에게 이곳이 어디인지 물어볼 생각이었다. 다행히 열심히 공부한 덕분에 표도의 언어는 이 세계의 사람과 의사 소통이 가능한 정도까지 되어 있었다.

그런데 생각지도 않은 문제가 나타났다. 어느 정도 마을에 가까워졌을 무렵, 갑자기 눈부신 빛이 사방에서 표도를 비추었다. 눈부신 빛에 당황한 표도가 손으로 빛을 가리려고 하는데, 앞쪽에서 우렁찬 외침 소리가 들려왔다.

“나타났구나, 몬스터 녀석! 나 하이랜드 왕국 대몬스터 토벌
대 대장 우드록이 퇴치해 주겠다!”

2

표도가 도착한 마을은 사스콰치의 위협에 시달리고 있었다.
당장 사망자가 있는 것은 아니었지만, 사스콰치가 무서워 숲
으로 들어가지 못하니 먹고살 길이 막막해져 있었다.

고민하던 마을 사람들은 사람을 보내 몬스터 토벌을 요청했
다. 그리하여 도착한 것이 바로 우드록이 이끄는 대몬스터 토
벌대였다. 그들은 바로 오늘 낮 마을에 도착하여 마을 외곽에
서 전투 준비를 하고 있다가 갑자기 워 울프가 나타나자 즉시
전투에 돌입한 것이다.

먼저 그들은 대몬스터 무기 중 하나인 라이트를 비추었다.
강력한 불빛을 비추면 상당수의 야행성 몬스터들은 시력을 잃
고 전의를 상실하고 만다.

‘뭐, 뭐야?’

표도는 당황했다. 갑자기 나타난 토벌대인가 하는 자들도
문제지만 도무지 눈을 뜰 수 없는, 사방에서 비추는 빛이 당장
더 큰 문제였다. 몬스터 토벌대의 라이트는 워 울프인 표도에
게도 확실한 효과를 가져왔다.

“공격!”

대장인 우드록의 외침과 동시에 공기를 가르는 소리가 나며

수십 개의 화살이 날아왔다. 표도는 피하려 했지만 앞을 제대로 볼 수 없는 상태에서 완전히 피하는 것은 무리였다.

"윽!"

화살 하나가 허벅지에 박혔다. 엄청난 통증과 함께 살이 타올랐다. 대몬스터 토벌 부대답게 화살촉에 은 처리를 한 무기를 기본으로 장비하고 있었던 것이다.

'젠장! 이게 뭐야?'

적이 아니라고 소리치려 해도 입에서 나오는 소리라고는 늑대 우는 소리밖에 없다. 그래 가지고는 말이 통할 리도 없고, 싸우려고 해도 상황은 압도적으로 불리했다. 즉시 결단을 내린 표도는 급히 도망쳤다.

"쫓아라!"

우드록이 기세 좋게 소리치며 쫓으려는데, 심복 부하인 리엔 칭이 말했다.

"뭔가 이상합니다. 우리 정보로 마을을 습격한 몬스터는 신장이 5미터에 달하는 대형 급인데, 방금 몬스터는 워 울프가 아닙니까."

하지만 우드록은 대수롭게 여기지 않았다.

"겁에 질린 마을 사람들이 잘못 보고 전해진 과장된 것이겠지. 어찌 되었든 워 울프는 자칫하면 대량으로 확산되는 위험한 몬스터다. 일단 본 이상 말살하지 않으면 안 된다."

그는 십여 명의 부하를 이끌고 표도를 쫓아 나무가 우거진 숲으로 들어갔다. 그들은 무기를 든 채 주변을 경계하며 숲 속으로 들어갔다.

“어디로 도망쳤지?”

핏자국이 도망친 길을 표시해 주는 것은 얼마 가지 않았다. 나름대로 많은 실전을 거쳐 추적의 경험이 상당한 그들이었지만, 얼마 가지 않아 흔적을 완전히 놓치고 말았다. 별수없이 주변을 샅샅이 뒤지며 계속해서 앞으로 나아갔다.

그렇게 한참 동안 숲 속을 돌아다닐 때였다.

“대장님, 이쪽으로 와보십시오.”

리엔 칭의 말에 우드록이 다가가 보니 여기저기 나무가 부러진 싸움의 흔적이 펼쳐져 있었다.

“분명 대형 몬스터가 한 짓입니다. 마을 사람들이 말한 몬스터의 짓이 분명합니다.”

“과연. 그러니까 몬스터가 둘이란 소리로군.”

우드록은 납득하고 부하들에게 경계를 철저히 하라고 지시한 후 싸운 흔적을 따라 이동했다. 얼마 후 그들이 발견한 것은 죽은 사스콰치의 시체였다.

“사스콰치라니?!”

우드록은 놀랐다. 사스콰치는 몬스터 중에서 최상급에 속하는 강력한 마수이다. 애초에 마을을 습격하는 몬스터가 사스콰치라는 것을 알았다면 자신들 소수의 토벌대가 아닌 기사단이 출동했을 것이다.

“아니, 가만. 그렇다면 사스콰치를 죽인 것은 뭐지? 최근 이 근처에 기사단이 출동했다는 소리는 들은 적이 없는데. 설마 이놈보다 더 강한 놈이 있단 소린가?"

사스콰치의 시체를 살핀 리엔 칭이 믿을 수 없다는 표정이 되었다.

"상처로 보아 워 울프의 손톱 자국이 분명합니다."

"뭐라고? 워 울프가 자신보다 몇 배나 큰 사스콰치를 죽였단 말인가? 말도 안 된다."

리엔 칭은 불안한 듯 주위를 살피며 말했다.

"아무래도 돌아가는 것이 낫겠습니다. 우리가 쫓던 워 울프가 사스콰치를 해치운 놈이라면……."

뒷말은 하지 않아도 충분히 예측할 수 있었다. 우드록도 불안해졌는지 이의를 제기하지 않고 고개를 끄덕였다.

"일단 돌아가 태세를 정비하자."

그는 주변에 흩어져 경계하는 부하들을 불러들였다. 그런데 막상 떠나려고 부하들을 점검해 보니 두 명이 모자라는 것이 아닌가?

"어떻게 된 거냐? 함부로 자리를 떠나면 안 된다는 것을 모른단 말이냐!"

부하 하나가 답했다.

"이상합니다. 분명 좀 전까지 근처에 있는 것을 봤는데……."

우드록은 실종된 부하를 찾아 주변을 수색했다. 그러나 아무리 찾아도 보이지 않았다. 할 수 없이 다시 사스콰치의 시체가 있는 곳으로 돌아왔다.

그런데 또다시 두 명이 더 보이지 않는 것이 아닌가? 숲으로 들어올 때만 해도 자신을 포함해 열세 명이었는데, 지금은 네 명이 없어져 아홉 명만이 남아 있었다.

모두들 당황하고 겁에 질려 어쩔 줄을 몰라 했다. 우드록 역시 예외는 아니었다.

"할 수 없다. 일단 마을로 돌아가 대책을 강구해 보기로 하자."

없어진 동료가 걱정되기는 했지만, 당장 자신들도 같은 상황이 될까 겁을 먹은 우드록의 부하들은 동의하고 급히 마을 방향으로 이동했다.

그러나 얼마 가지 않아 또다시 사건이 발생했다. 리엔 칭이 급히 우드록에게 보고해 온 것이다.

"후위에 있던 대원 두 명이 보이지 않습니다."

"뭐라고?"

놀란 우드록은 이동을 멈추고 뒤의 부하들에게 물었다. 그러나 나오는 대답이라고는 좀 전까지 뒤를 따라오는 것을 봤는데 어느샌가 없어져 버렸다는 것이다.

"이럴 수가!"

우드록은 당황해 어쩔 줄 모르는 부하들을 진정시켰다.

"정신 차려라! 서로 등을 대고 사방을 경계하라!"

그러나 그 말이 끝나기도 전에 바람이 그들을 스쳐 지나가는 듯싶더니 두 명이 더 사라져 버렸다.

"으아아아아!"

공포에 질린 부하들이 흩어져 도망쳤다.

"진정해라! 흩어지면 당한다!"

우드록이 외쳤지만 소용없었다. 어느새 그의 주변에 남아 있는 것은 심복 부하인 리엔 칭뿐이었다.

"제길!"

모든 것은 표도의 계획이었다. 그는 우드록 일행의 수가 많고, 자신에게 상극인 무기까지 가지고 있는 것을 알고는 숲으로 유인해 두 명씩 기회를 틈타 낚아챈 것이다.

우드록 일행은 표도의 움직임이 워낙 은밀한 데다가 경공을 펼쳐 나무와 나무 사이를 바람처럼 움직이니 바로 머리 위에 있어도 전혀 눈치를 채지 못했다.

표도는 흩어져 도망치는 우드록의 부하들마저 하나씩 사로잡았다. 혈을 눌러 기절시키고 이미 납치한 다른 자들과 마찬가지로 나무 꼭대기에 매달아놓은 다음, 마지막 남은 우드록과 리엔 칭의 앞에 모습을 드러냈다.

당당히 모습을 드러낸 표도를 보고 우드록과 리엔 칭은 놀랐다. 하지만 곧 정신을 차리고 검을 뽑아 들었다.

"네놈 짓이로군!"

이를 갈던 우드록은 달려들며 힘차게 검을 휘둘렀다.

"내 부하들을 내놔라!"

그러나 그는 검을 채 휘둘러 보지도 못하고 표도의 공격에 머리를 맞고 정신을 잃었다. 최후까지 남은 리엔 칭마저 예외는 될 수 없었다.

 해리수 표도의
도망자

시간이 흐르고, 우드록은 정신을 차렸다.

"헉!"

그는 벌떡 일어나 주변을 살폈다. 이미 밤이 지나고 날이 밝아 있었다. 자신은 숲의 공터에 누워 있었고, 자신의 부하들 모두 그와 마찬가지로 나란히 쓰러져 있었다. 모두 정신을 잃고 있긴 했지만, 고르게 숨을 쉬는 것을 보니 큰 문제는 없는 모양이었다.

"살아 있나?"

"정신 차렸군."

"……."

말소리에 돌아보니 한 사람이 나무 밑에 앉아서 책을 보고 있었다. 평소에 보았다면 한가롭게 숲 속에서 독서를 즐기는 광경으로 생각했겠지만 이곳은 그럴 만한 장소도 아니었고, 그의 복장은 어젯밤의 워 울프와 같은 것이었다. 우드록은 상대가 어젯밤의 워 울프라는 사실을 알아차리고는 물었다.

"우릴 어떻게 할 셈이냐?"

표도는 여전히 책에서 눈을 떼지 않고 손가락으로 우드록을 가리키며 말했다.

"팔을 보시지."

"팔?"

우드록이 팔을 걷어 살펴보니 선명한 늑대 이빨 자국이 있는 것이 아닌가! 그는 떨리는 목소리로 표도에게 물었다.

“나, 날 물었나?”

표도는 별 표정 없이 고개를 끄덕였다. 이어 설명도 덧붙였다.

“너희들 모두.”

“어, 어째서?”

우드록의 질문에 표도는 그를 돌아보고 씩 웃고는 대답했다.

“혼자 괴물이 되는 것보다 같은 신세가 여럿인 편이 낫잖아?”

“으아아아악!”

졸지에 표도와 불행을 공유하게 된 우드록은 절규했다. 그의 절규 소리를 들은 그의 부하들도 연이어 정신을 차렸고, 우드록을 통해 자신들의 신세를 깨닫고는 절망했다.

“자랑스런 몬스터 토벌대의 일원인 내가 몬스터가 되다니!”

“어무이!”

“난 이제 고향으로 돌아갈 수 없어!”

표도는 우드록 일행이 울고불고 난리가 난 것을 가만히 보고 있다가, 그들이 어느 정도 진정을 하자 말했다.

“자, 그럼 이제 앞으로의 일을 이야기해 볼까?”

우드록이 식식거리며 다시 검을 들었다.

“너와 무슨 이야기를 하겠냐, 이 괴물아!”

표도는 히죽거리며 대꾸했다.

“너도 같은 괴물이야.”

“용서 못한다!”

우드록은 분노하며 달려들었다. 그러나 기세 좋게 달려든 것도 한순간, 어젯밤과 마찬가지로 표도의 발길질에 대자로 뻗어버리고 말았다.

“대장님!”

리엔 칭이 달려가 기절한 우드록을 살폈다. 표도가 그를 보고 뒤편을 가리키며 말했다.

“저쪽에 개울이 있으니까 물을 부어 깨워라.”

리엔 칭은 자신들로서는 표도의 적수가 아니란 것을 깨달았다. 군소리없이 투구에 물을 담아와 우드록에게 뿌렸다. 우드록이 정신을 차리자 표도는 다시 말했다

“이제 앞으로의 일을 이야기해 볼까?”

전의를 상실한 우드록은 더 이상 덤비지 않고 물었다.

“뭘 어떻게 하겠다는 거지?”

“당연히 우리가 원래대로 돌아갈 방법을 찾아야지. 너희들도 평생을 괴물로 살고 싶지는 않을 것 아냐?”

표도는 우드록 일행을 이용해 원래대로 돌아갈 방법을 찾을 생각이었다.

‘똑같은 워 울프 신세면 저 녀석들도 최선을 다할 수밖에 없겠지.’

우드록도 표도의 목적을 눈치 챘다. 기가 막히고 화도 났지만 현 상황에서는 어쩔 수 없이 표도의 생각을 따를 수밖에 없

었다.

"워 울프가 되면 시간이 갈수록 변신 주기가 짧아지고 늦대의 본능이 강해진다. 그러다 결국 완전한 워 울프가 되어버리고. 그렇게 되면 더 이상 인간으로 돌아올 수 없지. 본능만이 남은 완전한 몬스터가 되어버리는 것이다. 하지만 당신을 보니 물린 지 얼마 되지 않은 것 같고, 우리 역시 마찬가지이니 아직 인간으로 돌아올 희망은 있다."

표도는 살짝 인상을 썼다. 아직 이 세계 말에 익숙하지 않아서 어려운 단어가 섞이니 무슨 소리인지 알아들을 수가 없었다.

"그래서 어떻게 해야 한다는 거지?"

"신전으로 가서 정화의 의식을 치르면 될 거다."

신전이 뭘 하는 곳인지는 모르겠지만, 그곳에 가면 치료가 된다고 이해한 표도는 웃으며 고개를 끄덕였다.

"좋아, 그럼 그 신전인가로 가자."

우드록은 목적지인 태양신 솔루토의 신전으로 정했다. 달의 마력의 영향을 받는 워 울프에게 태양의 힘은 상극이라 할 수 있었기 때문이다.

3

표도와 우드록 부대는 일단 마을로 향했다. 어찌 되었든 몬스터 퇴치가 끝났다는 사실을 알리고, 신전으로 향하는 여행에 대한 준비도 해야 했기 때문이다.

그런데 마을에 도착해 보니 입구에 많은 사람이 몰려와 있고, 그중에는 기사들의 모습도 보였다.

"어떻게 된 거지?"

불안함을 느끼고 있는데, 사람들을 헤치며 갑옷을 입은 사십대의 중년 남자가 다가왔다.

"무사히 돌아왔군. 아침이 되어도 돌아오지 않아 많이 걱정했네."

중년 남자를 알아본 우드록은 깜짝 놀랐다.

"사이돌님께서 이곳에는 어쩐 일입니까?"

"뒤늦게 접한 정보에 마을을 습격하는 몬스터가 사스콰치라는 사실을 알았네. 그대들만으로는 당할 수 없다고 생각해 급히 달려온 것이지."

표도가 옆에 있는 리엔 칭에게 슬쩍 물었다.

"저 사람은 누구지?"

"사이돌님입니다. 붉은 이빨의 기사단 단장이시지요."

"그래?"

표도는 대충 우드록보다 훨씬 높은 사람인 모양이라고 이해했다. 그는 사이돌을 이리저리 훑어보고는 고개를 끄덕였다.

'과연 이 세계에 와서 지금까지 본 사람 중 가장 고수라 할 수 있겠군. 내 상대는 되지 못하겠지만.'

사이돌이 그의 시선을 느끼고 고개를 돌렸다. 그 역시 표도의 분위기가 보통이 아님을 느끼고는 우드록에게 물었다.

“이분은 누구인가?”

우드록은 순간 당황했다. 자신들이 표도에게 패한 깃과 그에게 물려 워 울프에 감염된 사실을 밝힐 수는 없었다.

“그, 그게…….”

그때 눈치 빠른 리엔 칭이 대신 대답했다.

“이번 몬스터 토벌에 도움을 주신 분입니다. 이분 덕분에 사스콰치를 없앨 수 있었습니다.”

“오호~”

감탄한 사이돌은 악수를 청하며 물었다.

“사이돌이라고 합니다. 성함이 어찌 되십니까?”

표도는 자신을 표도라고 밝히려 하다가 방칠의 말을 떠올렸다.

‘중원의 이름은 의심을 받는다고 했던가?

그는 당장 생각나는 이름이 없어 방칠이 지어준 이름을 댔다.

“솔로라 하오.”

가볍게 악수하고 표도는 입을 다물었다. 긴 말을 하려고 해도 이 세계 말 수준이 떨어져 할 수가 없었다.

사이돌은 원래 말수가 적은 사람이라고 이해하고는 리엔 칭에게 물었다.

“죽은 사스콰치는 어디 있지?”

“숲에 있습니다. 오늘은 늦었으니 내일 안내해 드리지요.”

그날 밤, 표도와 우드록 부대, 그리고 사이돌이 이끄는 기사단은 마을에서 묵었다. 다행히 오늘 밤은 달이 기울어 표도가 변신하는 일은 일어나지 않았다.

하지만 우드록 부대는 쉴 수 없었다. 사스콰치의 시체에서 위 울프의 흔적을 발견하면 곤란하기 때문이었다. 밤을 틈타 시체가 있는 곳으로 가 시체를 난도질해 흔적을 없애고 자신들이 없앤 것처럼 보이게 했다.

덕분에 무사히 사스콰치의 일은 넘어갈 수 있었다. 시체를 확인한 사이돌은 표도와 우드록 부대를 치하했다.

"그럼 이제 이곳의 볼일은 끝났으니 함께 수도로 돌아가세. 국왕께 고해 큰 상을 받게 해주겠네."

평소라면 얼씨구나 하고 좋아했겠지만 지금은 그럴 수가 없었다. 돌이킬 수 없는 지경이 되기 전에 신전에 가서 위 울프의 치료를 받아야 했다.

우드록은 잠시 머리를 굴린 후 말했다.

"감사한 말씀이지만 뒤로 미뤄야겠습니다. 급히 가까운 태양신의 신전으로 갈 일이 생겨서 말이지요."

"그곳에는 무슨 일로?"

"이번에 우릴 도와주신 솔로께서 그곳에 볼일이 있다고 해서 안내해 드려야 합니다. 도움을 받은 처지에 거절하기 곤란해서 어쩔 수 없습니다."

사이돌은 고개를 끄덕였다.

"그렇다면 어쩔 수 없지."

우드록은 잘 넘어갔다고 속으로 안도했다. 그러나 사이돌의 말은 아직 끝난 것이 아니었다.

"그럼 우리도 함께 동행하도록 하지."

"예?!"

"신전에 들른 후 수도로 가도 그다지 멀리 돌아가는 것이 아니니 큰 문제는 없네. 그리고 우리들 쪽이 먼저 돌아가 보고를 올리면 꼭 자네들의 공을 가로챈 것 같지 않겠나."

보통 상관이란 자들은 아랫사람의 공을 가로채기 바쁜데, 사이돌은 그런 것까지 일일이 신경 써주니 너무나 인품이 좋은 사람이었다. 문제는 우드록 쪽에서 전혀 바라지 않는 호의라는 것이었다.

"괘, 괜찮습니다."

"사양하지 말게. 게다가 최근 도적 무리가 나타나 상인들이 습격받는 일이 많아졌다고 하네. 내가 이끄는 붉은 이빨의 기사단과 함께라면 안전한 여행길이 될 거네."

사이돌은 말하고 표도를 돌아보며 물었다.

"우리가 동행해도 괜찮겠지요?"

거절하는 것이 당연했지만, 아직 이 세계 말이 서툰 표도는 그만 그의 말을 제대로 알아듣지를 못했다. 표정을 보아하니 그다지 나쁜 소리를 하는 것 같지 않아서 별 생각 없이 고개를 끄덕였다.

"저분도 허락했으니 문제없군."

이렇게 되니 우드록은 따를 수밖에 없었다. 그저 속으로 분통만 터뜨릴 뿐이었다.

‘아니, 왜 거절하지 않은 거야? 우리가 밤에 늑대로 변신하면 어떻게 하려고!’

표도가 자신이 실수한 것을 알아차린 것은 마을을 출발한 후였다. 사이돌의 기사단과 자신 일행이 통 헤어질 생각을 안 하니 이상해서 리엔 칭에게 따져 물으니 신전까지 동행하기로 했다는 것이다.

“괜찮겠어? 들키면 곤란한 것 아냐?”

표도의 물음에 리엔 칭은 두 손을 모았다.

“안 들키기만을 바래야지요.”

그러나 그것은 상당히 어려운 일이었다. 시간이 갈수록 늑대의 본성이 점점 나타나기 시작한 것이다. 특히 식사가 문제였다. 표도를 시작으로 날고기를 생으로 먹으려 드니 이건 누가 봐도 정상이 아니었다.

어쩔 수 없이 표도와 우드록 부대는 들키지 않기 위해 길을 가는 도중 식사 때마다 사이돌의 기사단과 따로 식사를 했다.

그런데 사이돌은 너무나 친절한 상관이었다. 표도와 우드록 부대가 구석에서 자기들끼리 먹는 것을 보고 자기 기사단을 어려워한다고 생각하고는 친목을 위해 친히 술을 들고 저녁 식사 자리에 끼어든 것이다.

“자, 그렇게 구석에 박혀 있지 말고……”

같이 한잔씩 하자고 권하려던 사이돌이 보니, 이게 웬걸? 표도와 우드록 등은 피가 뚝뚝 흐르는 생고기를 씹고 있는 것이 아닌가?

사이돌은 깜짝 놀라 물었다.

“아니, 왜 날고기를 먹나?”

“예?”

우드록이 고기를 삼키며 대꾸했다. 늑대 본능에 상당히 빠져 있던 그는 자신의 입가를 닦고 부하들을 둘러보고 나서야 자신들이 정상이 아니란 사실을 깨달았다.

“이, 이게… 그러니까……”

리엔 칭이 재빨리 대답했다.

“생식이 몸에 좋다고 들어서요.”

“생식? 생식을 하려면 채소 같은 것을 먹어야지, 고기를 익혀 먹지 않으면 감염될 위험이 높다고 하네.”

감염이라는 말에 표도 이하 일동은 움찔했다. 그런데 그때 설상가상으로 대원 하나가 밤하늘을 보고 울어댔다.

“아우우우우!”

그러자 표도 이하 나머지 일동도 그만 반사적으로 이에 응했다.

“아우우우우우!”

사이돌의 표정이 굳어졌다.

“자네들, 지금 뭐 하는 건가? 꼭 늑대 소리를 내는 것 같군.”

리엔 칭이 또다시 변명했다.

“이건 팀의 단합 차원에서 만든 구호입니다. 한 사람이라도 소리치면 모두 다 함께 외쳐야 하지요.”

“그래?”

사이돌은 의아해하며 리엔 칭을 보더니 물었다.

"그런데 자네, 주둥이가 튀어나온 것 같은데?"

슬슬 워 울프로 변신하려는 전조를 보이기 시작하는 것이었다. 리엔 칭은 깜짝 놀라며 억지로 변명을 쥐어짰다.

"예, 아니, 이건 제가 말을 너무 많이 해서 그런 것 같습니다."

"눈도 충혈된 것 같은데?"

"제가 요즘 잠을 잘 못 자서요."

"송곳니도 튀어나온 것 같군."

"이, 이건……."

그때 더 이상 속이는 것은 틀렸다고 생각한 표도가 사이돌에게 다가가 등을 툭툭 두드렸다.

"응?"

사이돌이 막 고개를 돌리는 순간, 표도는 그를 점혈하여 제압했다. 우드록이 깜짝 놀라 물었다.

"어떻게 하려고 하는 거요?"

"쉿! 저쪽의 기사단 놈들이 보지 않도록 몸으로 가려!"

뭐가 뭔지 모르지만 상황이 급하니 우드록의 부대원들은 쓰러진 사이돌의 몸을 둘러싸 가렸다. 리엔 칭은 기사단원들이 식사를 하느라 바빠 아무것도 모르고 있는 것을 확인한 후, 나직한 목소리로 다시 물었다.

"어떻게 할 생각입니까?"

표도라고 특별히 생각해 둔 복안은 없었다. 당장 들킬 것 같자 현 상황을 모면하기 위해 제압했을 뿐이다.

고민하는 그를 향해 우드록 부대원들은 어서 빨리 대책을 마련할 것을 재촉했다. 하지만 이런 상황에서 당장 심오한 계책을 마련하긴 무리였다. 표도는 에라 모르겠다 하는 마음이 되어버렸다.

"좋아, 이렇게 된 이상……."

"이상?"

"이 녀석도 물어버리자."

"……."

얼마 후, 사이돌은 정신이 들었다. 자신이 워 울프에게 물려 버린 것을 알게 되고 절망함과 동시에 자신을 속인 우드록 부대에게 분노했다.

"날 속이다니!"

"지, 진정하십시오."

다행히 신전으로 가면 치료받을 수 있다는 우드록의 설득에 사이돌은 마음을 진정했다. 사이돌은 자신이 워 울프가 되었다는 사실을 부하 기사들에게 숨기곤 신전으로 갈 길을 서둘렀다.

그러나 시간이 갈수록 우드록 부대원들은 워 울프화되어 갔고, 인간을 벗어난 행위를 자신도 모르게 벌였다. 그렇게 되니 함께 여행하고 있는 기사단을 속이는 것은 무리였다.

몇 번이나 들켰다. 그때마다 표도는 비밀을 눈치 챈 자를 잡아다가 물어서 워 울프로 만들어 버렸다.

결국 여행을 시작하고 새로운 보름달이 뜬 날이 되자, 이제 더 이상 숨길 필요가 없게 되어버렸다. 일행 중 멀쩡한 인간은 단 하나도 남지 않은 것이다.

"아우우우우우!"

수십 마리 워 울프 무리의 울음소리만이 밤하늘에 메아리칠 뿐이었다.

Chapter 4

몬스터의 여왕

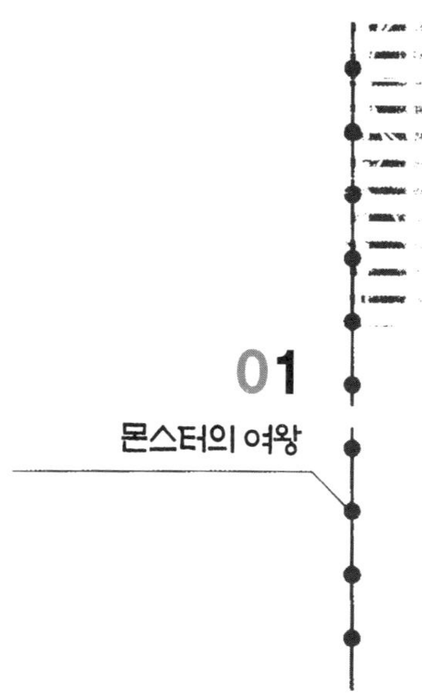

01
몬스터의 여왕

표도는 무당의 술법으로 중원을 떠났다. 그러나 그것만으로 그가 중원에 남겨놓은 인연이 끊어지는 것은 아니었다.

그가 차원 이동을 하고 난 후의 무당의 집 지하 석실. 그곳에서는 그가 떠난 후에도 사건이 계속해서 이어지고 있었다.

"사라졌다?"

유매향은 자신이 뻗은 손을 멍하니 바라보며 중얼거렸다. 분명 표도를 잡은 감촉을 느꼈는데 어느새 사라져 버린 것이다.

환상은 결코 아니었다. 분명 표도가 소리 지르는 것이나 움직이는 것을 똑똑히 보았고, 무엇보다 그가 던진 암기의 상처가 그대로 남아 있었다.

빠득!

유매향은 이를 살았다. 그리고 차갑게 입을 열었다.

"어디다 숨겼지?"

살금살금 석실을 빠져나가려던 무당은 깜짝 놀라 굳어버렸다. 그녀는 억지로 얼굴에 웃음을 지으며 반문했다.

"무슨 말씀이신지?"

"날 속일 수 있을 것 같나?!"

유매향이 바람처럼 움직이며 무당의 멱살을 잡아 들었다. 그녀는 당장이라도 무당을 찢어 죽일 기세로 소리쳤다.

"표도, 그 사람을 어디다 숨긴 거야?! 당장 내놓지 못해!"

"무, 무슨 소리요? 착각을 하신 것 아닙니까?"

"이게 죽으려고!"

무당을 바닥에 내동댕이친 유매향은 그녀를 짓밟으며 소리쳤다.

"좀 전까지 표도가 여기 있었다! 그리고 네년이 뭔가 알 수 없는 소리를 지껄이고 있었지! 분명 네가 표도를 숨긴 것이 확실해!"

"아, 아닙니다. 믿지 못하겠다면 얼마든지 찾아보십시오. 표도란 사람은 없습니다."

무당은 표도가 떠나기 전에 한 '자신이 없으면 어쩌지 못할 것' 이라는 말만 믿고 있었다. 확실히 지금까지 그녀가 다른 세상으로 보낸 사람을 찾으러 온 사람이 몇 있었지만, 아무리 찾아도 찾을 수 없자 포기하고 돌아가곤 했다.

그러나 유매향은 그녀가 상식 선에서 생각하는 사람이 결코 아니었다.

"그래, 네년이 표도를 숨겨놓고 혼자만 즐기겠다, 이거지? 확실히 숨겨놓은 수단에 자신이 있나 보구나. 하지만 네년 생각대로는 안 될 것이다."

유매향은 히죽 웃더니 말을 이었다.

"그래, 네 자신대로 내가 표도를 찾지 못할지도 모르지. 하지만 그렇다고 네년 뜻대로는 안 될 것이다. 왜냐하면 내가 표도를 못 찾으면 너 역시 그를 만나지 못할 테니까."

"……?"

무당이 무슨 소리냐고 물으려는데, 유매향이 석실이 떠나가라 소리쳤다.

"표도, 듣고 있나?! 듣고 있으면 당장 나와라! 그렇지 않으면 이년을 당장 밟아 죽여 버리겠다! 지금 바로 셋을 세겠다! 하나! 둘!"

무당의 안색이 창백해졌다. 다른 세상으로 가버린 표도가 유매향의 말을 듣고 있을 리가 없다. 다급해진 그녀는 소리쳤다.

"말하겠소! 당장 말하겠소!"

유매향은 웃고는 말했다.

"그래, 말해봐라."

무당은 한숨을 내쉬었다.

"원래 의뢰인에 대해 말하지 않는 것이……."

“앙?!”

유매향이 인상을 한 번 찌푸리자 공포에 질린 무당은 그대로 털어놓았다.

“그는 다른 세상으로 갔습니다.”

“다른 세상?”

무당의 설명을 모두 들은 유매향은 흥미롭다는 표정이 되었다.

“다른 세상이란 것은 어떤 곳이지? 넌 어떻게 그 세상이란 곳으로 보내는 술법을 알게 되었지?”

겁에 질린 무당은 생각할 정신적 여유가 없었다. 그냥 묻는 대로 누구에게도 말하지 않은 자신의 비밀을 털어놓았다.

“그러니까 지금으로부터 15년 전의 일이었습니다.”

당시 그녀는 우태산 아래 마을에서 그저 적당히 그럴듯한 말로 점이랍시고 들려주고 굿이나 벌이는 것이 전부인 무당이었다. 그러던 어느 날, 그녀는 산꼭대기에서 광채가 뻗어 나오는 것을 발견했다.

호기심에 그녀는 산꼭대기로 올라가 보았다. 한참을 고생 끝에 도착해 보니 그곳에 한 소녀가 있었다. 눈부시게 빛나는 황금빛 머리카락과 중원의 양식과는 전혀 다른 새하얀 옷을 입은 소녀는 이 세상 사람으로는 보이지 않았다.

소녀는 마치 자연과 대화를 나누는 듯했다. 소녀가 만지는 꽃과 나무는 활기가 넘치고 새와 동물이 소녀에게 몰려들었다. 그녀는 감히 모습을 드러내 말을 걸지 못하고 풀숲에 숨어 보고만 있었다.

그렇게 한참을 놀던 소녀는 노는 것이 싫증이 났는지 바닥에 뭔가 복잡한 문양을 그리고 알 수 없는 주문을 외우기 시작했다. 그러자 놀랍게도 소녀가 그린 문양이 빛나며 빛 속에서 소녀의 모습이 사라졌다.

소녀가 사라지자 그녀는 그제야 풀숲에서 나왔다. 기억력 하나는 누구보다 자신있는 그녀였다. 그녀는 소녀가 그린 문양과 같은 문양을 그리고 소녀가 말한 주문을 똑같이 외워보았다.

처음에는 잘 안 되었다. 하지만 수없이 시도하니 문양이 빛나고, 마침내 문양 중심에 둔 물체가 빛과 함께 사라졌다. 그녀는 나타난 소녀가 다른 세계에서 온 사람이고, 자신이 외운 문양과 주문이 다른 세계로 가는 방법이라고 확신했다.

그녀는 자신이 익힌 이 방법으로 소녀가 간 세계로 쫓아가 볼까도 생각했지만 용기가 나지 않았다. 그때 때마침 누군가에게 쫓기던 사람이 무당인 그녀에게 도망칠 곳을 물어보려 찾아왔다.

그래서 자신이 배운 방법으로 쫓기던 사람을 소녀가 있을 세계로 보내주었다. 이 일이 돈이 된다는 것을 깨달은 그녀는 아예 소녀가 나타났던 우태산 꼭대기에 집을 짓고 본격적으로 이 세상과 인연을 끊고 싶어 하는 사람을 다른 세계로 보내주는 일을 하게 된 것이다.

"그 후로 쭉 이 우태산에 살았지만 그 소녀는 다시 나타나지 않았습니다."

무당의 이야기는 이렇게 끝이 났다. 이야기를 모두 들은 유매향은 잠시 생각하다 돌연 소리쳤다.

"결정했다! 나도 다른 세상으로 가겠다!"

"예?"

유매향은 인상을 썼다.

"날 표도를 보낸 세상으로 보내란 말이야! 알겠어?!"

무당은 다른 세상이든 어디든 유매향이 어서 사라지는 것만이 소원이었기에 열심히 고개를 끄덕였다.

"아, 예. 알고말굽쇼."

유매향은 표도가 서 있던 술법진의 중심에 서며 미소를 지었다.

'이세계란 말이지?'

비록 표도가 그녀의 마음에 들었다고는 하지만 그것만으로 다른 세계로 가는 모험을 감행하려는 것은 아니었다. 그녀는 인생 자체가 무료했다. 천하제일고수에다 반로환동하여 젊기까지 한 남편을 두고 바람을 피워댄 것도 따분한 일상에 자극을 주고 싶었기 때문이다.

그런 그녀에게 다른 세계란 것은 크게 흥미가 갔다. 지금까지의 일상과는 뭔가 다른 자극적인 것들이 널려 있을 것 같았다. 그녀가 차원을 넘는 데는 이 정도 이유만으로도 충분했다.

“자, 그럼 당장 날 다른 세상으로 보내.”

“아, 알겠습니다.”

돈 내라는 소리는 감히 꺼내보지도 못하고 무당은 다시금 주문을 외웠다. 얼마 후 표도와 마찬가지로 유매향은 빛과 함께 사라졌다.

“휴우!”

어찌 되었든 유매향이란 존재는 이 세계에서 사라졌다. 안도의 한숨을 내쉰 무당은 후들거리는 걸음으로 지하 계단을 올랐다. 두 번이나 연속으로 술법을 사용하고 유매향에게 시달린 탓에 기운이 하나도 없었다.

힘겹게 걸음을 옮기며 그녀는 자신의 고용인들에게 이를 갈았다.

‘그 괴물 같은 여자에게 지하 술법실을 가르쳐 주다니! 네놈들은 모조리 모가지다!’

그녀가 지상에 올라 주변을 둘러보니 저택의 내부는 처참하기만 했다. 곳곳에 기둥과 벽이 무너져 한바탕 지진이라도 지나간 것 같았다. 이 모두가 유매향이란 여자가 불과 반 시각도 되지 않아 저지른 결과라는 사실에 그녀는 잠시 치를 떨었다.

“선녀님.”

완전 거지 꼴을 하고 있는 하인이 나타나 말을 걸었다. 혼을 내주려 했던 무당은 하인의 온몸에 피멍이 든 것을 보곤 그만 불쌍한 생각이 들어 화를 삼키고 물었다.

“왜?”

“손님이 왔습니다.”

지금은 손님을 받을 정신이 아니었다.

“내일 다시 오라고 해.”

그러나 말을 전하러 간 하인은 곤란하다는 표정이 되어 다시 돌아왔다. 자리에 앉아 한숨 돌리고 있던 무당이 인상을 찌푸리며 물으려는데, 하인의 뒤에서 나타난 젊은 남자가 그녀 앞에 서서 인사를 해왔다.

“실례하오.”

딱 무당 취향의 남자였다. 무당의 얼굴에 있던 피곤한 표정은 사라지고 어느새 웃음이 피어났다. 오늘 낮의 재난은 지금의 즐거움을 위한 고난이 아니었나 하는 생각까지 들었다.

“네, 무슨 일이지요?”

“여기 이런 사람이 오지 않았소?”

남자가 내보이는 두 장의 그림에 그려진 얼굴은 바로 유매향과 표도였다. 무당의 얼굴에서 즉각 웃음이 사라졌다.

“그, 그들과 무슨 관계……?”

“하나는 나의 부인이고, 다른 하나는 내가 죽여야 할 놈이오.”

무당의 안색이 창백해졌다. 재난은 꼬리를 물고 온다더니 그 말이 딱 맞았다.

2

김창명. 그는 중원회의 인물로, 방칠과 마찬가지로 차원 이동하여 주로 나타나는 지점에 대기하여 안내하는 일을 하고 있었다. 그 역시 능력이 없어 한직인 이 일을 맡게 된 것이었다.

그러나 처음 이 일을 맡았을 때 그는 전혀 불만이 없었다. 아니, 오히려 자신의 소질에 딱 맞는 일이라고까지 생각했다. 왜냐하면 자신이 내세울 것이라고는 입 놀리는 재주밖에 없었기 때문이다.

사기꾼. 그것이 그의 중원에서의 직업이었다. 그것도 주로 여자를 속여먹는 것이 주특기로, 그에서 속아 돈 잃고 몸까지 망친 여자가 부지기수였다.

결국 수많은 여성들의 원한을 산 끝에 여기까지 도망친 그였지만, 제 버릇 개 못 준다고, 여기에서도 이세계로 처음 와서 뭐가 뭔지 잘 모르는 중원인을 속여 돈을 뜯어내고 있었다.

하지만 그런 그라도 한 가지 마음에 들지 않는 것이 있었다. 중원에서 이곳으로 오는 인간들은 어떻게 된 것이 온통 사내놈들 뿐이라 여성을 상대로 하는 자신의 입 재간을 통 발휘할 수도, 여성을 상대로 자신의 욕망을 충족할 수도 없었던 것이다.

'아무래도 뇌물 좀 먹여 본부 쪽으로 옮겨달라고 하든지 해야지 원.'

그가 창가에 앉아 이런 생각을 할 때였다. 저 멀리서 한차례 빛이 발하는 것을 발견했다.

“나타났군!”

그동안 여러 번 겪은, 중원인이 이 세계로 오는 현상이었다. 그는 서둘러 준비를 하고 빛을 발한 지점으로 달려갔다.

그런데 막상 와서 보니 중원인의 모습은 어디에도 보이지 않았다. 대신 눈에 들어오는 것은 인간과 거리가 있어 보이는 존재였다.

“몬스터다!”

김창명은 싸우는 것과는 완전히 담쌓은 인간이었다. 즉시 비명을 지르며 그는 도망쳤다. 그러나 휙, 하는 바람 소리와 함께 문제의 몬스터가 앞을 가로막았다.

“넌 뭐야?”

분명 중원의 말이었다. 김창명은 혹시나 하는 생각에 물었다.

“혹시 중원에서 오신 분입니까?”

“그런데?”

단지 외모가 상당히 특이한 인간일 뿐이라는 사실을 깨달은 김창명은 안도의 한숨을 내쉬고는 자신을 소개했다.

“전 김창명으로, 중원회 사람입니다.”

그는 방칠의 경우와 마찬가지로 중원회와 자신이 하는 일에 대해 설명했다.

“그래?”

유매향은 알겠다는 듯 고개를 끄덕이고, 김창명과 함께 그의 집으로 갔다. 그곳에서 김창명은 두 권의 책을 꺼내주었다.

“이것이 저희 중원회에서 발행하는 안내서입니다.”

책을 받은 유매향은 빠른 속도로 읽기 시작했다. 김창명은 그 모습을 앞에 앉아 가만히 지켜보았다.

“…….”

일단 생물학적으로 여자는 여자였다. 그가 기대하던, 중원에서 최초로 건너온 여자! 그러나 꼬신다고 생각하니 의욕보다는 두려움이 앞섰다.

‘그만두자.’

김창명은 결국 포기하기로 했다. 그의 예감이 건드렸다간 얻는 것보다 잃는 것이 많을 것이라고 말하고 있었다. 그냥 성명과 중원회에 가입할 것인지만 물어보고, 가입하겠다면 본부에 보내면 자신의 할 일은 끝나는 것이다.

“여긴 몬스터라는 것이 그렇게 많나 보지?”

유매향이 갑자기 물어왔다. 김창명은 정신을 차리고 답했다.

“사람이 사는 지역에는 많지 않지만, 그 외 지역에는 상당히 많은 편이죠. 가끔 사람 사는 마을 근처에도 출몰하긴 합니다.”

“보러 가자.”

“예?”

“보러 가자고.”

김창명은 안색이 변했다. 이 여자는 이제 막 이 세계로 와서 아무것도 모르고 몬스터를 신기한 동물 구경하는 것쯤으로 생각하는 모양이었다.

“위험한데요.”

“괜찮아.”

“진짜 위험한데요.”

“괜찮다니까.”

상대는 완전히 겁을 상실해 있었다. 김창명은 더 이상 상대해 주기를 포기하고, 어디 마음대로 해보라고 생각했다.

“알겠습니다. 북쪽으로 쭉 가보세요. 몬스터들이 사는 산맥이 나올 겁니다.”

유매향은 손을 뻗어 김창명의 멱살을 잡아 들었다. 그리고는 웃는 얼굴을 들이대며 말했다.

“안내해 줘야지?”

“…….”

김창명은 시선을 피했다.

“전 중원회 안내인이지 몬스터 안내인이 아닌데요.”

“죽을래?”

상대는 자신을 완전히 얕잡아 보고 있었다. 김창명은 강경히 나서야 할 필요성을 느꼈다. 그는 멱살을 뿌리치고 목소리를 높였다.

“당신, 내가 누군지 모르는가 본데!”

같잖다는 표정으로 그녀가 물었다.

“누군데?”

“내가 바로 우는 아이도 뚝 그친다는 혈수마도 우신이다!”

혈수마도는 과거 강호에 악명을 떨친 절정고수 중 하나였다. 그러나 십여 년 전에 돌연 사라졌다. 유매향은 잠시 생각하다가 말했다.

"그 사람, 죽었는데?"

김창명은 씩 웃고는 대답했다.

"죽은 것이 아니다! 어쩌다가 이 세계에 오게 된 거지!"

그러자 그녀는 웃으며 물었다.

"그래? 그럼 다시 죽을래?"

"예?"

"내가 분명 십 년 전에 죽였는데, 이렇게 살아 있다면 다시 죽여줄 수밖에."

김창명은 즉시 태도를 달리했다.

"실례지만 성함이 어찌 되시는지……."

"유매향."

유매향을 모를 리가 없다. 김창명 같은 일을 하는 사람들에게 있어서 유매향은 건드려서는 안 되는 인간 1순위에 꼽히고 있었다.

'내가 이 여자를 몰라보다니!'

오랜 중원과 떨어진 생활, 거기다 유매향이 이곳에 올 리 없다는 생각에 그만 상대를 못 알아보는 오판을 불러오고 만 것이다.

그는 즉시 납작 엎드려 빌었다.

"잘못했습니다. 살려주십시오."

유매향은 웃으며 그를 끌어올렸다.

"괜찮아. 사람이 가끔 실수할 때도 있지."

"가, 감사합니다."

그런데 그 순간 김창명은 큰 실수를 저지르고 말았다. 안심한 그는 그만 자신도 모르게 자신이 자랑하는 여자 홀리는 미소를 지어버린 것이다.

"제법 괜찮은 얼굴인데?"

유매향은 김창명의 얼굴을 쓰다듬었다. 김창명은 그녀의 손길이 피부를 스칠 때마다 사시나무처럼 떨었다. 유매향과 사고 치면 어떤 일이 벌어지는지 그가 모를 리 없었다.

"…사, 살려주세요."

"괜찮아. 여긴 다른 세계, 내 남편은 없어."

"아, 안 돼!"

몇 시간 후, 만족한 얼굴이 된 유매향은 김창명을 쓰다듬으며 말했다.

"너, 제법인데?"

거의 반쯤 죽은 상판이 된 김창명은 훌쩍거리며 빌었다.

"제발 날 놓아주세요."

정말 너무나 불쌍해 보이는 얼굴이었다. 기분파였던 유매향은 이미 그에게 완전히 흥미를 잃었다. 그녀는 불쌍하기도 하고 데리고 다니기 귀찮을 것 같기도 해서 그를 그냥 놓고 가기로 했다.

"그럼 잘 있어. 나중에 또 보자."

 해리수 표도의
도망자

그녀는 집 안에서 식량과 돈, 옷가지 등을 모조리 긁어모은 후 떠나 버렸다. 간신히 홀로 남게 된 김창명은 자신의 신세가 서러워 울었다.

그런데 한참을 울고 있는데 다시 빛이 번쩍이는 것이 보였다.

'하루에 두 번이나?

좀 불길한 기분도 들었지만 유매향에게 빼앗긴 것을 만회할 필요가 있었다. 그는 다시 빛이 발한 지점으로 달려갔다.

도착해 보니 그곳에 있는 사람은 젊은 남자였다. 제법 부유해 보이기도 했다. 여자가 아니란 사실에 다행스러움을 느끼며 김창명은 말을 걸었다.

"안녕하십니까?"

그는 유매향 때와 같이 중원회와 자신의 일을 설명했다. 그리고 이번에는 실수하지 않기 위해 상대방의 이름을 물었다.

"성함이 어찌 되십니까?"

나타난 사람은 진인겸이었다. 자신이 죽여야 할 표도와 자신의 아내인 유매향이 이세계로 갔다는 사실을 알고 여기까지 쫓아온 것이다. 그는 자신의 이름을 말하려다가 표도 때의 일을 떠올렸다.

'그때 별 생각 없이 이름을 밝히는 바람에 죽을 뻔하지 않았는가.'

결정한 그는 가명으로 답했다.

"유월협이라 하네."

반로환동까지 한 진인겸을 외모만으로 알아보기는 무리였
다. 완전히 가명을 믿은 김창명은 사정을 설명하고 자신의 집
으로 그를 데리고 갔다.

"이 세계의 안내서입니다."

책을 받은 진인겸을 읽으려다가 갑자기 표정이 변했다. 그
는 집 안을 살피더니 김창명을 붙잡고 그의 가슴에 얼굴을 들
이댔다.

"뭐, 뭐 하는 겁니까?"

김창명은 상대가 남색을 밝히는 줄 알고 깜짝 놀라 물러섰
다. 그러나 그것은 그의 착각이었다. 진인겸은 그를 보고 돌연
웃더니 물었다.

"너, 내 마누라와 잤냐?"

그는 집 안에서 얼마 전까지 이곳에 있었던 유매향의 향수
냄새와 정사의 흔적을 발견한 것이다. 김창명은 그 말을 듣는
순간 상대의 정체를 알아차리고 비명과 같은 소리를 질렀다.

"진인겸?!"

도망쳐야 한다고 생각했지만 발이 움직이지 않았다. 진인겸
은 공포에 질린 김창명에게 다시 한 번 물었다.

"괜찮으니까 부담 갖지 말고 편히 말해봐. 너, 내 마누라와
잤냐?"

묻는 얼굴은 웃고 있었지만 김창명은 웃을 수 없었다. 그는
세차게 고개를 저었다.

"아니오!"

“안 잤어?”

“예!”

“정말?”

“예!”

그러나 이미 확신한 진인겸을 대답만으로 믿게 하긴 무리였
다.

“잤지?”

“안 잤습니다.”

“솔직히 말해봐.”

“안 잤다니까요.”

“그럼 잠만 자고 하진 않은 거냐?”

“아니, 자지도 하지도 않았습니다.”

“그럴 리가?”

“아니, 정말입니다.”

“진짜?”

“예!”

그러나 진인겸은 집요했다. 김창명의 주변을 빙빙 돌며 계
속해서 물었다.

“그냥 솔직히 말해. 잤지?”

김창명은 미칠 것 같았다. 진인겸은 아무리 아니라고 대답
해도 실실 웃으며 계속해서 묻고 대답을 강요했다. 질문과 대
답을 반복하길 벌써 한나절. 진인겸을 만난 것이 늦은 오후였
는데 지금은 해가 진 늦은 밤이었다.

“왜 대답을 안 하는 거야? 이제 시인하는 건가?”

진인겸의 질문에 잠이 들려다 정신이 퍼뜩 든 김창명은 소리쳤다.

“아닙니다!”

시간은 새벽으로 달려갔다. 여전히 진인겸은 웃는 얼굴로 김창명에게 물었다.

“잤지?”

김창명은 쓰러질 것 같았다. 장장 여섯 시진. 꼬박 하루의 반을 계속 질문과 대답을 반복하고 있는 것이다. 그는 죽을 것 같은 얼굴로 사정했다.

“그만둬 주십시오. 제발 잠 좀 잡시다.”

진인겸은 여전히 웃으며 물었다. 원하는 대답이 나오지 않는 한 며칠이라도 물을 기세였다. 그에게는 일단 사실 관계는 확실히 하고 봐야 한다는 묘한 지론이 있었는데, 그렇다고 상대의 결백 따위를 믿어줄 마음은 눈곱만큼도 없었다. 완전히 자기 혼자 결론을 다 내려놓은 다음 자백을 받아내는 식이었다.

“그러니까 대답해. 우리 같이 편해지자고. 잤지?”

김창명은 정신적인 압박, 오랜 시간 축적된 피로, 상대에 대한 공포, 그리고 무한히 계속되는 질문에 마침내 지쳐 버렸다.

“잤습니다. 이제 됐습니까?!”

그의 입에서 대답이 나온 순간, 진인겸의 얼굴에서 미소가 사라졌다.

"그래, 잤단 말이지?"

김창명은 아차 싶었지만 이미 때는 늦었다. 진인겸의 몸에서 엄청난 살기가 폭사되었다. 천하제일고수다운 품격이고 뭐고 그의 입에서는 육두문자부터 튀어나왔다.

"야, 이 개새! 너, 죽었어!"

그날 중원회 안내인인 김창명은 처참하게 숨을 거두었다. 사방에 뿌려진 피바다 속에서 분을 참지 못하고 식식거리던 진인겸은 중원회 안내서를 품에 넣고 집을 떠났다.

그런데 그가 가는 방향은 유매향이 향한 곳과는 반대 방향이었다.

3

유매향은 자신 때문에 한 불쌍한 인생이 끝을 본 것을 전혀 모르는 채 흥얼거리며 걸어갔다. 그렇게 어느 정도 가다 보니 길이 끊기고 낡은 안내 표지판이 하나 서 있었다.

경고! 몬스터 출현 지역.

그러나 유매향이 안내판을 읽을 수 있을 리가 없었다. 깨끗이 무시해 버리고 그녀는 계속해서 나아갔다. 그리하여 그녀가 들어선 몬스터 영역은 오크들의 사냥터였다. 얼마 후 그녀는 네다섯 마리의 오크를 발견했다.

‘이것들이 몬스터?

유매향은 신기해하며 오크들을 관찰했다. 하지만 그것도 잠시, 생긴 것도 지저분하고 들고 있는 무기란 것도 조잡하기 짝이 없었다.

"뭐야? 단순한 돼지 비슷하게 생긴 것들이잖아?"

하지만 유매향을 발견한 오크들은 달랐다. 그들은 그녀의 모습을 보고 너무나 놀라고 말았다.

‘세상에! 이렇게나 아름다운 오크가 있다니!’

유매향의 외모는 인간에게는 최악이었지만, 오크들의 미적 기준에 있어서는 너무나 아름다웠던 것이다. 그녀에게 반한 오크들은 다투어 유매향에게 달려들었다.

―사랑합니다! 저와 결혼해 주십시오!

그러나 아직 이 세상 말도 모르는 유매향이 오크들의 말을 알아들을 리 만무했다. 무엇보다 오크들에게 유매향은 취향이었지만, 유매향에게 오크들은 취향이 아니었다.

"꺼져, 이 돼지들아!"

달려드는 오크들을 모조리 쓰러뜨린 유매향은 좀 더 그럴 듯한 몬스터가 있으면 좋겠다고 생각하며 다시 걸음을 옮겼다.

그런데 유매향에게 당한 오크들은 얼마 지나지 않아 근처에 있던 동료들에게 발견되었다. 남겨진 인간의 냄새를 맡은 오크들은 어떤 강한 인간이 자신들의 영역에 침입했다고 생각했다. 그들은 즉시 소굴로 돌아가 자신들의 우두머리인 하이오크 제사상에게 그 사실을 알렸다.

—뭣이?! 침입자가?!

제사상은 즉시 소굴의 오크들을 총출동하여 유매향의 흔적을 쫓았다. 그들은 곧 한가로이 걸어가는 유매향을 발견할 수 있었다.

—거기 서라!

소리를 듣고 유매향은 고개를 돌렸다. 그 순간 제사상은 하늘이 뒤집히는 것 같은 충격을 받았다. 고개를 돌리며 드러나는 그녀의 얼굴에 마음을 빼앗기고 만 것이다.

'아름다워!'

유매향은 오크들의 수가 상당하자 골치가 아파왔다. 그런데 그중 한 마리가 앞으로 걸어나오더니 들고 있는 도끼를 앞으로 내미는 것이었다.

"……?"

그것은 오크들에게 있어서 최고의 구애 표현이었다. 당신을 지키기 위한 무기가 되겠다는 의미였는데, 유매향이 알 리 없었다. 아니, 오히려 상대가 자신을 보며 코를 벌름거리는 것에 기분이 나빠졌다.

"……."

그녀는 도끼를 받아 들었다. 구애에 성공했다고 제사상이 기뻐한 것도 한순간, 그녀는 그걸 그대로 그의 머리에 내리찍어 버렸다.

—꽥!

머리가 둘로 쪼개지며 제사상은 즉시 사망했다. 지켜보던 오크들은 경악했다. 아무리 거절한다고 해도 머리를 날려 버리다니! 하지만 이런 경우는 난생처음이고, 우두머리까지 죽어버리니 무엇을 어떻게 해야 할지 알 수가 없어진 오크들은 서로를 쳐다보며 웅성거리고만 있었다.

"이렇게 되고 싶지 않으면 꺼져!"

한마디 날려주고 유매향은 떠나려 했다. 그런데 그때 괴성과 함께 오크와는 비교도 되지 않는 거구의 몬스터가 갑자기 나타났다. 키가 3미터에 달하는 거인의 모습을 한 오우거였다.

크오오오오!

오크와 오우거는 힘에서 비교가 되지 않는다. 게다가 방금 우두머리까지 죽어 통솔할 자가 없는 상태였다. 겁에 질린 오크들은 뿔뿔이 흩어져 도망치려 했지만 좁은 길이라 도망갈 곳이 마땅치 않았다.

순식간에 서너 마리의 오크가 오우거에게 잡혀 죽었다. 더욱 혼란에 빠진 오크들은 난리법석이었다. 그런데 그때 용감히 소리치며 오우거에게 달려드는 존재가 있었다.

"비켜!"

바로 유매향이었다. 그녀는 외치며 오우거를 향해 돌진했다.

크오오오오!

오우거는 달려드는 유매향에게 주먹을 휘둘렀다. 그러나 유매향은 신법으로 간단히 피하고는 들고 있던 도끼로 오우거의 가슴을 찍어버렸다.

크아아!

고통에 비명을 지르는 오우거의 다리를 후려쳐 쓰러뜨린 유매향은 오우거 위에 올라탔다. 그리고 가슴에 박힌 도끼를 뽑아 오우거의 머리를 수없이 내려쳤다. 잠시 후 발버둥치던 오우거는 몸이 축 늘어져 버렸다.

도망치던 오크들은 슬금슬금 돌아와 그 광경을 보았다. 강력한 몬스터 오우거를 간단히 쓰러뜨릴 정도의 강함, 거기다 평생 보기 힘든 절세의 아름다움. 그들의 눈에 유매향은 신이 내린 존재나 다름없었다.

오크들은 유매향의 앞에 늘어서 넙죽 엎드리며 외쳤다.

—여왕님!

강한 자가 지배하는 단순한 체제의 오크들이다. 그들은 즉시 유매향을 우두머리로 인정했다. 아무리 강하다 해도 다른 종족이 오크들의 우두머리가 될 수는 없는 일이었으나, 그들은 유매향을 완전히 자신과 같은 오크라고 믿어버렸다.

유매향은 오크들의 말을 알아듣진 못했지만 분위기로 상황을 파악할 수 있었다.

'어? 이것도 꽤 괜찮은 기분이네?'

여왕 대접받는 것에 기분이 좋아진 유매향은 오크들의 소굴에까지 갔다. 하지만 오크들의 소굴인 동굴은 습기가 차고 냄새까지 나서 그녀의 마음에 들지 않았다.

"이런 곳에서는 못 살겠다."

유매향은 좀 더 쉬기 좋은 장소를 찾아 이동했다. 오크들은 자신들이 우두머리로 섬기기로 한 그녀가 움직이자 그 뒤를 따랐다. 햇살이 들고 풍경도 좋은 장소를 찾아낸 유매향은 오크들에게 명했다.

"여기다 집을 지어라."

그런데 이곳은 몬스터들의 소굴인 하이랜드 서부산맥 알베르다에서 가장 무서운 그리폰 무리의 사냥터였다. 갑자기 자기들 영역에 오크들이 나타나자 그리폰이 즉시 공격을 해왔다.

"이것들은 또 뭐야?!"

유매향은 강하고 또한 무자비했다. 공격해 오는 그리폰을 상대로 압도적으로 싸웠다. 하늘을 나는 그리폰들이었지만, 유매향을 공격하기 위해 내려올 때마다 오히려 유매향의 도끼에 날개나 발톱이 잘리며 추락해 갔다.

'강하다!'

평소라면 그리폰 부리를 보기만 해도 도망치기에 바빴던 오크들이었지만, 우두머리가 싸우는 모습에 용기백배했다.

―여왕님을 따르자!

유매향의 활약에 의해 오크들은 엄청난 격전 끝에 그리폰을 모조리 몰아낼 수 있었다. 산맥에서 가장 좋은 영역을 차지하게 된 오크들은 환호하며 더욱 유매향을 신봉했다. 유매향은 오크들의 소굴을 이곳으로 옮기도록 했다.

산맥의 가장 사냥하기 좋은 요지라 이곳을 노린 주변 몬스터들이 계속해서 덤벼들었지만, 유매향이 있는 이상 그 어떤 몬스터도 상대가 되지 않았다. 다른 몬스터들은 유매향이 싸우는 모습을 보고 흉악한 여오크 알베르다의 마녀라 부르며 두려워했다.

그 후 유매향은 근처의 적대 몬스터들을 모조리 쓰러뜨렸을 뿐 아니라 주변의 다른 오크 무리들까지 통합하여 세력을 늘려갔다. 얼마 가지 않아 유매향이 이끄는 무리는 그 지역에서 당할 자가 없는 거대 세력을 형성했다.

그녀는 어느새 하이랜드 왕국 서부산맥 알베르다의 최강자로 군림하고 있었다.

4

험한 산길을 오르는 세 사람이 있었다. 그들은 아서, 지그문트, 란슬롯이란 이름을 가진 모험자들로, 정식 기사를 꿈꾸는 기사 지망생이기도 했다. 현재 하고 있는 모험자 일은 기사가 되기 위한 경험과 실력을 쌓기 위한 것으로, 최근 이곳 알베르다 산맥의 몬스터들의 움직임이 심상치 않다는 소문을 듣고 조사 차 이곳에 오게 된 것이었다.

"그런데 말이야, 왜 우리가 이런 것을 해야 하지? 원래 이런 것은 나라에서 해야 하는 것 아닌가?"

지그문트가 산길이 힘들자 투덜거리며 물었다. 앞장서 가던 리더인 아서가 답했다.

“말했잖아. 만약 소문이 사실이라면 이는 엄청난 사태가 될 수가 있어. 정확한 정보를 가장 빨리 우리가 입수한다면 그 가치는 엄청날 거라고. 잘하면 우리의 목표인 기사단 입단을 할 수 있을지도 몰라.”

“소문이라…….”

란슬롯이 중얼거리다가 아서에게 물었다.

“넌 어떻다고 생각해? 소문이 사실일까?”

들리는 소문에 따르면 오크들의 여신이 강림했다고 한다. 근처 마을을 습격한 오크 중 인간의 말을 할 줄 아는 오크가 있어서 그렇게 말했다는데 진위 여부는 알 길이 없다.

“오크의 여신이라…….”

아서는 쓴웃음을 지었다.

“솔직히 상상이 안 되는군.”

다른 두 명도 웃었다. 셋은 서로 마주 보며 웃으며 피로를 덜었다.

“어찌 되었든 알베르다 산맥의 오크들이 갑자기 엄청나게 세력을 확장하고 있는 것만은 사실이야. 덕분에 산맥 근처의 마을들은 위기에 직면하고 있지. 오크들이 어째서 갑자기 세력이 커졌는지 알아낼 필요가 있어.”

잠시 휴식을 취한 셋은 다시 산길을 올랐다. 한참을 오르는데, 부스럭거리는 소리와 함께 풀숲에서 오크 네 마리가 튀어나왔다.

“적이다!”

셋은 각기 무기를 뽑고 싸울 준비를 취했다. 그런데 오크들은 셋을 보자마자 뭐라고 소리를 지르더니 도망치기 시작했다.

오크가 줄행랑을 치는 것을 보고 지그문트가 피식 웃었다.

"뭐야, 저 녀석들? 우리에게 겁먹었나?"

그러나 아서는 당황하여 소리쳤다.

"저놈들, 동료들을 부를 생각이다! 어서 해치워야 해!"

셋은 급히 오크들을 쫓아 달렸다. 하지만 산길을 오르느라 많이 지쳐 있었고 짐도 많아 제대로 속도가 나지 않았다.

"젠장, 짐을 버리……."

아서가 명령을 내리려 할 때였다. 갑자기 바닥이 푹 꺼지며 몸이 아래로 떨어졌다. 바로 뒤를 따르던 두 명도 예외는 아니었으며, 셋은 한꺼번에 뒤섞여 아래로 곤두박질쳤다.

"윽!"

간신히 충격에서 벗어나 살펴보니 세 사람은 3미터 깊이의 함정에 빠져 있었다. 도망치던 오크들이 위에서 내려다보며 비웃고 있는 것이 보였다.

'오크에게 속아 넘어가다니!'

아서는 어처구니가 없었다. 모험자 생활을 오래하며 그들은 수없이 많은 오크와 싸워왔다. 지금까지 싸워왔던 오크들은 무조건 약탈하고, 적이 있으면 싸우는 단순한 종족이었다. 이번처럼 적을 유인해 함정에 빠뜨리는 전술을 사용하는 경우는 처음이었다.

‘대체 누가 이런 계략을 가르쳐 준 거지?

그러나 그는 오래 생각할 수 없었다. 오크들이 대롱에 넣어 입으로 부는 독침을 쏴댔기 때문이다. 독의 마비 증상에 정신을 잃으며 그는 생각했다.

‘저것도 오크들의 무기가 아니잖아.’

오크들은 정신을 잃은 아서 일행을 함정에서 끌어내어 묶었다. 그리고 자신들의 집락으로 끌고 간 후 그들의 여왕인 유매향에게 보고를 올렸다.

─여왕님!

나름대로 오크들이 보기에 호화로운 의자에 앉아 오크들이 바치는 과일을 씹던 유매향이 심드렁한 표정으로 물었다.

“뭐야?”

그녀는 이미 오크들의 언어를 완전히 익히고 있었다.

─인간을 잡았습니다.

“인간?”

─예, 여왕님이 가르쳐 주신 대로 하니 상처 하나 입지 않고 세 놈이나 잡을 수 있었습니다. 여왕님은 정말로 너무나 아름답고 강하고 똑똑하기까지 하십니다.

오크들이 아부를 늘어놓았지만 유매향의 얼굴에는 별 감흥이 없었다.

‘이 짓도 이제 질렸어.’

그녀는 오크들을 지휘하여 불과 한 달도 되지 않아 알베르다 산맥의 패권을 차지했다. 실로 놀라운 업적이라 할 수 있었지만, 그녀는 슬슬 질리기 시작하고 있었다.

처음에는 오크들이 여왕님을 외치며 따르는 것이 제법 귀엽다는 생각도 들었다. 또한 그들을 가르치고 세력을 확장하는 것도 재미있었다.

하지만 유매향은 뭐든지 쉽게 싫증 내는 성격이었다. 냄새 나고 멍청한 오크들을 상대하는 것에 짜증이 나기 시작하고, 주변에 더 이상 적이 없게 되자 세력을 확장하는 재미도 사라졌다.

그런 와중에 오크들이 인간을 잡아온 것이다. 이 세계에 온 이후로 김창명 외에 다른 인간을 만나본 적이 없는 유매향은 조금 흥미가 생겼다.

"그래? 어디 보자."

유매향은 일어나 잡혀 있는 아서 일행에게 갔다. 정신을 잃고 있는 셋을 이리저리 뜯어보던 그녀는 빙그레 웃었다.

"꽤나 괜찮은데?"

순간 그녀의 머릿속에 한 가지 생각이 떠올랐다.

'그래, 이렇게 한번 해보자.'

한참 후 아서는 정신을 차렸다.

"여긴……."

정신을 잃기 전의 상황을 떠올린 그는 벌떡 일어나며 소리쳤다.

"지그문트! 란슬롯!"

“여기…….”

대답 소리가 들렸다. 고개를 돌려보니 바로 옆에 동료들이 쓰러져 있었다. 일단 목숨은 건진 것을 확인하고 안심한 아서는 주변을 살폈다.

“이곳은 감옥이군.”

동굴 입구를 나무를 엮어 막아놓은 어설픈 감옥이었다. 아서는 오크들에게 잡혀 곧 목숨을 잃게 될 자신들의 처지에 암담함을 느끼지 않을 수 없었다.

그런데 그때, 그들이 있는 동굴 안쪽에서 소리가 들려왔다. 아서는 즉시 경계하며 소리쳐 물었다.

“누구냐?”

누군가가 동굴 안쪽에서 모습을 드러냈다. 바로 유매향이었다.

“헉!”

유매향의 외모를 보고 경악했던 셋은 무기를 뽑으려고 했지만 무기가 있을 턱이 없었다. 당황하고 있는데 유매향이 걸어 나오며 말했다.

“도와주세요.”

분명 사람의 말을 하고 있었다. 아서는 다시 물었다.

“누구요?”

“전 레이아라고 해요. 근처 마을에 살고 있다가 오크에게 잡혀왔어요.”

아서가 자세히 보니 확실히 오크가 아닌 사람이었다. 안도한 아서는 동료들에게도 진정하라고 하고는 유매향에게 말했다.

"유감스럽게도 우리도 오크들에게 잡혔소. 당신과 똑같은 신세요."

유매향은 아서 일행에게 다가가 물었다.

"여러분들은 뭐 하시는 분들인가요? 어쩌다 오크들에게 잡힌 거죠?"

"우린 모험자들이오. 최근 이 산맥의 오크들 세력이 비정상적으로 커지자 조사 차 오게 된 것이오. 하지만 한심스럽게도 잡히고 말았소."

아서는 웃으며 말을 이었다.

"하지만 너무 걱정하지 마시오. 아직 희망을 버린 것은 아니니까. 아가씨도 우리와 같이 도망칩시다."

"정말 감사합니다."

처음에는 유매향의 외모에 거부감을 느끼던 아서 일행이었지만, 유매향의 부드러운 태도와 운명공동체라는 생각에 곧 친밀해졌다. 그들은 함께 둘러앉아 탈출할 방법을 의논했다.

리더인 아서가 의견을 말했다.

"보면 알겠지만 감옥 자체는 허술하여 우리가 힘을 합치면 충분히 부술 수 있을 것 같다. 문제는 이 지역 전체가 오크들의 세력권이라는 것이다. 게다가 지금 우리는 무기와 짐이 없으니 당장 도망친다고 해도 얼마 가기 힘들다."

유매향이 말했다.

“제가 여러분의 무기가 어디 있는지 알아요.”

“아니, 그게 정말이오?”

“예. 제가 오크들 말을 좀 알아들을 수 있거든요. 이번에 잡은 사람들 무기와 짐을 창고에 넣어둔다고 하는 이야기를 들었어요.”

“그것 다행이군. 그런데 창고가 어디 있지?”

“여길 나와 오른쪽으로 가면 있어요.”

유매향의 정보는 아서 일행에게 큰 도움을 주었다. 일행은 밤이 깊어지면 탈출하기로 하고, 근처에서 돌 조각을 주워 날카롭게 만들었다.

얼마 후 오크들이 식사를 가져왔다. 앞장선 오크가 유매향에게 물었다.

─여왕님, 괜찮으십니까?

명령이라 포로들과 함께 들어가게 했지만 걱정이 된 것이다. 유매향은 인상을 쓰며 말을 내뱉었다.

“방해 말고 놓고 빨리 꺼져.”

여왕의 명령은 절대적이다. 오크들은 더 이상 말하지 못하고 식사를 놓고 갔다. 이들의 대화는 오크 말이었다. 오크 말을 모르는 아서 일행은 멀뚱히 보고 있다가 물었다.

“뭐라고 합니까?”

유매향은 수심이 깃든 표정으로 대답했다.

“내일 우릴 잡아먹겠대요.”

아서 일행이 보니 오크들이 가져온 식사는 포로의 것이라고는 도저히 생각할 수 없을 정도로 좋았다. 여왕의 식사이기 때문인지 모르고 그들은 떨떠름한 표정이 되었다.

"젠장, 최후의 만찬이라는 건가?"

드디어 밤이 되었다. 아서 일행은 준비한 날카로운 돌로 나무를 엮은 창을 잘라내어 감옥을 빠져나왔다. 감옥을 지키는 오크가 없어서 전혀 문제될 것은 없었다.

"좀 이상하군. 왜 아무도 지키지 않지?"

아서가 의아하게 생각하는데 유매향이 재촉했다.

"어서 가요."

"알았소."

유매향을 따라 아서 일행은 살금살금 이동했다. 조금 가니 오크들의 집락이 나타났는데, 그 규모가 장난이 아니었다. 엄청나게 넓게 펼쳐진 고원 지대에 풀과 나무로 지어진 오크들의 집이 가득 차 있었는데, 최소한 수천 채는 되어 보였다.

"엄청나군!"

아서는 침을 꿀꺽 삼켰다. 소문으로 들은 것보다 오크들의 세력은 훨씬 거대했다. 이들이 본격적으로 인간의 영역을 침략한다면 그 피해는 엄청날 것이 분명했다.

'어서 빨리 나라에 이 사실을 알리지 않으면 안 된다!'

어찌 되었든 지금은 빨리 도망치지 않으면 안 되었다. 일행은 오크들에게 들키지 않게 주의하며 유매향의 안내로 창고로 갔다. 그곳에는 감옥과는 달리 두 명의 보초가 서 있었다.

'곤란하군.'

무기가 없는 상태로 싸우긴 무리였다. 아서가 고민하는데 유매향이 나섰다.

"제가 주의를 끌 테니 그때 해치우세요."

말을 하자마자 말리기도 전에 그녀는 앞으로 나섰다. 보초를 서던 두 오크는 갑자기 유매향이 나타나자 놀라며 물었다.

ㅡ여왕님, 여긴 어쩐 일이십니까?

"수고하는 너희들에게 상을 줄까 해서 왔다."

그냥 해보는 말에 오크들은 감격하여 어쩔 줄 몰라 했다. 그 사이 몰래 다가간 아서 일행이 그들의 머리를 돌로 후려갈겼다.

ㅡ컥!

오크들이 쓰러졌다. 아서 일행은 창고로 들어가 자신의 무기와 짐을 챙겼다.

"자, 어서 도망칩시다."

아서 일행과 유매향은 산을 내려가 도망쳤다. 다음날이 되어서야 그들이 없어진 것을 알아차린 오크들은 발칵 뒤집혔다.

ㅡ인간들이 우리 여왕님을 납치해 갔다!

오크들은 분노했다. 감히 아름답고 강하고 지혜롭기까지 한 여왕을 인간 따위가 납치해 가다니…….

ㅡ사악한 인간들에게서 여왕님을 되찾아야 한다!

입을 모아 외친 오크들은 여왕을 되찾기 위해 인간들의 영역으로 몰려가기 시작한다.

Chapter 5

신전으로

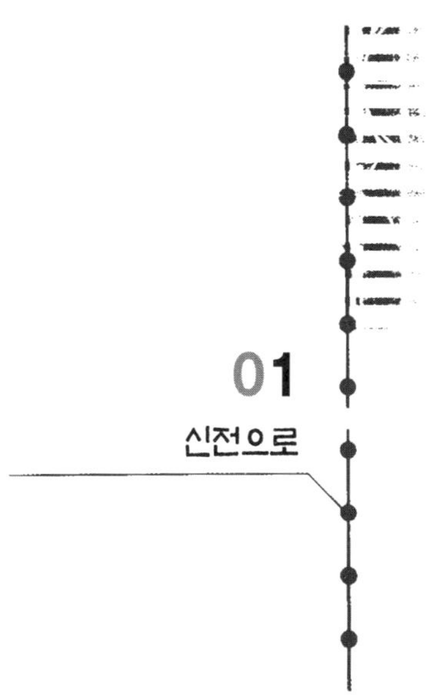

01

신전으로

표도, 우드록 부대, 거기다 사이돌이 이끄는 기사단까지, 워울프에 감염된 무리들은 자신들의 저주를 풀기 위해 태양신의 신전으로 발길을 서두르고 있었다. 하지만 여행은 결코 녹록한 것이 아니었다.

"아무래도 다음 마을에 들렀다 가야 할 것 같다."

사이돌이 표도에게 다가와 말했다. 현재 사건의 원흉이자 실력자인 표도는 사이돌, 우드록과 함께 일행의 리더 격이 되어 있었다.

"아니, 왜?"

표도는 인상을 썼다. 지금까지 그들은 더 이상 문제를 크게 벌이지 않기 위해서 인간과의 접촉을 최대한 피하고 있었다.

불편한 것을 참고 야영을 하며 마을을 피해 돌아가기도 했다. 그런데 갑자기 사이돌이 마을에 들르자고 말한 것이다.

"식량이 다 떨어졌어. 앞으로 갈 길이 많이 남았으니 보충하지 않으면 안 돼."

이렇게 말하니 표도로서도 반대할 수가 없었다. 그는 조금은 걱정을 하며 다짐했다.

"곧 보름달이 뜨는 날이다. 식량만 사고 바로 뜨는 거야."

"알았다."

얼마 후, 일행은 한 작은 마을에 도착했다. 사이돌은 마을의 촌장을 불러 식량을 사겠다는 뜻을 밝혔다. 그러자 촌장이 곤란하다는 표정을 지었다.

"그건 좀……."

"어째서요? 강탈하겠다는 것이 아니오. 정당하게 제값을 주고 살 테니 걱정 마시오."

"아니, 여러분을 못 믿어서가 아닙니다. 죄송하지만 팔고 싶어도 팔 만한 식량이 없습니다."

촌장은 사정을 설명했다.

"얼마 전 알베르다 산맥에서 온 고블린들이 이 근처에 자리 잡았습니다. 그것들이 농작물을 닥치는 대로 약탈하는 바람에 당장 저희들 먹을 것도 부족한 형편입니다."

"아니, 알베르다 산맥은 여기서 상당히 떨어져 있는 것으로 아는데, 그곳의 몬스터가 여기까지 왔단 말이오?"

"소문으로는 오크들이 갑자기 세력이 강해져 여기까지 쫓겨왔다고 하더군요."

잠시 생각하던 사이돌이 말했다.

"좋소. 그렇다면 우리가 고블린을 퇴치해 주겠소. 그럼 식량을 팔 수 있겠지?"

촌장의 표정이 환해졌다.

"그야 물론이지요."

그러나 이야기를 전해 들은 표도의 표정이 구겨졌다.

"몬스터 퇴치라고? 당장 우리가 급해 죽겠는데 그럴 시간이 어디 있어?"

사이돌은 그를 설득하려 했다.

"몬스터를 퇴치해야 식량을 구할 수 있소."

"여기서 못 구하면 다음 마을에서 구하면 되잖아. 여기서 지체할 이유가 없어."

"아니, 있소. 우린 기사요. 어찌 국민들의 어려운 처지를 알면서 모른 척할 수가 있단 말이오."

표도는 퉁명스럽게 말했다.

"난 기사 아닌데?"

"그럼 기사인 우리끼리 가겠으니 당신은 여기서 기다리시오."

이렇게까지 나오니 혼자만 싫다고 할 수가 없었다. 표도는 어쩔 수 없이 고개를 끄덕였다.

"알았어. 가면 될 것 아냐."

일행은 마을 사람들에게 들은 고블린들의 소굴로 향했다.

얼마 안 가 고블린 무리를 발견할 수 있었다.

"빨리 처리하고 가자!"

표도가 외치며 앞장섰다. 그는 고블린 무리에 뛰어들어 닥치는 대로 해치웠다. 꼭 해야 할 일이라면 후딱 처리하고 끝내고 싶었기 때문이다. 그의 압도적인 무공 앞에 고블린 무리는 저항도 못해보고 쓰러져 갔다.

"굉장하군!"

지켜보던 기사단은 감탄하지 않을 수 없었다. 자신들에게 이 고생을 하게 한 원흉이긴 하지만 확실히 표도의 실력은 대단했다.

기사단은 표도의 뒤를 따르며 뒤처리만 하면 끝이었다. 한 시간도 채 되지 않아 고블린은 전멸했다. 또한 주변을 수색한 결과, 고블린이 마을에서 약탈한 식량까지 찾아낼 수 있었다.

"그럼 돌아가자."

일행은 되찾은 식량을 가지고 마을로 돌아왔다. 마을 사람들은 돌아온 그들을 대환영했고, 식량까지 가지고 온 것을 보곤 크게 기뻐했다. 고마움을 표시하기 위해 마을 사람들은 일행을 위한 잔치를 벌였다.

술과 음식을 가득 차리고 잔치의 주역인 표도 일행을 대접했다. 표도는 이럴 때가 아니라고 생각했지만, 오랜만에 술 냄새를 맡으니 마음이 동하는 것은 어쩔 수 없었다.

'뭐, 아직 대낮이니 얼른 마시고 늦기 전에 떠나면 괜찮겠지.'

다른 사람들도 표도와 같은 마음이라 적당히 마시고 저녁이 되기 전에 떠나기로 정했다. 그러나 그것은 너무나 안이한 생각이었다. 예부터 이런 식으로 '조금만 마시고 말아야지' 라는 생각이 지켜진 경우가 과연 몇이나 될 것인가!

계속해서 마을의 아가씨들이 권하는 술을 넙죽넙죽 받아 마시다 보니 어느새 만취하고 만 표도 일행은 마을 사람들과 어깨동무하며 신나게 놀았다. 그러다 보니 시간이 가는지 오는지도 모르게 되었고, 그러는 사이 해는 지고 보름달이 떠올랐다.

마을 아가씨 하나를 붙잡고 수작을 걸던 기사가 뭔가 이상한 느낌에 하늘을 보았다. 보름달이 눈에 들어오는 순간, 그의 몸이 변화를 일으켰다.

"어머, 늑대!"

속으론 좋으면서 앙탈을 부리던 마을 아가씨도 뭔가 이상함을 느꼈다. 고개를 들어 기사를 바라본 그녀는 말로만이 아닌 진짜로 남자가 늑대가 되는 광경을 보아야만 했다. 그녀는 소리쳤다.

"아빠가 남자는 다 늑대라더니 그냥 하는 소리가 아니었어!"

다른 표도 일행도 속속들이 워 울프로 변신했다. 하지만 마을 사람들은 도망치지 않았다. 만취 상태라 제대로 된 상황 판단을 할 수 있는 사람이 거의 없었기 때문이다. 멍한 눈으로 이게 뭔 일이냐 하며 보고만 있을 뿐이었다.

워 울프가 된 표도 일행도 예외는 아니었다. 그들 역시 만취한 것이다. 인간들을 습격하는 것이 아닌, 술과 보름달에 의한 흥분 상태로 난동을 부릴 뿐이었다.

인간과 짐승이 술에 취해 뒤섞인 난장판은 밤이 늦도록 계속되었다. 마침내 아침 해가 뜨고 정신을 차린 표도 일행과 마을 사람들은 그제야 상황을 파악하고 경악했다.

"이게 뭐야?!"

워 울프가 날뛰었음에도 불구하고 사망자는 없었다. 이미 충분히 먹고 마시고 취하기까지 한 표도 일행이 인간을 습격하지는 않은 덕분이었다. 하지만 뒤섞여 난리법석을 부리는 통에 마을 사람 오백여 명 중 절반가량이 표도 일행에게 물려 있었다.

"으아아아아아! 신이여!"

자신들이 워 울프에게 물렸다는 사실에 마을 사람들은 경악했다. 슬픔과 분노를 사건의 원인인 표도 일행에게 쏟아내려 할 때, 표도가 재빨리 사람들 앞에 나서서 외쳤다.

"여러분, 저희와 함께 가십시다! 태양신의 신전으로 가면 분명 치료할 수 있습니다!"

희망을 주어 분노를 수습한 것이다. 마음속으로야 찢어 죽이고 싶은 마음이 간절했지만, 마을 사람들만으로 최근 몬스터들이 불어난 위험한 길을 떠날 수는 없었다. 별수없이 마을 사람 중 물린 사람들을 추려 표도 일행과 합류했다.

그리하여 불어난 표도 일행의 수는 약 삼백 명. 표도 하나로

 해리수 표도의
도망자

시작된 불행은 시간이 갈수록 기하급수적으로 불어나고 있었
다.

2

표도는 생각했다.
'이거 안 되겠는데?
그는 주변을 둘러보았다. 여기저기 옷이 찢겨 거지꼴을 한
사람들이 제멋대로 둘러앉아 있었다. 이미 반은 야수의 습성
이 배어든 그들은 생고기를 먹거나 네 발로 걷기까지 했다. 낮
인 데도 불구하고 이미 반쯤 늑대화되어 있는 자까지 가끔 눈
에 띄었다.
표도 역시 무사하진 않았다. 장포로 감추고는 있었지만 옷
속으로는 늑대의 거친 털이 마구 자라 있다. 가장 빨리 물린
그가 그나마 이 정도에서 멈추어 있는 것은 이 세계의 인간이
아니었으며, 무공의 고수이기 때문일 것이다.
그러나 그것도 언제까지 갈지 알 수 없다. 그 역시 달을 보
면 정신이 아득해지고 가끔 자신이 무슨 짓을 했는지 잊어버
리곤 했다.
"솔로."
우드록이 말을 걸어왔다. 표도에게 제일 먼저 물린 그는 낮
인 데도 튀어나온 송곳니가 번들거리고 있었다.
"저편으로 사냥감들이 있는 것을 봤어. 애들 이끌고 사냥 다

녀올게."

표도는 건성으로 손짓을 했다.

"가봐."

우드록은 좋아하며 원래 자신의 부하였던 이들을 이끌고 달려갔다. 그 모습을 보며 표도는 깊은 한숨을 내쉬었다. 우드록은 사이돌과 함께 어서 빨리 신전으로 가서 치료를 받아야 한다고 조급해하던 사람이다. 그런데 지금은 그런 것은 안중에도 없고 당장 고기를 먹는 것만을 생각하고 있다. 완전히 늑대의 본성이 인간의 이성을 넘어서 버린 것이다.

'저놈은 이제 틀렸군.'

표도가 우드록 부대를 물어버린 것은 자신과 같은 신세를 늘리기 위해서이기도 했지만, 무엇보다 이 세계 현지인을 워 울프 치료를 위한 안내인으로 삼을 생각이었다. 그러나 현재의 상황에 이르자 그것은 이제 더 이상 의미가 없어졌다.

마을 사람들을 대량으로 워 울프로 만들어 버린 후 상황은 걷잡을 수 없이 확대되어 버렸다. 그전까지는 숫자도 오십을 넘지 않고 명령 체계가 잡혀 있는 군인들이었기에 통제에는 별 문제가 없었다. 그런데 통제되지 않는 마을 사람들이 대량으로 늘어나니 어떻게 해볼 수 있는 상태를 넘어서 버렸다. 거기다 엎친 데 덮친 격으로 그들이 가는 길에 여행자들이 심심찮게 나타났다.

통제를 벗어난 표도 일행은 중간에 마주치는 여행자들과 제멋대로 뒤섞였고, 여행자들이 표도 일행의 정체를 알아차리는 것은 순식간이었다. 그리고 그때마다 사고를 친 자들이 표도를 향해 대책을 물어왔다.

"들켰는데 어쩌지?"

표도가 해줄 수 있는 말은 간단했다. 이제까지 하던 방식을 고수하는 것이었다.

"물어."

나중에 가니 굳이 물어볼 것도 없이 알아서 물어버리기까지 했다. 그중에는 아직 들키지도 않았는데 지레짐작과 본능으로 만나는 여행자를 닥치는 대로 무는 사태까지 벌어졌다. 이렇게 되니 일행의 수는 굴러가는 눈덩이가 커져 가듯 갈수록 늘어났다.

이렇게 사람 수가 갈수록 늘어나니 자연스럽게 여러 가지 문제가 생겨났다. 식량 문제나 이동 문제, 워 울프의 본능대로 멋대로 행동하려는 자를 제어하는 일까지…….

무엇보다 가장 큰 문제는 목적 의식이 흐릿해져 간다는 사실이었다. 분명 태양신의 신전으로 가서 워 울프를 치료하고 정상적인 인간으로 돌아가기 위해 여행을 하고 있는 것인데, 워 울프의 본능이 강해지고 인간으로서의 이성이 사라져 감에 따라 단순히 먹고사는 쪽으로 우선 순위가 이동하고 있었다.

오랜 수련을 쌓아 스스로를 제어하는 능력이 뛰어난 표도조차 가끔 본성이 이끄는 대로 움직이는 판에 다른 자들에게 제대로 된 판단을 기대하는 것은 무리였다.

이런 여러 가지 문제 때문에 갈수록 이동 속도는 느려져 갔다. 본래 예정이라면 이미 도착했을 태양신의 신전이 이제 겨우 3분의 2정도밖에 가지 못했다. 반면, 시간이 갈수록 늑대에 가까워져 갔다.

이대로 가면 영락없이 짐승으로 전락하여 황야나 산속을 배회하며 평생을 살 판이었다. 시간이 갈수록 표도는 초조해져 갔다.

결국 표도는 자신을 따르는 무리를 버리고 혼자서 태양신의 신전으로 가기로 마음먹었다. 이미 신전의 위치는 파악해서 굳이 안내가 필요하지 않았고, 혼자 가는 편이 훨씬 빠르니 여러모로 생각해도 그 편이 나았다.

자신이 원인이 되어 워 울프가 되어버린 사람들을 그냥 두고 가버린다는 것은 무책임을 넘어서 악랄하다고까지 할 수 있는 짓이었지만, 표도에게 남을 위해 자신의 손해를 감수할 양심을 기대하는 것은 무리였다.

아니, 애초에 표도가 정의로운 인물이었다면 우드록 부대를 물어 자신과 같은 신세로 만드는 짓은 하지도 않았을 것이다.

'문제는 어떻게 떼어놓는 것이냐 하는 것인데…….'

워 울프의 모든 원인은 바로 표도 자신이다. 아무리 이성보다 본성이 강해졌다고 해도 자기 혼자 갈 길을 가겠다고 한다면 모두들 격노하여 자신을 가만두지 않을 것이 불을 보듯 뻔했다.

몰래 도망치는 것은 어려운 일이다. 리더 격인 자신이 사라지면 바로 알아차릴 것이고, 그들은 늑대의 후각을 사용해 집요하게 쫓아올 것이다. 목적지를 이미 알고 있는 이상 뿌리친다는 것은 무리였다.

'무슨 좋은 생각이 없을까?'

그가 고민하고 있는데 웅성거리는 소리가 들렸다. 무슨 일인가 싶어 고개를 들어보니 인상 나쁜 무리들이 나타나 있었다. 그들은 자신들을 멀뚱히 보고 있는 표도 일행을 향해 소리를 질렀다.

"우리들은 그 유명한 도적단 라스트 바탈리온이다! 죽고 싶지 않으면 가진 물건을 모두 내놓아라!"

이들은 최근 이 지역의 여행자들을 습격하던 도적 무리였다. 야생에 가까운 생활로 꼴이 말이 아니게 된 표도 일행의 모습을 보고 유랑민 따위로 착각한 것이다. 마침 사이돌과 우드록 부대가 사냥을 나가고 없어서 수만 많지 별것 아니라고 만만하게 본 것이 실수였다.

"……"

표도 일행은 어처구니가 없어 보고만 있었다. 달랑 십여 명으로 오백 명에 육박하는 사람들, 그것도 워 울프들에게 협박을 하다니! 일행이 표도를 쳐다보았다. 어떻게 할 거냐는 뜻이었다.

표도는 결정을 내리지 않고 생각에 잠겼다.

'저놈들이 사이돌이 말하던 도적 무리인가 보군. 저놈들을 어떻게 잘 이용할 수 없을까?'

도적들은 사람들이 아무 반응도 없자 화를 내며 외쳤다.

"이것들이 미쳤나?!"

그때 사냥을 나갔던 사이돌과 우드록이 이끄는 부대가 돌아왔다. 무장을 한 오십여 명의 기사와 병사들이 나타나자 그제야 자신들의 오판을 알아차리고 도적들은 도망치려 했다. 그러나 이미 때는 늦었다.

"잡아!"

표도의 말이 떨어지자 즉시 사람들이 달려들었다. 도적들은 비명과 함께 곧 사로잡히는 신세가 되고 말았다.

표도는 사로잡은 도적들을 심문했다. 근처에 백 명이 넘는 대단위 도적 소굴이 있다는 정보를 얻은 그는 명령했다.

"좋아, 그곳을 습격하자!"

많아진 무리로 인한 식량 부족으로 굶주려 왔던 일행은 군말없이 동의했다. 우드록과 사이돌 등도 예외가 아니었는데, 그들 역시 그동안 정상적인 인간에서 상당히 멀어진 상태였다.

그날 밤, 습격은 시작되었다. 달이 떠오르는 것을 신호로 변신한 워 울프들은 일제히 도적 소굴로 쳐들어갔다.

도적 소굴은 순식간에 혼란에 빠졌다. 악명을 떨치며 토벌군마저 격파한 그들이었지만 수백에 달하는 워 울프 무리를 감당하긴 무리였다. 싸우기보다 도망치기에 바빴고, 워 울프들은 닥치는 대로 부수고 짓밟으며 폭력적인 본성을 마음껏 발휘했다.

한편, 워 울프들이 이성을 잃고 날뛰는 틈을 타 표도는 점찍어놓았던 자신과 닮은 사람을 죽이고 얼굴에 상처를 내어 구별을 어렵게 했다. 그리고 자신이 입고 있던 옷을 벗어 입혔다.

'이 정도면 얼마간은 속일 수 있겠지.'

준비를 끝낸 그는 워 울프 무리 속에서 빠져나와 태양신의 신전을 향해 달렸다. 오래간만에 혼자가 되니 이토록 홀가분할 수가 없었다. 무엇보다 워 울프의 능력에 더해 경공을 펼쳐 달리니 여럿이 갈 때와는 비교도 되지 않는 이동 속도였다.

'진작 이렇게 갈걸.'

자신이 짐승으로 전락시키고 앞으로 어떻게 될지 알 수 없는 사람들의 미래는 무시한 채 표도는 태양신의 신전으로 달렸다.

한편, 남겨진 워 울프 무리는 뒤늦게 표도가 남긴 가짜 시체를 발견했다. 혼란 중에 그가 죽은 것으로 판단한 사이돌과 우드록은 뒷일을 의논했다.

"이렇게 된 이상 우리들만으로 태양신의 신전으로 갈 수밖에 없다."

그러나 실제로 행동하는 것은 말처럼 쉽지 않았다. 거기다 새로 워 울프가 된 도적단이 또 문제였다. 통제를 잃은 그들 무리는 도적단을 중심으로 마을을 습격하기 시작했다.

오크 무리와 함께 하이랜드 왕국의 또다른 재앙은 이렇게 세상에 뿌려지고 있었다.

3

　끝없이 펼쳐진 황야에서 움직이는 한 점이 있었다. 바람막이 후드로 몸을 감싸고 걸음을 옮기는 그는 다름 아닌 진인겸이었다. 이 세계에 온 지 일 개월이 넘은 지금까지 그는 아내와 원수를 찾아 여행하고 있었던 것이다.
　"후우~"
　그는 흐린 하늘을 올려다보며 한숨을 내쉬었다. 아무리 천하제일의 고수라고 해도 오랜 여행으로 인해 피로에 젖어 있었다. 무엇보다 아무런 단서가 보이지 않는다는 사실이 그를 힘들게 했다.
　'이런 식으로는 안 될지도…….'
　진인겸, 그가 중원에서 마누라가 바람 피운 사실을 귀신같이 알아내 남자들을 잡아 죽일 수 있었던 이유는 그 혼자만의 능력이 아니었다. 그의 절세 무공을 흠모하여 따르는 수많은 사람들이 그의 정보망이 되어주었기 때문이다.
　그러나 이 세상에서 그는 혼자였다. 그를 위해 정보를 줄 사람은커녕 이곳이 어딘지조차 알기 힘들었다.
　"힘들군."
　제대로 먹고 마시지 못한 지 수일째였다. 지친 그는 마침내 그 자리에 누워버렸다. 한참을 멍하니 있는데, 멀리서 수레가

다가오는 소리가 들렸다.

"……?"

돌아보니 수레에는 노인과 소년이 타고 있었다. 수레가 다가오자 소년이 뛰어내려 달려와 물었다.

"살아 있어요?"

여행하는 동안 이 세계의 말을 익힌 진인겸은 대답했다.

"살아 있다."

"여기서 뭐 하고 있어요?"

"쉬고 있다."

소년은 고개를 돌려 노인을 바라보았다. 노인이 고개를 끄덕이자 소년이 웃으며 진인겸에게 말했다.

"태워줄게요."

진인겸은 일어나 노인에게 고개를 숙였다.

"감사하오."

예의 바른 태도에 노인은 빙그레 웃고는 물었다.

"우리는 도시에 물건을 팔러 가는 중이오. 반나절을 가면 악셀이라는 도시가 나오지. 거기까지 태워주면 되겠소?"

"예, 그 정도면 충분합니다."

진인겸은 수레 뒤에 올라탔다. 수레에는 자루가 쌓여 있었다. 자신을 루발이라고 소개한 노인은 마을의 특산물인 약초를 마을 대표로 팔러 간다고 했다.

"그런데 아저씨 이름은 뭐예요?"

루시라는 소년이 물었다. 진인겸은 적당히 지어내 사용하고 있는 가명으로 답했다.

"아나킨."

"어디로 가는 거예요?"

"사람을 찾고 있다."

"그게 누군데요?"

"하나는 내 아내, 또 하나는……."

말하던 진인겸은 곤란한 표정을 지으며 고개를 저었다.

"그만두지."

하지만 루시는 호기심을 못 참고 계속해서 물었다.

"그 사람들이 어디 있는데요?"

"그건 나도 모르지."

루시는 놀랐다.

"어디 있는지도 모르는데 찾고 있다는 거예요?"

진인겸은 고개를 끄덕였다. 루시는 황당해했다.

"포기하는 것이 낫지 않아요? 이 대륙이 얼마나 넓은데."

"그럴 수야 없지. 무슨 일이 있어도 난 그들을 찾아내야 해."

"왜요?"

"그들이 마음대로 하게 내버려 둔다면, 내가… 내가……."

"내가?"

진인겸은 주먹을 부르르 떨면서 답했다.

"개망신이니까."

"……."

루시는 생각했다.

'겨우 그게 끝?'

어이없어 하는 루시에게 진인겸은 표정을 풀고는 말했다.

"넌 아직 어리니까 모를 거다. 남자는 체면을 위해 모든 것을 걸어야 할 때도 있는 법이란다."

루시는 엄청 유치하다고 생각했다. 그때 잠자코 듣고 있던 루발이 말했다.

"어떻게든 목적을 포기할 수 없다면 태양신 솔루토의 신전으로 가보게나."

"솔루토의 신전?"

"그래. 그곳에는 성녀님이 계시다네."

루발이 설명했다.

"그곳의 성녀님은 태양신의 환생으로, 세계의 모든 이치와 비밀을 알고 계시다고 하네. 또한 갈 길을 잃고 헤매는 사람들에게 옳은 길을 가르쳐 주신다고 하지. 하루에도 그분을 만나 뵈러 오는 사람이 셀 수가 없어 가르침을 받을 수 있을지는 모르겠지만, 무작정 찾아 헤매는 것보다는 나을 거네."

"감사합니다."

진인겸은 대답을 하긴 했지만 그다지 기대는 하지 않았다. 우매한 백성들이 종교의 환상에 빠져 믿기만 하면 뭐든 문제를 해결할 수 있을 것이라 생각하는 경우는 중원에서도 여러 번 봐왔다. 그렇기 때문에 이번에도 태양신이란 것에 빠진 시골 노인의 과신일 뿐이라고 생각했다.

이야기를 나누는 동안 어느덧 수레는 도시에 도착했다. 간단한 검사만 받고 정문을 통과한 수레는 바로 거래하는 상점으로 갔다. 그곳에서 수레의 약초를 넘기고 대금을 받은 루발이 진인겸에게 말했다.

"배가 고프지 않은가? 돈도 받았겠다, 내가 사겠네."

"감사하지만 너무 많은 신세를 지는 것 같군요."

"괜찮네. 신경 쓰지 말고 같이 가세나. 내가 잘 아는 괜찮은 식당이 있네."

루발이 앞장서자 진인겸은 뒤따라 식당으로 향했다. 그런데 얼마 가지 않았을 때였다. 성문 쪽이 소란스러워지며 급박한 종소리가 울렸다.

"오크들이 쳐들어왔다!"

자신들의 여왕인 유매향을 찾는 오크 무리 중 하나가 이곳까지 나타난 것이다. 성문을 지키던 병사들은 급히 성문을 닫았지만, 그 틈으로 몇 마리의 오크가 도시 안으로 들어오고 말았다.

도시 안으로 들어온 오크들은 닥치는 대로 주변 인간들을 습격했다. 비명 소리가 울려 퍼지고, 루발은 손자인 루시의 손을 잡으며 진인겸에게 말했다.

"어서 도망치세!"

하지만 진인겸은 도망치는 대신 성문 쪽으로 걸어갔다. 루발이 답답해하며 그를 말리려는데, 오크 한 마리가 갑자기 튀어나왔다.

“우악!”

루발이 깜짝 놀라며 도망치려 하는데, 진인겸이 오크를 보고 소리를 질렀다.

“부인!”

“부인?”

오크가 부인이란 말인가? 황당해져 루발이 쳐다보고만 있는데, 곧 자신이 잘못 보았다는 것을 깨달은 진인겸이 화를 내며 외쳤다.

“헷갈리게 생겼잖아!”

그는 즉시 달려드는 오크에게 검을 뽑아 휘둘렀다. 그 오크는 목이 잘려 그대로 즉사했다. 진인겸은 짜증 섞인 표정으로 성문 방향으로 성큼성큼 걸어가며 도중에 보이는 오크마다 일격에 베어 죽였다. 성문 안으로 들어온 오크들은 모두 그에 의해 쓰러졌다.

하지만 오크 무리는 그것으로 끝이 아니었다. 밖에 수백 마리의 오크가 몰려와 있었다. 도시를 지키는 병사들의 수는 고작해야 수십 명. 도저히 당해낼 방법이 없었다. 병사들은 싸우는 것을 포기하고 시민들에게 대피령을 내렸다.

“모두 뒷문으로 도망치십시오! 도망치시오!”

시민들이 짐을 챙겨 도망치는 와중에도 진인겸은 성문을 향해 걸어가고 있었다. 그가 밖의 오크들과 싸우려는 것임을 알아차린 루발이 급히 말렸다.

“그만두게. 자네의 실력이 대단한 것은 알겠지만 혼자서 저

많은 오크들을 상대하는 것은 무리네.”

진인겸은 고개를 저었다.

“그래도 나는 싸워야 합니다.”

“아니, 왠가? 어째서 그런 무리를 하는가?”

루발의 물음에 진인겸은 이를 갈며 답했다.

“그 이유는 저 몬스터들이… 저 몬스터들이…….”

“몬스터들이?”

“내 마누라와 닮았으니까.”

“…….”

어이없는 이유에 황당해하는 루발을 놔두고 진인겸은 성문으로 달려가더니 순식간에 성문을 타고 올라갔다. 그는 성밖에 잔뜩 몰려와 있는 오크 무리를 보고 이를 갈았다. 마누라와 닮은 놈들이 이렇게나 많이 있다니!

그는 성 아래로 뛰어내리며 소리쳤다.

“이 죽일 여편네야! 네년 때문에 내 인생은 돌아버리겠다!”

루발과 루시는 잠시 그 자리에 서 있었다. 성밖에서 고함 소리와 비명 소리가 연이어 들려왔다.

“할아버지, 가봐요.”

루시가 루발의 소매를 잡아당겼다. 루발은 도망쳐야 한다고 생각하면서도 마음속의 이는 충동에 손자와 함께 성벽으로 향했다.

그런데 이상한 일이었다. 성벽에 가까워질수록 밖의 소리가 점점 작아져 갔다. 의아해하는 것도 잠시, 성벽에 올라가 아래를 내려다본 두 사람은 경악했다.

“이, 이럴 수가!”

진인겸의 모습은 이미 보이지 않았다. 대신 성밖에 남은 것은 수백 마리의 오크 시체뿐이었다. 그들은 대체 무엇을 본 것인지 하나같이 믿을 수 없다는 표정 아니면 지독한 공포에 질린 얼굴을 하고 있었다.

“……”

한참 그 광경을 보고 있던 루시가 입을 열었다.

“할아버지.”

“응?”

“그 사람, 어지간히 부인과 사이가 나빴던 모양이네요.”

“그렇구나.”

“그런데 그렇게 싫어하면서 왜 결혼을 했을까요? 그리고 왜 열심히 찾고 있는 걸까요?”

“글쎄다.”

한참을 고민하던 루발은 중얼거렸다.

“하긴, 나도 가끔 죽은 할멈이 죽이고 싶도록 미운 적이 있었지.”

유매향을 닮은 오크들에게 실컷 화풀이를 한 진인겸은 한결 기분이 나아진 것을 느낄 수 있었다. 그는 새로운 마음으로 유매향과 표도를 찾는 여행을 다시 시작했다.

‘그런데 어디로 가지?’

고민하는 그는 문득 루발이라는 노인이 한 말이 생각났다.

'태양신의 신전이라……. 그 노인의 말을 모두 믿을 수는 없지만, 그렇게 유명한 곳이라면 많은 사람이 찾을 테니 뭔가 정보를 얻을 가능성도 높겠지.'

Chapter 6

태양신의 딸

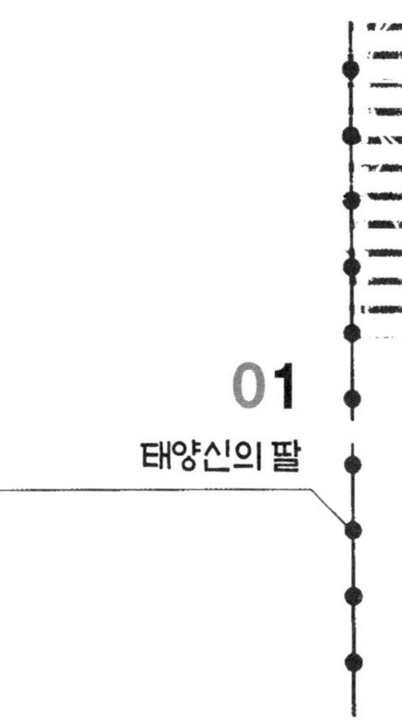

아침 햇살이 가장 먼저 비추는 산봉우리 위. 그곳에 태양 빛으로 마치 황금처럼 빛나는 신전이 하나 있었다. 이곳의 이름은 태양신 솔루토의 신전. 이 대륙의 가장 강성한 종교를 믿는 자들의 안식처였다.

대륙의 가장 이름난 종교답게 솔루토의 신전은 대륙 곳곳에 위치하고 있었다. 총본산이자 성지인 아톤은 이곳에서 멀리 떨어진 제국에 위치해 있었다. 그럼에도 이곳 니니브 신전은 태양신을 섬기는 자들에게는 아톤 못지않게 유명했다.

그 이유는 한 여인이 이곳에 있기 때문이었다. 태양신의 화신, 태양의 딸이라고까지 불리는 이 여인은 어린 시절부터 놀라운 기적을 행사하여 그 명성이 교황을 능가할 정도였다. 그런 그녀가 어떤 이유에서인지 변경의 작은 신전인 이곳으로 왔고, 그 후부터 이곳 신전은 그녀를 만나려는 신자들로 발길이 끊이지 않게 되었다.

지금 그 여인, 호루스는 신전의 정원에서 한가롭게 차를 즐기고 있었다. 산들바람에 황금빛 머리칼을 흩날리며 그녀는 차의 향기를 음미했다.

그때, 그녀의 티타임을 방해하는 사건이 일어났다. 누군가가 정원에 나타나 소리를 질러댄 것이다.

"호루스님, 큰일났습니다!"

호들갑스럽게 달려오며 소리치는 긴 수염을 늘어뜨린 사제는 이 신전의 각종 업무를 총괄하는 대사제 하인리스였다. 원래 그는 성지 아톤에서 호루스의 교육 담당이었다가, 그녀를 쫓아 이곳으로 와 신전의 관리자가 된 인물이었다.

"신전에서는 뛰지 마세요. 어렸을 때 하인리스님에게 자주 들었던 잔소리를 제가 돌려드리게 될 줄은 몰랐군요."

호루스는 살짝 미소를 띠며 대꾸했다. 하지만 하인리스는 그녀의 말을 무시하고 그녀 앞으로 달려와 숨을 고를 틈도 없이 말했다.

"지금 뛰는 것이 문제가 아닙니다. 이걸 보십시오."

하인리스가 내민 것은 노란색 손수건이었다.

"처음 보는 손수건이로군요. 새로 사셨나요?"

"그게 아니라 제단 위에 놓여 있었습니다."

손수건에는 간단한 내용이 적혀 있었다.

오늘 밤, 귀 신전의 보물인 영원히 꺼지지 않는 불꽃을 가져가
겠습니다.

괴도 폭스.

그리고 손수건 끄트머리에는 작은 여우 그림이 그려져 있었
다.

"예쁜 손수건이군요."

"그런 문제가 아니지 않습니까! 도둑놈이 감히 우리 신전의
보물을 훔쳐 가겠다고 하지 않습니까!"

영원히 꺼지지 않는 불꽃, 그것은 태양신 솔루토의 힘을 상
징하는 신물이었다. 과거 호루스가 신의 계시를 받아 엘프의
여왕을 찾아가 받아왔다고 전해지는 이 신물은—진실 여부는
알 수 없다—성지 아톤에 있다가 호루스가 얼마 전 이곳으로
오면서 가지고 와 이 신전에서 신자들에게 전시되어 오고 있
었다.

하지만 호루스는 별로 동요하지 않았다. 오히려 하인리스의
큰 목소리에 살짝 눈살을 찌푸리며 말했다.

"저도 글을 읽을 줄 압니다, 하인리스님."

"죄송합니다, 호루스님. 제가 너무 당황했습니다."

하인리스는 숨을 고르고 말을 이었다.

"듣기로 폭스인가 하는 자는 최근에 나타난 대도라고 합니
다. 주로 수도에서 활동하며 귀족들의 보석을 훔치는 것으로

유명했는데, 어째서 갑자기 우리 신전의 보물을 노리겠다고 하는지 알 수가 없습니다. 어찌 되었든 영원히 꺼지지 않는 불꽃은 우리 신전뿐 아니라 태양신을 섬기는 모든 이의 신물, 절대로 빼앗겨서는 안 됩니다.”

호루스는 하인리스를 물끄러미 쳐다보다가 말했다.

“하인리스님은 평소에 말이 없더니 지금 보니 말이 아주 빠르시군요.”

하인리스의 표정이 구겨졌다. 하지만 눈앞의 이 여인이 엉뚱한 소리를 잘하는 것은 어렸을 때부터 늘 봐왔던 터라 무시하고 자신의 할 말만 했다.

“신전에 사람들을 총동원하여 밤새도록 신물을 지키겠습니다.”

호루스는 잠시 생각하다 물었다.

“그런데 그게 잘 될까요?”

“예?”

“원래 이런 상황에서 괴도는 지키고 있는 사람을 비웃으며 귀신같은 솜씨로 물건을 훔쳐 내잖아요. 하인리스님이 과연 괴도와의 두뇌 싸움에서 이길 수 있을지 걱정되는군요.”

하인리스가 듣고 보니 더욱 걱정이 되었다.

“그렇다면 뭔가 좋은 수가 있습니까? 좋은 생각이 있으시면 가르쳐 주십시오.”

“없습니다.”

“예?”

“없다고요.”

하인리스는 어이없어 했다.

“없으면 왜 그런 말을 한 겁니까?”

“그냥 하인리스님이 헛수고를 하는 것이 아닐까 걱정이 되어서요.”

괜히 물었다고 생각하며 하인리스는 말했다.

“어찌 되었든 신전 사람들을 모두 동원하여 철통같이 막아내겠습니다. 한시도 눈을 떼고 있지 않으면 제아무리 대단한 괴도라고 별수있겠습니까. 허락해 주십시오.”

호루스는 건성으로 고개를 끄덕였다.

“그러세요.”

하인리스는 만반의 준비를 갖춘다며 다시 달려가 버렸다. 그 모습을 지켜보던 호루스는 혀를 찼다.

“나이도 많은데 너무 무리하시네.”

그날 밤, 솔루토 신전의 사제들은 신물이 있는 제단을 둘러쌌다. 하인리스는 잠이 들려는 사제들을 격려하며 외쳤다.

“반드시 지켜야 한다! 도둑 따위에게 신물을 빼앗겨서는 안된다!”

잠이 들려고 하면 서로를 꼬집고 교대로 세수를 하며 신전의 사제들은 밤을 새웠다. 그들의 이런 노력이 결실을 맺었는지 문제의 괴도는 나타나지 않았다.

다음날 아침, 호루스는 제단이 있는 곳으로 왔다. 그녀는 사제들을 향해 웃으며 격려해 주었다.

"여러분, 모두 수고하시네요."

밤을 꼬박 새우고 녹초가 되어 있던 사제들은 그녀의 방문에 기운이 났다.

"신경을 써주셔서 감사합니다."

하인리스의 말에 호루스는 잠시 생각했다.

'잠 다 자고 이제야 왔는데 감사는 무슨……'

어찌 되었든 방긋 웃으며 그녀는 물었다.

"신물은 어찌 되었나요?"

하인리스는 가슴을 두드리며 자랑스럽게 답했다.

"아무 이상 없습니다. 괴도 녀석은 우리의 철통같은 방비를 보고 포기한 것이 분명합니다."

"그래요?"

호루스는 말하며 제단으로 올라갔다. 그리고 제단 위에 올려져 있는 작은 불꽃이 담겨 있는 램프의 뚜껑을 열었다.

"호루스님?"

하인리스가 뭘 하려는 건지 물으려는데, 호루스가 램프의 불꽃을 향해 후~ 하고 입김을 불었다. 그와 동시에 불꽃이 힘없이 사라져 버렸다.

"……!"

지켜보던 사제들은 경악했다.

"신물이, 영원히 꺼지지 않는 불꽃이!"

난리법석이 난 사제를 보며 호루스가 퉁명스럽게 말했다.

"바보 같긴, 영원히 꺼지지 않는 불꽃이라면 입김 정도에 꺼질 리가 없잖아요."

"그렇다면?!"

하인리스가 놀라 물었다.

"이미 괴도가 신물을 훔쳐 갔다는 말입니까? 말도 안 돼! 분명 한순간도 눈을 떼지 않고 있었는데."

호루스가 제단을 만지며 물었다.

"괴도의 예고장이 여기 제단에 있었다고 했죠?"

"아, 예."

"그럼 예고장을 놓고 갈 때 얼마든지 신물을 바꿔치기해 갈 수 있었겠군요. 아니, 애초에 두 번이나 왔다 갔다 하는 번거로운 짓을 굳이 할 필요가 있었을까요?"

"……."

이곳에 있는 모든 이들의 시선이 하인리스에게 향했다. 하인리스는 신전 기둥에 머리를 박으며 절규했다.

"그 생각을 못했다니! 그 생각을 못했다니!"

"바보."

한마디로 감상을 표한 호루스는 하품을 하며 사제들에게 말했다.

"모두 밤을 새느라 피곤했을 테니 가서 쉬도록 해요."

하인리스가 머리에 피를 흘리며 이의를 제기했다.

"잠시 기다리십시오. 신물이 이미 도둑맞았다면 어서 빨리 찾아야 하지 않습니까! 당장 성지에 연락해서 성기사단을 총출동시켜야 합니다!"

호루스는 태연히 답했다.

"걱정 마세요. 제가 다 생각해 둔 것이 있으니까요."

"그, 그렇습니까? 참으로 다행… 아니, 잠깐. 호루스님은 이미 알고 계신 것이었습니까? 도둑이 예고장을 놓고 갈 때 이미 신물을 훔쳐 간 것을 말입니다."

"예."

"아니, 그럼 왜 진작에 그 사실을 말해주시지 않으신 겁니까?"

호루스는 하인리스를 물끄러미 쳐다보았다. 한참을 그렇게 보던 그녀는 입을 열어 답했다.

"하인리스님이 언제까지 속고 있을까 궁금해서요."

"으아아아! 호루스님!"

하인리스는 절규하며 뒤로 벌렁 누워버렸다. 사제들의 부축을 받으며 실려 가는 그를 뒤로하고 호루스는 자신의 방으로 향했다. 콧노래까지 흥얼거리며 자신의 방으로 돌아온 그녀는 붓을 들어 그림을 그리기 시작했다.

똑똑똑.

그녀가 그림을 완성했을 즈음 문을 두드리는 소리가 들렸다.

"누나, 나왔어."

"들어오렴."

문이 열리고 호루스와 같은 금발의 소년이 들어왔다. 그녀의 동생인 레드선이었다.

“불렀어?”

“응.”

레드선은 한가롭게 그림이나 그리고 있는 자신의 누나를 보며 물었다.

“그런데 이러고 있어도 괜찮아? 신물이 도난당했으니 큰일이잖아.”

호루스는 여전히 그림을 그리며 대답했다.

“큰일은 큰일이지.”

“그러면 이러고 있으면 안 되지. 아무리 누나라도 책임을 지지 않으면 안 될 텐데?”

“하지만 어쩔 수 없는걸.”

“……?”

레드선이 의아해하며 다시 물으려는데, 호루스가 막 완성한 그림을 그에게 건네며 말했다.

“신전 앞에서 기다리고 있다가 이렇게 생긴 사람이 오면 나에게 데려오렴.”

그림을 받은 레드선은 한참을 들여다보다가 물었다.

“이거, 사람을 그린 거야?”

“응.”

“…….”

호루스는 칭찬받고 싶은 표정으로 물었다.

“잘 그렸지?”

레드선은 망설이다 말했다.

"누나, 제발 날 시험에 들게 하지 말아줘."

2

도난 사건이 있은 며칠 후, 표도는 마침내 태양신 솔루토의 신전에 도착했다.

'이곳이 태양신의 신전이군.'

눈부시도록 새하얀 건물의 지붕에는 태양의 모습을 상징하는 장식품이 빛나고 있다. 이 세계에 대해 잘 모르는 표도라도 척 보고 태양신의 신전이라는 것을 알 수 있었다. 그는 신전의 입구 앞에서 잠시 생각에 잠겼다.

'문제는 어떻게 날 치료해 달라고 하는가인데……'

중원에 있을 때도 도관이나 절 근처에는 가지 않던 표도였다. 정보다는 사에 가까운 표도에게 있어 정파의 주축인 소림, 무당 등이 속하는 절, 도관은 꺼리는 장소였다. 무엇보다 시주를 하기가 싫었다.

하지만 워 울프를 치료하기 위해서는 어쩔 수 없었다. 표도는 망설이다 신전의 정문으로 들어갔다.

표도 외에도 신전을 찾아온 사람들이 여지저기 눈에 띄었다. 그들은 자유롭게 신전에 드나들고 있었다. 표도는 그들을 따라 안으로 들어갔다. 하지만 사람들은 자기들 마음대로 신상에 기도하고 의식 같은 것을 행할 뿐, 안내를 해주거나 문지기 같은 것은 어디에도 눈에 띄지 않았다.

‘도대체 정화의 의식이라는 것을 해주는 데는 어디야?’

어디에 물어봐야 하는지조차 알 수가 없어 표도는 당황했다. 그런데 그때 누군가의 시선이 느껴졌다. 돌아보니 한 금발 소년이 종이를 들고 자신의 얼굴과 종이를 번갈아 보며 인상을 쓰고 있었다.

“넌 뭐냐?”

금발소년 레드선은 고민하고 있었다. 누나가 준 그림의 얼굴과 눈앞의 이 사람이 동일 인물인지 판단하기가 영 어려웠던 것이다.

“으음⋯⋯.”

레드선은 한참을 고민 끝에 일단 그를 데려가 보기로 결론을 내렸다.

“따라오세요.”

그 말을 끝으로 그는 신전 안쪽으로 들어갔다.

‘저 녀석, 뭐야?’

표도는 망설이다 소년의 뒤를 따랐다. 안으로 들어갈수록 좀 전까지 많이 보이던 일반인은 거의 없고, 소년과 비슷한 복장의 사람들 수가 늘어났다. 그제야 표도는 소년이 입은 옷이 이 신전의 사람들이 입는 옷이라는 것을 알 수 있었다. 그런데 사제들은 하나같이 굳은 표정으로 이리저리 급한 걸음으로 돌아다니고 있는 것이 뭔가 문제가 있는 것 같았다.

‘무슨 일이지?’

그러는 사이에 레드선은 호루스의 방문 앞에 이르렀다. 그는 문을 두드리며 말했다.

"누나, 데려왔어."

"들어오렴."

안으로 들어온 표도가 본 것은 호루스의 모습이었다. 아니, 다른 것은 아예 눈에 들어오지도 않았다. 중원에서도 이런 미녀를 본 적이 없었던 것이다. 멍하니 서 있는데 호루스가 웃으며 말했다.

"자리에 앉으시지요."

"아!"

정신을 차린 표도는 레드선이 내민 의자에 앉았다. 호루스가 말을 꺼냈다.

"당신이 오기를 기다리고 있었어요."

"나를?"

표도의 표정이 굳어졌다. 그는 그녀의 모습에 흔들리는 마음을 추스르며 물었다.

"어떻게 내가 오는 것을 알았다는 것이오?"

"예언이에요."

"예언?"

"그래요."

호루스는 표도를 훑어보더니 싱긋 웃고는 물었다.

"당신, 다른 세계에서 왔죠?"

표도는 깜짝 놀랐다. 확실히 이 세계 사람과 자신의 외모는 다른 점이 있었다. 하지만 미미한 차이라 눈치 채는 사람이 없을 정도이고, 설사 이상하게 여긴다고 해도 그것만으로 다른 세상에서 왔다는 사실을 알 수는 없는 일이다.

그는 동요를 감추고 웃었다.

"어째서 그런 말을 하는지 알 수가 없군."

"신께서 말씀해 주셨어요."

"신?"

"그래요. 내가 모시는 태양의 신 솔루토, 그분께서 당신이 온다는 것을 말씀해 주셨죠. 당신은 재앙을 뿌리는 존재. 하지만 동시에 희망을 부르는 자이기도 하죠."

호루스의 말은 표도로서는 이해하기 힘든 말이었다. 점쟁이의 말도 믿은 적이 없는데, 갑자기 신의 예언을 믿으라는 것은 무리였다.

"난 재앙이니 희망이니 하는 것은 모르오. 단지 정화의 의식을 받으러 왔을 뿐이오."

호루스는 표도의 얼굴을 살피더니 살짝 인상을 쓰고는 말했다.

"당신, 워 울프에게 물렸군요?"

표도는 움찔했다. 그녀는 점쟁이가 아닌가 생각될 정도로 모르는 것이 없었다.

"그렇소. 재수없게 워 울프에게 물리고 말았소."

"손을 내밀어보세요."

시키는 대로 표도는 손을 내밀었다. 표도의 손을 잡고 잠시 살피던 호루스는 고개를 저었다.

“안됐지만 정화의 의식을 한다고 해도 늑대의 마성을 버릴
수는 없어요.”

“뭐라고?!”

표도는 놀랐다. 그 희망만을 가지고 이곳까지 왔는데 다 틀
렸단 말인가?

“분명 내가 듣기로 정화의 의식을 하면 치료받을 수 있다고
하던데?”

“그건 물린 지 얼마 되지 않았을 때에나 해당되는 이야기
죠. 하지만 이미 늦었어요. 당신은 너무 늦게 이곳을 찾아왔어
요.”

표도는 굳은 표정으로 자리에서 벌떡 일어났다.

“당신과는 더 이상 할 이야기가 없을 것 같군! 이곳의 최고
책임자를 불러주시오!”

호루스는 웃으며 대꾸했다.

“제가 최고 책임자예요.”

“뭐?”

“태양신 솔루토를 섬기는 대신관, 신의 대행자로 불리는, 통
칭 태양의 딸 호루스가 바로 저예요.”

표도는 믿을 수가 없었다. 아무리 봐도 이십대 초, 중반의
여인에 불과하지 않은가.

“당신이 여기서 제일 높은 사람이라고?”

“틀렸어요. 대륙 전체 태양신의 신전에 적을 둔 자 중 교황
다음으로 가장 높죠. 믿을 수 없다면 얼마든지 이곳 신전의 사

제들에게 물어보시죠.”

호루스는 설명했다.

“워 울프는 달의 마력 영향을 받죠. 때문에 반대되는 태양신의 사제인 우리야말로 워 울프를 치료할 가장 적격이라 할 수 있어요. 당신이 이곳으로 가라고 조언받은 것도 그런 이유에서겠죠.”

그녀는 미소를 지으며 말을 이었다.

“그리고 태양신을 섬기는 자들 중 가장 강한 권능을 행사할 수 있는 사람이 바로 저예요. 교황님도 능력에 있어서는 저에게 미치지 못하죠. 그런 제가 치료할 수 없다고 하면 확실히 말하건대 이 세계의 그 누구도 치료할 수 없다는 겁니다.”

이렇게까지 말하니 믿지 않을 수 없었다. 하지만 그것을 믿는다면 워 울프의 치료 희망도 사라지게 된다.

“으아아아! 젠장!”

이성을 잃고 분노하자 제어를 잃은 표도의 몸이 워 울프로 변신하려 했다. 레드선이 깜짝 놀라 밖에다 알리려는데, 호루스가 고개를 저어 막고는 손을 뻗어 표도의 손을 잡았다.

“진정하세요.”

그 순간 표도는 몸 안의 힘이 충만함과 동시에 마음이 가라앉는 것을 느꼈다. 워 울프로 변하려던 몸도 어느새 원래대로 돌아와 있었다. 그는 호루스가 자신이 알지 못하는 뭔가 신비한 힘을 가지고 있다는 것을 깨달았다.

“이게 마법이라는 건가?”

“틀렸어요. 신성력이라고 하죠. 마법과는 반대되는 힘이에
요.”

대답한 호루스는 미소를 지었다.

“진정하고 앉으세요. 그렇다고 아주 방법이 없는 것은 아니
니까.”

좀 전까지는 불가능하다고 하더니 방법이 있다고 한다. 표
도는 인상을 썼다.

“지금 놀리는 거요? 안 된다고 할 때는 언제고.”

“전 분명 당신을 고칠 수 있는 사람은 없다고 했죠. 정화의
의식도 소용없다고 했고요. 하지만 방법이 없다고 한 적은 없
어요.”

표도는 짜증이 났지만 어찌 되었든 희망은 생긴 셈이다. 다
시 자리에 앉은 그는 물었다.

“그 방법이 뭐요?”

“당신은 운이 없는 사람이에요. 며칠만 빨리 왔다면 문제없
었을 텐데. 당신이 달의 마력에 완전히 사로잡혔다고 해도 말
이지요.”

“무슨 뜻이오?”

“우리 솔루토의 신전에는 태양을 상징하는 신물이 있어요.
영원히 꺼지지 않은 불꽃이라는 물건이죠. 그 신물의 힘을 사
용하면 당신을 중독시킨 달의 마력을 완전히 몰아낼 수 있죠.”

표도는 눈살을 찌푸렸다.

“그런데 날 치료할 수 없다고 한 것을 보면 그 신물이란 것

을 쓸 수 없다는 거요?"

"맞아요. 이해가 빠르시네요."

"어째서요?"

호루스는 생긋 웃고는 답했다.

"도둑맞았거든요. 그것도 바로 며칠 전에."

"뭐요?"

"걱정 말아요. 당신이라면 찾을 수 있을 테니까."

표도는 호루스의 저의를 눈치 챌 수 있었다.

"그 신물인가를 되찾아주면 치료해 주겠다는 것이군."

"맞아요."

"그런데 왜 하필 나지? 당신이 이 태양신을 섬긴다는 종교에서 교황 다음으로 높은 사람이라면, 굳이 내가 없어도 찾아내라고 명령할 사람은 얼마든지 있을 텐데."

"신께서 말씀하셨거든요. 당신이라면 찾아낼 수 있을 거라고."

호루스는 대답하고는 품에서 노란 손수건을 꺼내 내밀었다.

"이것이 신물을 훔쳐 간 자가 남겨놓은 물건이에요."

표도는 손수건을 받아 살펴보았다. 손수건 구석에 그려진 여우 그림을 본 순간 이 물건의 주인의 정체를 알아챈 그는 고개를 끄덕였다.

"과연, 당신이 모시는 신이 날 지명한 이유를 알겠소."

그 손수건은 과거 중원에서 이름을 날린 대도 황건호리 지평도가 자신이 도둑질한 것을 증명하는 표시로 남기던 것이었다.

3

황건호리 지평도는 지금으로부터 오 년 전, 중원에 명성을 날리다 돌연 사라진 대도였다. 과거 표도는 현상금을 노리고 그를 쫓으며 몇 번이나 궁지에 몰아 넣었다. 하지만 이제 거의 다 잡았다고 생각한 순간, 돌연 아무런 흔적도 없이 사라져 버렸다.

'훔친 물건 때문에 원한을 사 죽었다는 소문이 돌았는데, 이 세상에 도망 와 있었던 건가?

호루스가 사건을 설명했다. 너무나 단순하고 간단했기에 사건 내용에서 건질 만한 것은 하나도 없었다. 하지만 아무 증거가 남지 않았다는 것은 지평도의 솜씨일 가능성을 더욱 높여 주는 것이었다.

표도는 피식 웃고는 물었다.

"당신이 모시는 신께서는 왜 그런 일을 미리 말해주시지 않으셨을까?"

호루스는 웃으며 말을 받았다.

"신께서는 말해주고 싶으신 것만 이야기해 주시니까요."

"훔치는 것은 방관했으면서 찾는 방법은 알려주셨다는 거요?"

"예."

호루스의 대답에서는 망설임이나 의심을 찾을 수 없었다. 자신이 믿는 신을 철석같이 믿는다는 태도였다.

그녀는 자신의 목걸이를 풀어 표도에게 내밀었다.

"이 목걸이를 하고 있으면 달의 영향력을 막아 당신이 늑대로 변하는 일을 막아줄 거예요. 임시방편이긴 하지만, 이렇게 하면 워 울프에 대한 걱정없이 신물을 찾을 수 있겠죠."

표도는 일단 목걸이를 받았다. 신전 지붕에 있던 상징물과 똑같은 장식이 달린 목걸이였다.

하지만 조금 얼떨떨한 기분이었다. 신전에 오자마자 소년에게 안내받아 가장 높다는 여인을 만나고, 곧바로 신물을 찾으라는 의뢰를 받는다는 것이 뭔가 속임수가 있다는 의심을 사기에 충분했다.

"신뢰가 가지 않는군."

"우린 믿음을 강요하지 않아요."

호루스는 태연히 말했다.

"당신에게 아무리 설명한다고 해도 믿지 않겠죠. 당신은 그런 사람이니까. 그렇다면 당신이 믿고 싶은 것만 믿으면 되는 거예요."

"믿고 싶은 것?"

"당신이 원래대로 돌아오려면 신물을 찾아야 된다는 것."

"…알겠소."

표도는 자리에서 일어났다.

"도둑을 잡아 그 신물이란 것을 찾아오면 된다는 것이지?"

“예.”

“그럼 그렇게 하도록 하지.”

표도는 말하고는 몸을 돌려 방을 나왔다. 신전을 나선 그는 앞으로 취할 행동을 생각했다.

‘일단 방칠을 찾아야겠군. 그를 통해 중원회와 접촉하여 지평도가 있는 곳을 알아야겠다.’

중원회는 자신처럼 중원에서 이 세계로 온 사람들을 접촉하여 끌어들이고 있었다. 지평도 역시 중원에서 온 인물인 이상 중원회에 속해 있거나, 최소한 그가 어디에 있는지 중원회는 알고 있을 것이다.

표도는 방칠과 헤어졌던 마을로 발걸음을 서둘렀다.

한편, 표도가 가고 나자 호루스는 다시 그림을 그렸다. 그리고 완성되자 또다시 레드선에게 내밀었다.

“신전 앞에 기다리다가 이런 사람이 오면 불러오렴.”

그림을 받은 레드선은 다시 인상을 쓰며 한참을 쳐다보았다. 또다시 시험의 순간이 찾아온 것이다.

“…힌트 같은 것은 없어?”

“무슨 소리니? 이건 퀴즈가 아니잖니.”

차라리 퀴즈가 낫겠다고 생각하며 레드선은 다시 신전 입구에 죽치고 앉아 문제의 사람이 찾아오길 기다렸다.

수일이 지난 후, 찾아오는 사람 중에 바람막이 후드로 얼굴을 가린 사람이 있었다. 레드선이 혹시 이 사람이 아닐까 고민하고 있는데, 반대로 그 사람이 그에게 다가와 물었다.

"혹시 이런 사람을 본 적이 있니?"

그가 내민 그림에는 얼마 전 찾아온 표도가 있었다. 그는 바로 진인겸이었던 것이다. 레드선은 호루스의 그림보다 표도를 찾는다는 사실에 근거하여 이 사람이 맞다고 판단 내렸다.

"따라오세요."

진인겸은 의아해하며 레드선을 따라 호루스의 방으로 갔다.

"누나, 찾아왔어."

레드선의 말에 방 안에 앉아 있던 호루스는 일어나 진인겸에게 고개를 숙였다.

"기다리고 있었습니다."

표도를 만났을 때와는 확실히 차이가 있는 태도였다. 진인겸은 호루스를 훑어보고는 물었다.

"당신은 누구요?"

"전 태양신 솔루토를 섬기는 자, 대신관인 호루스라고 합니다."

진인겸은 그녀가 루발이 말하던 성녀란 것을 알아차렸다. 만나기 힘들다는 성녀를 너무나 쉽게 만났다는 사실에 놀라며 그는 다시 물었다.

"왜 날 보자고 한 거요?"

"당신의 길을 밝혀 드리기 위해서입니다."

호루스는 레드선에게 나가 있으라고 했다. 그리고는 평소와는 다른 진지한 표정으로 말했다.

"당신은 운명이 정한 이 세계를 구원할 존재, 어둠을 멸할 분입니다. 제가 이곳에 있는 것은 당신을 기다리고 안내하기 위해서입니다."

진인겸은 잠시 생각하다 말했다.

"당신이 무슨 생각을 하고 있는지 모르겠군. 내 목적은 어디까지나 내 아내를 찾고, 날 모욕한 자들을 없애는 것. 이 세계가 어떻게 되든 그건 내 관심 밖이오."

호루스는 미소를 지으며 말했다.

"상관없습니다. 당신은 당신이 원하는 길을 가시면 됩니다."

진인겸은 왠지 상대의 의도에 놀아나는 것 같아 기분이 나빠졌다. 그는 몸을 돌려 방을 나가려 했다.

"당신과는 말해봤자 소용없을 것 같군."

호루스는 그를 잡지 않고 웃으며 말했다.

"이 나라의 수도로 가세요. 그곳에 당신이 찾는 것이 있을 테니까요."

진인겸은 별 대꾸 없이 그대로 나가 버렸다. 그가 나가자 밖에서 기다리고 있던 레드선이 방 안으로 들어왔다.

"누나."

"왜?"

"신물을 찾는 것은 어떻게 할 거야?"

"그 문제는 이제 됐어."

레드선은 의혹에 찬 시선으로 호루스를 보았다. 그는 밖에서 안의 대화를 어느 정도 들을 수 있었다. 그러나 친남매 간이라지만 도무지 호루스의 생각을 알 수가 없었다.

그가 아는 호루스의 능력이라면 신물을 도둑맞는 것을 얼마든지 막을 수 있었다. 그럼에도 그냥 방치하고 있다가 처음 보는 남자에게 신물을 되찾을 것을 부탁하고, 다시 그를 찾는 사람에게 그의 행방을 알려주었다.

레드선은 참다못해 입을 열어 물었다.

"누나, 대체 무슨 생각을 하는 거야?"

호루스는 손가락을 입술에 가져다 댔다.

"비밀."

Chapter 7
수도에 도착하다

표도가 갑자기 사라져 버리자 방칠은 크게 당황했다. 그를 출세의 밑거름으로 삼으려는 기대가 무너지는 것은 물론이고, 중원회로부터의 문책까지 있을 것이 뻔했기 때문이다.

'도대체 그 인간은 어디로 가버린 것이냐?!'

그는 표도가 사라진 마을 안을 돌아다니며 표도의 행방을 수소문했다. 그러나 워 울프로 변신하여 곧바로 마을 밖으로 달려간 자에 대한 단서가 제대로 남아 있을 리 만무했다.

결국 두 달여의 수색 끝에 여비마저 거의 다 떨어져 가기 시작했다. 방칠은 별수없이 중원회에 사실을 보고하고 자신의 집으로 돌아가려 했다.

그런데 그때 하늘의 도우심인지 표도가 갑자기 돌아왔다.

223

방칠은 순간 꿈이 아닌가 생각했다.

“표 대협?”

표도는 무슨 일이 있었냐는 듯 태연히 손을 들어 보였다.

“여어!”

방칠은 소리쳤다.

“표 대협, 대체 어딜 갔다 오신 겁니까?”

방칠의 질문에 표도는 쓴웃음을 지었다.

“어쩌다 보니 그렇게 되었어.”

표도는 말해주지 않았다. 방칠로서는 표도가 돌아온 것만으로도 하늘에 감사할 지경이고, 지금 그에게 중요한 것은 따로 있었기에 더 이상 묻지 않기로 했다.

“어찌 되었든 빨리 갑시다. 덕분에 너무 많이 늦었습니다.”

표도와 방칠은 다시 중원회로 향하는 여정을 시작했다. 그런데 길을 가는 도중 무장을 한 병사들이 몇 번이나 그들을 지나쳤다.

“무슨 전쟁이라도 났나?”

표도의 질문에 방칠이 답했다.

“요즘 근처에 워 울프가 대량으로 발생했다고 하더군요. 벌써 몇 개의 마을이 습격을 받아 사라졌다고 합니다.”

“어, 그래?”

표도가 팽개쳐 버린 워 울프 무리가 분명했다. 방칠은 생각나는 것이 있어 말했다.

“그러고 보니 표 대협이 사라졌을 때도 늑대 울음소리가 들렸지요."

"그런가? 난 모르겠는데?"

표도는 태연히 얼버무렸다. 다행히 방칠은 별 이상을 눈치채지 못하였고 둘은 계속해서 수도가 있는 동쪽으로 나아갔다.

다음날, 둘은 하이랜드의 서쪽 관문에 이르게 되었다. 그곳에는 그들 외에도 관문을 통과하려는 많은 사람들이 길게 줄을 늘어서 있었고, 병사들이 그들을 일일이 확인하고 있었다.

관문에 늘어선 줄은 좀처럼 줄어들지 않았다. 따분해진 표도는 하품을 하며 중얼거렸다.

"더럽게 오래 걸리는군."

"평소에는 이 정도로 오래 걸리지는 않은데요, 아무래도 워 울프가 섞여 관문을 통과할까 봐 검사를 까다롭게 하는 모양입니다."

"뭐?"

방칠의 말에 표도는 표정이 변했다.

"워 울프 검사란 것은 어떻게 하지?"

"글쎄요. 저도 받아본 적이 없어서 잘 모르겠는데요."

표도는 당황했다. 현재 그는 호루스가 준 목걸이를 하고 있는 상태라 워 울프로 변신하지는 않는다. 하지만 검사를 받아 워 울프란 것이 들통날지도 모르는 일이었다.

'어떡하지?'

그가 고민에 빠져 있는데 방칠이 말했다.

“지겨워하시지 말고 조금만 기다리십시오. 밤이 되면 금세 줄이 줄어들 겁니다.”

표도는 의아해졌다.

“아니, 왜?”

“그야 오늘은 보름달이 뜨지 않습니까. 워 울프라면 변신하지 않고는 못 배기지요. 그럼 굳이 검사를 할 것도 없이 한눈에 알아볼 수 있을 것 아닙니까.”

“아, 그렇군.”

표도는 표정이 환해졌다.

‘밤이 되어 통과하면 검사를 받지 않아도 되는구나.’

그런데 생각보다 검사가 빨리 끝나는지 아직 해가 지지 않았는데 표도의 순서가 가까워졌다. 표도는 할 수 없이 방칠에게 말했다.

“뒤에 가서 서자.”

“예? 아니, 왜요?”

“그냥 그러고 싶어져서.”

방칠은 왜 그러냐고 따지고 싶었지만 표도를 거역할 수가 없어서 뒤로 물러가 섰다. 그런데 얼마 지나지 않아 또다시 순서가 가까워졌다.

표도가 또다시 말했다.

“뒤에 가서 서자.”

방칠은 생각했다.

‘이 인간이 미쳤나?’

표도와 방칠은 다시 뒤로 물러났다. 그런데 왠지 뒤가 소란스러웠다.

'뭐야?'

무슨 일인가 돌아본 표도는 안색이 새파랗게 질렸다. 줄 뒤쪽에 다름 아닌 유매향이 서 있는 것이 아닌가! 그녀의 외모에 놀란 사람들이 소리를 지르는 바람에 생긴 소란이었다.

'말도 안 돼! 저 여자가 어떻게 이 세상에?!'

몇 번이나 눈을 비볐지만 그녀의 모습은 사라지지 않았다. 최근에도 몇 번이나 악몽 속에서 만나곤 하는 유매향이 분명했다.

현재 유매향은 오크 소굴에서 만난 아서 일행과 함께 수도로 가는 중이었다. 아서 일행의 목적은 오크들의 이상 세력 증가에 대한 소식을 수도에 알리고, 그 공으로 기사단에 들어가는 것이었다. 원래 그들은 유매향을 집으로 돌려보낼 생각이었지만, 유매향은 이미 자신의 마을은 오크들에게 전멸했다고 거짓말을 했다.

"저도 수도로 데려가 주세요. 그곳에서 일자리를 찾아 새로운 삶을 살고 싶어요."

아서 일행은 자신들을 도와준 그녀를 내버릴 수도 없어서 어쩔 수 없이 데리고 가기로 했다. 그리하여 함께 여행하며 수도로 향하는 관문인 이곳에 이른 것이다.

유매향의 말은 당연히 거짓말로, 그냥 단순히 세상 구경 삼아 그들을 따르고 있었다. 그녀에게 있어서 표도는 이미 옛 남자로 관심에서 멀어진 지 오래였다.

그러나 표도 입장에서는 그렇지 않았다. 유매향의 모습을 보는 것만으로도 사지가 떨릴 지경이었다. 옆에 있던 방칠이 이상해하며 물었다.

"표 대협, 왜 그러십니까? 안색이 안 좋습니다."

"아, 아무것도 아닐세."

표도는 급히 얼버무리고 혹시나 유매향이 자신을 알아볼까 봐 고개를 돌려 앞만을 보았다. 그리고 시간은 흘러 표도가 검사를 받을 차례가 가까워져 갔다.

'이런!'

태양은 아직도 하늘에 붉은 노을을 걸치며 지평선에서 고개를 내밀고 있었다. 좀 더 뒷줄로 가고 싶었지만 유매향과 가까워지는 것도 그가 원하는 바는 아니었다.

그가 고민에 싸여 있는 사이, 마침내 그의 차례가 돌아왔다.

"그럼 피를 채취하겠습니다."

피를 시약 같은 것과 섞어 검사하는 모양이었다. 아무래도 직방으로 걸릴 분위기라 표도가 당황하는데, 바로 뒤에 선 사람이 말했다.

"이보쇼, 저기 보니 이미 달이 떴는데 그런 검사를 꼭 해야 하나?"

그 말에 하늘을 보니 아직 완전히 해가 지진 않았지만 달은 이미 모습을 드러내 놓고 있었다.

"정말 그렇군. 통과."

안도하며 표도는 방칠과 함께 통과하려 했다. 바로 그때, 메아리치는 소리가 있었다.

"우우우우우우!"

놀란 사람들이 모두 고개를 돌렸다. 저 멀리 워 울프 무리가 이쪽을 향해 달려오고 있었다.

"나타났다!"

당황한 사람들은 관문 안으로 들어가려 했다. 하지만 관문 입구는 많은 사람들이 통과하기에는 너무나 좁았다. 한꺼번에 많은 사람이 몰리자 서로 뒤섞여 오히려 더 들어가기가 힘들어졌다. 그사이 워 울프들은 가까워지고 있었다.

"관문을 닫아라!"

관문을 지키는 수비대장이 명령했다. 그러자 부하 병사들이 반대했다.

"지금 문을 닫아버리면 밖에 있는 사람들은 모두 워 울프에게 당할 수밖에 없습니다!"

"멍청한 녀석! 워 울프 무리가 이 관문을 통과하면 수도까지 그놈들을 막을 수 있는 방법이 없다! 네놈은 수도까지 워 울프를 확산시킬 셈이냐?!"

관문 수비대는 관문을 닫는 문제로 양쪽으로 나누어 옥신각신했다. 그런데 그때, 이미 관문 안으로 들어와 있던 표도가 관문을 닫는 장치에 달려들었다.

"멍청한 자식들, 어서 문을 닫지 않고 뭐 하는 거야!"

표도가 두려워하는 것은 워 울프가 아니었다. 그것들이 안으로 들어오든 말든 그에게는 아무 상관이 없었다. 그에게 있어 진정 두려운 것은 관문 밖 사람들 속에 있는 유매향이 안으로 들어오는 것이었다.

"문을 닫아!"

그는 장치를 지키는 병사들을 닥치는 대로 차버리고 장치를 작동시켰다. 병사 몇 명이 기가 막혀 하며 소리쳐 물었다.

"당신은 밖의 사람들이 죽어도 괜찮단 말인가?!"

표도는 즉각 대답했다.

"알게 뭐야!"

장치가 돌아가며 관문 위에서 무거운 철문이 떨어져 내렸다. 문 아래 있던 사람들은 황급히 피했지만 몇몇은 큰 중상을 입었다.

"열어줘!"

"이 더러운 놈들아! 너희들만 살겠다는 것이냐!"

문밖의 사람들이 문을 두드리며 아우성이었다. 그리고 마침내 워 울프들이 관문 바로 앞으로 들이닥쳤다.

관문 수비대장이 명했다.

"활을 쏴라!"

수비대는 성벽 위에서 관문에 접근하는 워 울프들을 향해 화살을 쏴댔다. 그러나 워 울프의 수는 수백에 달했다. 표도가 내팽개친 후 통제를 벗어난 워 울프 무리는 사방으로 흩어져 엄청난 수로 불어난 것이다.

그런데 관문 수비대보다 워 울프와의 싸움에 더 큰 활약을 보이는 이들이 있었다. 바로 아서 일행과 유매향이었다. 특히 유매향의 활약은 엄청났다.

"이 개새끼들은 뭐야?!"

그녀는 덤벼드는 워 울프들을 닥치는 대로 날려 버렸다. 워 울프를 압도하는 그녀의 모습은 흉신악살을 연상케 했다. 함께 싸우는 아서 일행이 보고 질려 버릴 정도였다.

'이 여자, 정체가 뭐지?

관문 위에서 상황을 보고 있던 표도도 얼굴이 굳어졌다. 워 울프 무리에게 갈기갈기 찢기는 유매향의 모습을 기대했는데, 이대로는 그렇게 되기 상당히 힘들어 보였다.

'역시 저 여자야말로 몬스터 중의 몬스터야.'

보고만 있을 때가 아니란 생각을 한 그는 옆의 병사가 쏘는 활과 화살을 빼앗았다.

"더럽게 못 쏘는군. 줘봐!"

표도는 활시위를 당겼다. 그가 노리는 것은 워 울프가 아닌 유매향의 뒤통수였다.

'죽어라!

마음속으로 외치며 활시위를 놓자 화살은 바람을 가르며 유매향의 머리로 정확히 날아갔다. 그 순간, 살기를 느낀 유매향이 오른손을 들어올렸다.

팍!

화살은 유매향의 손에 잡혀 목표에서 한 치를 남기고 정지하고 말았다.

‘젠장!’

표도는 한탄하며 활과 화살을 원래의 주인인 병사에게 쥐어 주고 납작 엎드려 숨었다. 그 순간 노한 유매향의 고함 소리가 터져 나왔다.

“어떤 자식이야?!”

유매향의 시선이 화살이 날아온 방향으로 향했다. 그녀의 시선이 멈춘 것은 돌려받은 활과 화살을 들고 멀뚱하니 서 있는 병사였다.

“너였구나!”

그녀는 잡은 화살 끝으로 성벽을 찍으며 기어올라 왔다. 순식간에 성벽 위에 올라온 그녀는 활과 화살을 들고 당황하는 병사를 후려쳤다.

“이게 날 쏴?!”

“꽥!”

병사는 변명할 틈도 없이 유매향의 일격에 비명을 지르며 성벽 아래로 떨어졌다. 어쩌다가 표도 옆에 있다가 봉변을 당하게 된 재수 더럽게 없는 병사의 최후였다.

구석에 쌓여 있는 상자들 사이에 숨은 표도는 안 들켰다는 사실에 안도의 한숨을 내쉬었다. 그러나 한편으로는 엄청나게 아까웠다.

‘잘하면 죽일 수 있었는데!’

사정을 모르는 방칠은 이 인간이 갑자기 구석에 박혀서 뭐 하고 있나 생각했다. 그는 표도가 숨은 곳을 들여다보며 물어왔다.

"뭐 하세요?"

표도는 유매향이 볼까 봐 나직한 소리로 손을 저었다.

"훠이~ 저리 가."

2

유매향은 기왕 성벽에 올라온 김에 닫혀 있는 문으로 달려가 장치를 작동시켜 문을 열었다. 문이 열리자 밖에 있던 사람들이 환호하며 관문 안으로 들어왔다. 하지만 그 통에 워 울프들도 함께 들어왔다.

전장은 관문 안으로 옮겨졌다. 관문수비대는 필사적으로 막았지만 사람들과 워 울프가 섞여 혼란은 확대되기만 했다.

표도는 이대로 있다가는 길보다 흉이 더 많겠다고 판단했다. 그는 방칠을 잡아끌며 말했다.

"여기 있어봐야 좋을 것 없겠다."

방칠 역시 동감이라 고개를 끄덕였다. 둘은 싸움이 한창인 곳을 돌아서 슬그머니 도망치려 했다. 그런데 그때, 그를 부르는 소리가 있었다.

"표도!"

돌아보니 유매향이었다. 그녀는 한창 워 울프들과 싸우던 중 표도를 발견하고는 반가워하며 외쳤다.

"좀 도와줘!"

표도는 어처구니가 없었다. 자신이 이 지경이 된 원인이면서 뻔뻔스럽게 도와달라고 하다니!

'내가 죽으면 죽었지 미쳤다고 널 도와주겠냐?'

다행히 유매향은 싸우느라 바빠 표도를 잡을 수 없는 상태였다. 깨끗이 무시하고 그냥 가려는데, 갑자기 유매향과 싸우던 워 울프 둘이 그녀를 두고 그에게 달려드는 것이었다.

"뭐, 뭐야?"

놀란 표도가 잘 보니 워 울프 둘이 입고 있는 갑옷이 어디서 많이 본 것이었다. 이 둘은 다름 아닌 사이돌과 우드록이었다. 그들이 표도를 향해 외침을 토해냈다.

"우워워워워워!"

늑대 울음소리를 해석하자면 이런 내용이었다.

우릴 이 꼴로 만들어놓고 혼자만 치료받다니!

표도가 멀쩡히 인간 모습이자 이미 치료를 받았다고 생각한 것이다. 원한에 찬 둘은 미친 듯이 공격을 퍼부었다. 제아무리 표도라도 감당하기 힘들 지경이라 그는 뒤를 돌아보며 도와달라고 하려 했다. 그런데 방칠 녀석은 이미 도망치고 없었다.

"……."

할 수 없이 그는 유매향에게 소리쳤다.

"도와줘!"

입장이 어느새 바뀌어 있었다. 상대하던 강한 워 울프 둘이

빠져 한결 수월해진 유매향은 죽은 병사의 검을 주워 달려드
는 워 울프들을 처리하고는 표도에게 달려왔다.

"옛정을 생각해서 도와주지!"

유매향과 표도는 힘을 합쳐 싸웠다. 그런데 유매향이 보니
상대의 공격이 둔귀어진 식이라 의아해하며 물었다.

"너, 이 녀석들과 무슨 원한이라도 있냐?"

표도는 무조건 잡아뗐다.

"몰라!"

이 두 사람에게 사이돌과 우드록은 상대가 되지 않았다. 워
울프의 재생력으로 버티며 끈질기게 덤볐지만 결국 한 많은
인생을 마치고 말았다.

우두머리였던 둘이 죽자 워 울프들의 공격 기세는 한결 약
해졌다. 하지만 위기는 사라지지 않았다. 여전히 워 울프의 수
는 감당하기 어려운 지경이었다.

그런데 그때였다. 저편에서 먼지를 일으키며 엄청난 수의
무리가 다가오는 것이 보였다. 원군인 줄 알고 기뻐했던 병사
들은 나타난 자들의 모습을 확인하고는 절망했다.

"오크다!"

엎친 데 덮친 격으로, 오크 무리들이 유매향을 찾아 이곳까
지 온 것이다.

같은 몬스터라도 워 울프와 오크는 엄연히 다르다. 원래 오
크들은 워 울프들을 피했지만 이번 경우는 달랐다. 오크들은
성벽 위에서 워 울프들과 싸우는 유매향을 발견하곤 외쳤다.

─여왕님을 구하자!

오크들은 용감히 돌진했다. 그들에게 워 울프나 인간이나 적이긴 마찬가지였다. 닥치는 대로 공격하니 혼란은 더욱 가중되었다.

"이것들은 또 뭐야?"

표도는 도망치려고 하는데 또다시 오크들이 앞을 막아서자 화가 치밀었다. 그사이 오크들 중에 한 무리가 성벽으로 올라와 유매향에게 달려왔다.

─여왕님, 명령을 내려주십시오!"

그러나 유매향은 근처의 표도와 아서 일행에게 오크와의 관계를 들키고 싶지 않았다. 대답 대신 검으로 닥치는 대로 베어 죽였다. 오크들은 믿었던 여왕에게 배신당한 충격과 분노를 느끼며 죽어갔다.

꾸에에에에엑!

오크의 말을 해석하자면 이러했다.

당신을 사랑했는데!

표도가 의아해하며 물었다.

"당신, 이 몬스터와 무슨 관계야? 왜 당신을 보면 싸울 생각은 안 하고 울며 소리만 질러대지?"

유매향의 대답 역시 전의 표도와 다름이 없었다.

"몰라!"

혼란 속의 전투는 계속되었다. 혼란에 빠진 인간들이나 우두머리를 잃은 워 울프나, 여왕에게 배신당한 오크나 통제가 안 되기는 다 마찬가지였다. 닥치는 대로 공격하고 공격당하며 그냥 되는 대로 싸웠다.

안전한 곳에 혼자 숨어서 상황을 관전하던 방칠이 그 모습을 한마디로 평했다.

"개판이군."

상황이 변한 것은 새벽녘 무렵이었다. 관문 안쪽에서 인간들의 대부대가 나타난 것이다. 앞에 선 장군이 검을 뽑으며 명령했다.

"사람들을 구하고 몬스터들을 몰아내라!"

함성과 함께 군대는 공격해 갔다. 혼란 중에 몇 시간이나 계속해서 싸우다 지친 워 울프와 오크들은 새로 나타난 적을 상대할 힘이 남아 있지 않았다. 일부는 인간의 군대에 죽고 일부는 흩어져 도망쳤다.

몬스터들을 몰아낸 장군은 상황을 정리하도록 하고 수비대장을 불러 자초지종을 들으려 했다. 하지만 수비대장은 이미 혼란 중에 사망한 후였다. 대신 병사들에게 이야기를 들은 그는 물었다.

"밖의 사람들을 무시하고 관문을 닫은 자가 누구인가?"

그러나 범인인 표도는 나타나지 않았다. 전투 중에 방칠과 함께 내뺀 것이다. 어쩔 수 없이 이 문제는 넘어가기로 하고, 관문을 열고 대활약을 펼친 유매향과 아서 일행을 부르게 했다.

“난 하이랜드 왕국 남부사령관 라고슈라고 하오. 그대들의 활약에 국왕 폐하를 대신해서 감사드리겠소.”

아서 일행은 좋아서 어쩔 줄 몰라 했다. 오크에 대한 정보는 가치를 잃었지만, 공을 세우고 남부사령관을 대면하게 되었으니 좋은 기회였다. 재빨리 아서가 나서서 말했다.

“라고슈님, 부탁이 있습니다. 저희를 기사단에 넣어주십시오.”

라고슈는 간단히 허락했다. 일단 부대에 넣어 함께 행동하다가 수도로 돌아가면 정식으로 기사 직을 주겠다고 약속했다.

“그런데 저 아가씨는…….”

그의 시선이 특이한 외모의 유매향에게 이동했다.

“아, 이분은…….”

대답하려던 아서는 순간 말문이 막혔다. 원래 오크 무리에게서 자신들이 구해낸 여자라고 말하려 했는데, 좀 전의 싸우는 모습을 보니 정말 자신들이 그녀를 구한 것인지 의문이 들었기 때문이다.

아서가 대답을 못하자 라고슈가 직접 유매향에게 물었다.

“아가씨는 누구지?”

그러자 유매향은 오히려 반문했다.

“그러는 당신은 누구지?”

아서 일행은 깜짝 놀랐다. 감히 왕국의 사령관에게 함부로 말하다니! 당황하며 말리려는데 라고슈가 웃으며 손을 저었다.

"피곤하겠군. 물러가서 쉬시오."

한편, 관문을 넘은 표도는 말을 구해 전력으로 이동했다. 어서 빨리 유매향과 멀어져야겠다는 일념에서였다. 덕분에 함께 여행하는 방칠은 죽을 맛이었다.

"표 대협, 왜 이렇게 서두르시는 겁니까?"

"너도 많이 늦었으니 서둘러야 한다고 하지 않았나."

"그야 그렇지만 이렇게까지 서두를 필요는 없습니다. 너무 과하면 부족함만 못하다고 하지 않습니까."

"아니. 위험에 대한 대비는 아무리 과해도 모자람이 있다는 말이 있다."

"예? 누가 그런 말을 했습니까?"

"내가."

"……."

방칠은 잠시 생각하다 물었다.

"그런데 위험이라니, 뭐가……?"

"닥치고 달려."

"…네."

입을 다물었으나 방칠은 다시 떠오르는 의문에 물었다.

"그런데 관문에서 표 대협과 함께 싸웠던 여자는……."

"닥치고 달려!"

"…네."

둘은 적어도 열흘이 걸릴 거리를 사흘 만에 주파하여 하이랜드 왕국의 수도인 유프투스에 도착했다.

3

별 문제 없이 성문을 통과한 둘은 도시로 접어들었다. 이리저리 둘러보던 표도는 실망스럽다는 투로 말했다.

"여기가 수도인가? 건물 생긴 것이 좀 다를 뿐 중원의 대도시보다 그다지 나을 것 없어 보이는데?"

그의 솔직한 심정 표현에 방칠이 답했다.

"당장은 그렇게 보이실지 모르지만 성이나 귀족들의 저택은 중원의 것보다 높답니다. 도시 구경은 나중에 하기로 하고, 일단 중원회로 가시지요."

표도는 방칠의 뒤를 따라 도시의 서쪽으로 향했다. 얼마 후 둘이 도달한 곳은 커다란 저택이었다.

"이곳입니다."

방칠이 문지기와 몇 마디 말을 주고받은 후 문이 열리고 둘은 저택 안으로 들어갔다. 안으로 들어간 표도가 주변을 둘러보니 기본적인 건물의 모습은 중원의 것과 크게 달랐지만, 정자나 연못 같은 중원의 분위기를 가진 물건 등도 곳곳에 눈에 띄었다.

'다른 세상으로 와서도 중원을 잊지 못한 모양이군.'

저택 안에서는 중원인의 모습이 가끔 보였다. 그들은 중원에서의 복장 그대로인 사람도 있고, 이 세계 복장을 한 사람도 있었다.

'그러고 보니 복장을 바꾸는 것이 좋겠군.'

그가 입고 있는 것은 중원에 있을 때의 장포 그대로였다. 워울프로 지내면서 옷이 찢어지기도 했지만, 중원에 올 때 옷도 챙겨서 가져왔기에 새 장포로 갈아입었다.

'중원의 옷을 입고 있으면 유매향과 만났을 때 날 알아볼 가능성이 높아진다. 아니, 그전에 눈에 띄어 사람들의 기억에 남으면 후에 유매향이 날 추적하기 쉬워질 것이 아닌가.'

예전에 진인겸을 만났을 때 무사할 수 있었던 것도 변장을 하고 있었기 때문이다. 표도는 이 세계 사람처럼 보이도록 차려입어야겠다고 생각했다.

"이쪽입니다."

방칠의 말에 앞을 보니 커다란 문이 보였다.

"중원회주 무산선인께서 기다리고 계십니다."

문을 열어주고 방칠은 그냥 서 있었다. 그는 들어갈 수 없는 모양이었다. 표도는 고개를 끄덕이고는 안으로 들어갔다.

"어서 오게."

창가에 서서 밖을 내다보고 있던 흰 장포를 입고 있는 노인이 문이 열리는 소리에 돌아보며 말했다. 노인은 손을 들어 소파에 앉기를 권했다.

"표도라고 합니다."

표도는 말하고 소파에 앉았다. 노인 역시 맞은편에 앉더니 말했다.

"내가 바로 중원회의 회주인 무산선인이네. 이 세계에서는 다스베이더라는 이름을 쓰고 있지."

표도가 무산선인을 보니 그저 평범한 인상의 노인이었다. 하지만 걸음걸이나 자연스럽게 풍기는 기도는 그가 절정의 무공을 지닌 사람이라는 것을 느끼게 했다.

'누굴까? 이 정도 무공을 지닌 사람이라면 중원에서 이름이 안 알려졌을 리 없을 텐데.'

그는 잠시 생각하다 물었다.

"중원에서도 무산선인이라는 호칭을 사용했습니까?"

무산선인은 웃으며 답했다.

"허허, 중원에서 불린 이름은 다르지. 하지만 그건 그다지 의미가 없지 않은가. 새 술은 새 부대라는 말도 있듯이 난 중원에서의 이름은 버렸다네."

뭔가 좀 꺼림칙했지만 일단 넘어가기로 하고 표도는 다시 물었다.

"절 만나고 싶어 하셨다면서요?"

"그래."

무산선인은 고개를 끄덕였다.

"내가 이 세계에 온 것은 15년 전의 일이네. 그래서 내가 중원에서의 이름을 말해도 자네는 모를 테고, 나 역시 자네의 활약상은 직접 보지 못했지. 하지만 이 세계에는 중원에서의 무인들이 많지는 않지만 끊임없이 들어왔고, 그들을 통해 자네에 대한 소문 정도는 들을 수 있었네."

표도는 고개를 끄덕였다.

“그렇군요.”

“해리수 표도. 수공에 있어서는 천하에 당할 자가 없다는 절정고수. 중원에서도 얼마든지 영광을 누릴 수 있는 자네가 어쩌다 위험을 무릅쓰고 이 세계에 오게 되었는지 모르겠군.”

표도는 표정이 굳어졌다. 그는 잠시 무산선인을 보다가 입을 열었다.

“노선배께서는 왜 이곳에 오셨는지 말씀해 주실 수 있겠습니까?”

“허허허, 이거 미안하군.”

무산선인은 수염을 쓰다듬으며 웃었다.

“그래, 사연이 있겠지. 여기 중원회 사람들 모두가 마찬가지이지. 알겠네. 더 이상 그 문제는 언급하지 않도록 하겠네.”

그때 밖에서 누군가 문을 두드렸다.

“들어오게.”

무산선인이 말하자 하녀가 차를 가지고 들어왔다.

“가보도록.”

하녀는 고개를 숙이고 나갔다. 표도는 나가는 그녀를 유심히 보다가 무산선인에게 말했다.

“중원인이 아닌 것 같습니다.”

무산선인은 차를 들며 답했다.

“맞네. 이 세계에 온 자들은 대부분 사내들이고, 여자는 거의 없지. 몇 안 되는 여자들도 차나 나르는 일을 하기에는 맞지 않네. 하지만 걱정하지 말게. 하녀들이 우리 말을 알아들을 리 없으니.”

지금까지 무산선인과 표도는 하녀에게 말할 때 외에는 중원 말로 대화를 나누고 있었다. 무산선인이 중원 말로 말을 시작하자 표도 역시 자연스럽게 쓰기 편한 중원 말로 이야기를 한 것이다.

무산선인이 화제를 돌렸다.

“이제부터는 미래에 대한 이야기를 하지. 어떤가, 우리 중원회에 들어오지 않겠나?”

그는 중원회에 들어왔을 때의 이점을 설명했다.

“여기까지 오면서 보아왔겠지만, 이 세계는 완전히 우리 중원과는 달라. 중원에서 하던 식으로 하다가는 낭패를 당하기 십상이네. 하지만 우리 중원회에 속하면 그런 걱정이 없지. 뿐만 아니라 자네 정도라면 곧바로 나의 다음가는 이인자가 되고, 훗날 내 뒤를 이어 중원회의 회주가 될 수도 있네.”

상당한 제안이긴 했지만 표도는 그다지 내키지 않았다. 집단을 이끄는 골치 아픈 일을 좋아하지 않기 때문이다.

하지만 그는 지평도를 찾아 태양신의 신물이라는 것을 찾지 않으면 안 되기에 바로 잘라 거절하는 것도 좋지 않겠다고 판단했다.

“바로 대답할 만한 문제가 아닌 것 같습니다. 좀 생각을 해봐야 할 것 같습니다.”

“하긴 그렇지. 방 하나를 내줄 테니 여기서 편히 쉬면서 느굿하게 생각해 보도록 하게.”

표도는 속으로 웃었다.

‘마침 잘됐군. 이곳에 있으면서 중원회에 지평도가 있는지 알아봐야겠다.’

감사를 표하고 표도는 방을 나섰다 기다리고 있던 중원회의 안내인이 방을 안내하고는 말했다.

“그럼 편히 쉬십시오. 문지기에게 말해두었으니 자유롭게 출입이 가능할 것입니다.”

“고맙군.”

방에서 짐을 푼 표도가 잠시 쉬려니 방칠이 찾아와 물어왔다.

“어떻게 되었습니까?”

“중원회에 들어오라더군. 이인자 자리를 준다나?”

“그래서요?”

“생각해 본다고 했지.”

“아니, 왜 바로 대답을 안 하셨습니까? 기회를 놓치면 안 됩니다.”

방칠은 중원회에 들어오는 것이 좋다고 떠들어댔다. 귀찮아하면서 대충 흘려들은 표도는 물었다.

“그런데 중원회에 지평도라고 있나?”

“황건호리 지평도 말씀이십니까?”

“그래.”

“글쎄요. 일단 제가 안내한 사람 중에는 없습니다. 다른 사람이 안내했을지도 모르지만, 저는 거의 지방에서 안내 일만 하느라 회 내에 있는 날이 적어서 잘 모르겠네요."

"그럼 좀 알아봐 줄 수 있겠나?"

표도가 부탁하는 이유는 이제 막 이곳에 왔고, 중원회 소속도 아닌 자신보다는 방칠에게 맡기는 것이 좋을 것 같아서였다.

방칠은 선선히 고개를 끄덕였다.

"그러지요. 그런데 그 사람은 왜 찾으십니까?"

"예전에 그 사람이 내 물건을 훔쳐 갔거든."

대충 한 거짓말이었지만 방칠은 선선히 알겠다고 하고는 나갔다. 표도 역시 얼마 되지 않아 저택을 나섰다.

표도가 찾아간 곳은 옷가게였다. 이 세계 사람들과 같은 복장을 하기 위해서였다. 그는 상점가에서 바로 눈에 띄는 옷가게로 들어갔다.

이 세계 사람들의 복장으로 갈아입은 표도는 다시 거리로 나왔다. 스스로 이제 완전히 이 세계 사람과 섞이게 되었다고 생각한 표도는 편한 마음으로 발길 닿는 대로 도시를 돌아다니며 구경했다.

한참 후 그가 이른 곳은 도시 광장이었다. 그는 빈 벤치에 앉았다. 그리고 한 시간. 그는 마치 정지된 것처럼 그 자리에 멈춰 있었다. 조금의 미동도 보이지 않는 것이, 단순히 잠이 든 것 정도가 아닌 죽어 굳어 있는 것 같을 정도였다.

'어떻게 된 거지?'

광장 구석에서 표도를 감시하던 여성은 의아하게 생각했다. 누군가와 접선하는 줄 알았더니 그것도 아닌 것 같고, 표도의 행동을 종잡을 수가 없었다.

‘돌아갈까? 아니, 그가 정말 누군가와 접선하는 것이라면…….’

그때 표도가 벌떡 일어났다. 그리고 성큼성큼 걸어가기 시작했다. 그가 향하는 곳은 바로 그녀가 있는 곳이었다.

‘윽!’

그녀는 그냥 모르는 척하려고 했다. 그러나 그 순간 표도와 눈이 마주쳤다. 그녀는 상대가 자신을 노리고 있다는 것을 느꼈다.

“……!”

놀란 그녀는 급히 걸어 사람들 틈에 섞이려고 했다. 그러나 표도의 걸음은 너무나 빨랐다. 순식간에 바로 가까이까지 다가왔다.

다급해진 그녀는 뛰었다. 하지만 소용없는 일이었다. 표도는 여전히 걸었다. 그런데도 어떻게 된 것이 그녀가 달리는 속도보다 빨랐다. 인파 속에서도 사람들을 가볍게 피하며 나아가는데 전혀 속도가 줄어들지 않았다.

공포를 느낀 그녀의 호흡이 거칠어졌다. 어느새 바로 뒤까지 다가온 표도가 말을 걸어왔다.

“나에게 할 말이 있어서 쫓아온 것이 아닌가, 아가씨?”

그녀가 고개를 돌렸다. 얼굴이 드러난 그녀는 아까 무산선인의 방에서 차를 가져온 하녀였다.

4

표도는 오래전에 미행을 눈치 챘다. 하지만 상대의 미행 솜씨가 보통이 아니었다. 정확히 미행자가 누군지 확인할 수 없었고, 섣불리 잡으려 하다가는 놓칠 것 같았다.

그래서 광장 벤치에 앉아 상황을 본 것이다. 미행하던 자는 자신이 멈추자 그 역시 멈추었고, 시간이 지날수록 초조함으로 빈틈을 드러냈다.

표도는 미행자의 정체가 중원회의 하녀라는 것을 확인하곤 웃으며 물었다.

"나에게 할 말이 있어서 쫓아온 것이 아닌가, 아가씨?"

하녀는 침을 꿀꺽 삼켰다. 그녀는 어떻게든 웃어 보이려 애쓰며 대답했다.

"그게 아니에요. 그저 일 때문에 우연히……."

"볼일이 있었다면 광장에서 한 시간씩이나 날 쳐다보고 있을 이유가 없지."

"오해예요. 단지 저택의 손님인 당신이 뭐 하고 있나 해서……."

표도는 웃으며 말했다.

"그럼 당신 고용주에게 물어보도록 하지. 당신의 하녀가 날 한 시간이나 빤히 쳐다보고 있었습니다라고 말이야."

"그, 그건……."

하녀가 당황하는 것을 보며 표도는 생각했다.

‘무산선인이 시킨 것은 아닌 건가? 아니, 무산선인이 시킨 것이라고 해도 문책을 받을까 봐 그럴 수도 있지.’

고민하던 하녀는 결심하고 말했다.

“알았어요. 사실대로 말할게요. 하지만 여긴 사람이 많아 곤란하니 따라오세요.”

“좋아.”

표도는 하녀를 따라갔다. 도착한 곳은 인적이 없는 골목이었다. 더 가려는 눈치이자 표도는 귀찮아하며 말했다.

“사람이 없으니 이제 말하시지.”

“알았어요. 사실은⋯⋯.”

말을 하던 하녀는 돌연 치마 속에서 단도를 꺼내 찔러왔다.

“죽어!”

“흥!”

표도는 코웃음치며 하녀의 손목을 잡았다. 그러자 하녀는 다른 손으로 다시 품속의 단도를 꺼내려 했다. 하지만 그전에 표도가 잡은 손목을 비틀어 버렸다.

“악!”

하녀에게서 단도를 뺏은 표도가 물었다.

“무산선인이 시킨 일은 아닌 것 같군. 그러면 상대가 안 될 것이 뻔한 너 정도를 나에게 붙이진 않았겠지. 자, 말해봐라. 배후가 누구지?”

“⋯⋯.”

하녀는 입을 다물었다. 표도는 피식 웃고는 말했다.

“말하지 않을 생각이라면 무산선인에게 가도록 하지. 난 고문에 재주가 없지만 그라면 뛰어난 고문 기술자 한둘 정도는 알고 있었지.”

“아, 알았어요. 말할게요.”

표도는 손을 놓았다. 아픈 손목을 만지작거리며 하녀는 투덜거렸다.

“여자에게 이런 짓을 하다니……..”

개의치 않고 표도는 차갑게 대꾸했다.

“최근 여자에게 크게 당해서 말이야. 여자라고 전혀 봐주고 싶은 마음이 안 들어. 헛수작 부리지 말고 털어놓으시지.”

“알았어요.”

하녀는 잠시 망설이다 말했다.

“난 사실 이 나라의 수사관이에요.”

“수사관?”

“그래요. 당신이 만난 다스베이더라는 자는 중원회라는 범죄 조직을 만들어 도적 길드를 몰아내고 수도의 암흑가를 지배했어요. 그뿐 아니라 최근에는 그 이상의 뭔가를 노리고 수상한 활동을 벌이고 있죠. 난 국가정보원에서 중원회의 범죄 증거를 찾기 위해서 잠입한 겁니다.”

표도는 생각했다.

‘중원의 동창 같은 건가?’

그녀는 이어 말했다.

“나의 이름은 에이미. 당신이 날 죽인다면 기사단 급이 중원회에 들이닥치게 될 거예요. 그럼 중원회는 끝장이죠."

"그래?"

표도의 대답이 영 시원치 않자 에이미는 당황했다.

"내 말을 제대로 들은 거예요? 당신이 속한 중원회가 아무리 강해도 기사단이 출격하면 상대가 안 된다고요."

"상관없어."

표도는 건성으로 대꾸했다.

"중원회가 망하든 말든 나하고 무슨 상관이람?"

에이미는 황당해졌다.

"당신도 중원회 사람이잖아요."

"누구 마음대로. 그보다 수사관이라면 잘 알겠군."

표도는 호루스에게 받은 손수건을 내밀며 물었다.

"이 손수건을 자신의 표시로 삼은 도둑에 대해서 알아?"

얼떨결에 손수건을 받아 살펴본 에이미는 답했다.

"괴도 폭스 말이군요. 귀족이나 부자들만 전문적으로 털어 일반 시민들에게 인기가 있는 도둑이죠."

"중원회 소속인가?"

"그건 모르겠어요."

"뭐야? 수사관이라더니 아무짝에도 쓸모가 없군."

표도는 실망스러워하며 손수건을 다시 챙겨 넣었다. 에이미는 욱하는 마음에 입을 내뱉었다.

"마음먹고 조사하면 그까짓 것 순식간에……."

"좋아, 그렇다면 기회를 주지. 3일 내에 그 도둑놈의 소재를 알아내 와. 그럼 네가 수사관이라는 사실을 아무에게도 말하지 않겠다."

말을 마친 표도는 대답도 듣지 않고 몸을 돌려 사라져 버렸다. 혼자 남은 에이미는 황당해져 우두커니 서 있었다.

"……."

한동안 멍하니 서 있던 에이미는 정신을 차렸다.

"대체 뭐 하는 녀석이지?"

그녀는 한숨을 내쉬고 골목길로 들어갔다. 그녀가 도착한 곳은 뒷골목에 있는 초라한 창고였다. 그녀는 창고 안에 쌓여 있는 물건 틈으로 들어가 그곳의 벽을 눌렀다. 그러자 벽에 틈이 생기고 통로가 나타났다.

안으로 들어가자 술집 같은 곳이 나왔다. 그곳에는 세 명의 인상 나쁜 남자가 있었는데, 에이미를 보자 인사를 건넸다.

"오랜만이네."

"그래."

간단히 응하고 그녀는 카운터의 사람에게 술을 달라고 했다. 옆에 앉은 사내들이 물었다.

"안색이 안 좋아 보이는데 무슨 일 있어?"

"그냥 좀……."

사내들은 걱정했다.

"역시 그만두는 것이 좋지 않아? 그 중원회란 놈들은 아무리 봐도 보통이 아니야. 우리 같은 녀석들이 당해낼 수준이 아니라고. 길드 마스터였던 네 아버지도 놈들에게 너무나 간단히 당했잖아."

"시끄러!"

소리쳐 사내들의 입을 막은 에이미는 나온 술을 단숨에 마
셔 버렸다.

"그 중원회 놈들, 반드시 박살 내버릴 거야."

에이미는 표도에게 말한 대로 나라의 수사관이 아니었다.
그것은 위험한 순간을 넘기기 위한 거짓말이었을 뿐, 사실은
몇 년 전 중원회와의 세력 다툼에서 살해당한 도적 길드 마스
터의 딸이었던 것이다.

"한 잔 더."

다시 한 잔을 더 마시고 에이미는 표도와 중원회에 대해 생
각했다. 자신이 아버지에게 배운 단검 다루는 기술은 표도에
게 아무 소용이 없었다. 그녀의 아버지 역시 중원회의 우두머
리인 다스베이더는커녕 그 부하에게 일격에 당해 버렸다.

'대체 그놈들은 정체가 뭐지?

몇 년 전, 갑자기 나타나 암흑가를 제패한 중원회. 그들은
회에 속한 자 하나하나가 놀라운 실력을 가지고 있다. 이상한
것은 어디선가 자신의 동료들을 조금씩 계속해서 데려와 수를
늘리는데, 어디서 한패를 데려오는 건지 도무지 알 수가 없다
는 것이다.

'거기다 놈들끼리 정보 교환에 사용하는 암호, 몇 개월을 연
구했지만 도무지 뜻을 알 수가 없으니……'

사실 그건 당연했다. 에이미가 생각하는 암호는 중원인들이

쓰는 언어이다. 언어란 수백, 수천 년을 전해오며 만들어지고 변하는 것인데, 힌트나 요령 정도로 풀 수 있는 암호와는 완전히 다른 것이다. 암호라 생각하고 풀려고 한다면 몇백 년이 걸려도 풀릴 리가 없다.

"휴우~"

절로 한숨이 나온다. 옆의 도적 길드원이 그런 그녀를 흔들었다.

"취하겠어. 이제 그만 가는 것이 좋겠어."

그녀는 일어섰다. 그의 말대로 해가 지기 전에 저택으로 돌아가지 않으면 안 된다. 그녀는 죽은 아버지 대신 도적 길드를 관리하는 카운터 앞의 사람에게 말했다.

"한 가지 부탁할 것이 있어."

"뭔데?"

"괴도 폭스, 그자에 대해 조사할 수 있는 것은 모조리 조사해 줘. 그가 어디 있는지 알려주면 더욱 좋고."

"알았어."

이곳에 온 목적을 전달한 에이미는 저택으로 향했다. 어쩌면 표도가 자신에 대해 무산선인에게 일러바쳤을지도 모르지만, 반년이나 힘들여 얻은 무산선인 근처의 자리를 그 정도로 포기할 수는 없었다.

아니, 그보다 표도란 자를 잘하면 이용할 수 있을 것이라는 생각이 그녀에겐 있었다.

Chapter 8
어딜 가도 쫓기는 신세

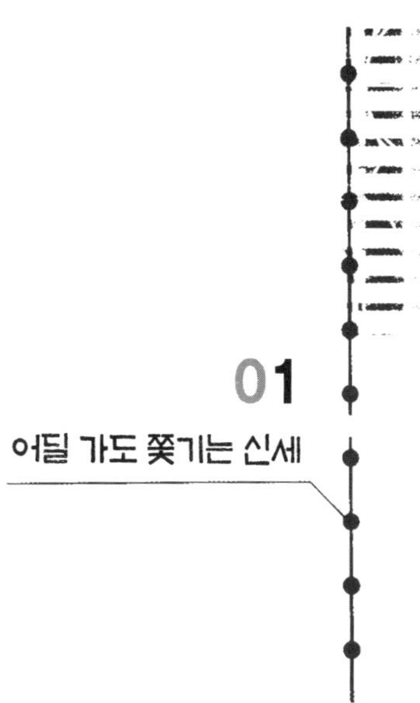

표도가 중원회에 온 지 이틀이 지났다. 그는 낮에는 거리를 돌아다니며 이계의 거리 모습을 구경하고, 밤에는 중원회 저택으로 돌아오는 생활을 반복했다. 3일째 되는 날, 이번에도 마찬가지로 저택을 나서려는데 방칠이 찾아왔다.

"지평도에 대해 알아왔습니다."

"오, 그래. 어서 말해다오."

방칠이 설명했다.

"지평도가 이 세계에 온 것은 맞답니다. 한 오 년 전쯤에 왔다고 하더군요. 하지만 중원회에 가입하는 것은 거부하고 혼자 활동한다고 합니다. 이전까지는 어디서 뭘 하는지 소식이 뜸했는데, 최근 부자들의 보석을 훔치고 다니는 괴도가 그라는 이야기가 돌고 있습니다."

"그래?"

지평도가 중원회 소속이 아니라는 사실 외에는 그다지 건질 것이 없는 정보였다.

'이젠 에이미인가 하는 여자에게 기대해 보는 수밖에 없겠군.'

표도는 방칠에게 수고했다고 하고는 저택을 나섰다. 그가 향한 곳은 왕성이었다. 왕성 앞에서 구경하고 있는데, 뒤에서 누군가가 말을 걸어왔다.

"이봐요."

"응?"

돌아보니 에이미였다. 표도는 웃으며 물었다.

"저택에서 만나면 될 것을 왜 여기까지 쫓아왔소?"

그는 그녀가 저택을 나올 때 뒤를 따라왔다는 것을 이미 눈치 채고 있었다. 또다시 자신의 미행이 들켰다는 사실에 자괴감을 느끼며 에이미는 대답했다.

"저택 안에는 사람들의 눈이 많으니 좋지 않아요."

"그건 아무래도 상관없고, 괴도에 대한 정보는 얻었소?"

"그래요."

에이미는 고개를 끄덕였다.

"바로 오늘 밤에 크림슨 백작 부인의 보석을 훔친다는 예고장이 왔다고 하더군요."

표도는 웃었다. 간단하지만 지평도를 잡는 데 가장 확실한 정보였다. 에이미는 그의 반응을 살피며 물었다.

"이제 중원회 사람들에게 나에 대해 말하지 않는 거죠?"

"물론이지. 난 약속은 반드시 지키오. 그런데 크림슨 백작 부인이 사는 곳이 어디요?"

에이미는 한숨을 내쉬었다.

"서비스로 알려드리지요. 날 따라오세요."

그녀는 표도를 상류층이 사는 지역으로 안내했다.

"저기, 사람들이 잔뜩 몰려와 있는 곳이 백작 부인의 저택이에요."

표도가 보니 무장을 한 사람들이 문 앞에 잔뜩 모여 있었다. 예고장을 보고 보석을 지키기 위해 온 경찰들이었다.

"고맙군. 이제 가봐도 좋소."

에이미에게 말하고 표도는 몸을 날려 백작가의 정문이 잘 보이는 근처 건물 지붕 위로 올라갔다. 느긋하게 앉아 이 세계의 안내서를 보며 시간을 보내고 있는데, 에이미가 뒤로 다가와 물었다.

"뭐 하고 있는 거죠?"

그녀는 가는 척하고 근처에 숨어서 보고 있었다. 최근 수도를 떠들썩하게 만든 괴도의 솜씨를 보고 같은 도둑으로서 참고할 겸, 또한 높은 표도의 실력을 가늠해 보기 위해서였다.

그런데 표도가 괴도를 잡기 위한 아무 준비도 하지 않고 있자 궁금함을 참지 못하고 물어온 것이다.

표도는 그녀가 있다는 것을 알고 있었기 때문에 태연히 대답했다.

"그야 그 도둑놈을 기다리지."

"그냥 기다리고만 있어서 잡을 수 있을 것 같아요? 상대는 괴도라고요. 이런 식으로 잡을 수 있었다면 경찰이 진작에 잡았을 거라고요."

"경찰인가 하는 것은 못 잡았어도 난 잡을 수 있소."

에이미는 참으로 건방지다고 생각했다.

'그래, 어디 잡을 수 있나 보자. 못 잡으면 내가 마음껏 비웃어주겠다.'

시간이 흘러 밤이 되었다. 예고장에 적힌 예고 시간이 얼마 남지 않은 시간이었다. 정문을 쳐다보던 표도가 말을 내뱉었다.

"나왔다."

에이미가 깜짝 놀라 정문을 보니 경찰 하나가 저택 안에서 나와 정문을 지키는 경비들에게 뭐라 말하고 있었다. 그녀는 어이없어 하며 물었다.

"저 사람은 도둑질을 하러 들어가는 것이 아니라 나가고 있는데요?"

"이미 도둑질을 끝내고 나오는 거요."

그의 말대로였다. 얼마 지나지 않아 백작 저택 안이 소란스러워지더니 외침 소리가 들려왔다.

"도둑맞았다!"

에이미는 놀라 물었다.

“어떻게 된 거죠?”

표도가 싱글거리며 설명했다.

“목표물이 있는 집안의 인물로 변장해 숨어 있었던 거요. 예고장을 보냈을 때에는 언제라도 맘만 먹으면 훔칠 준비를 모두 끝내고 한 번 손만 쓰면 되는 상태가 된 후겠지. 그 다음 예고장을 보내면 지키려는 사람들이 모여든다. 그러면 이젠 그 중 한 사람으로 변장하고 물건을 훔친다. 주인이 도둑맞은 것을 알면…….”

경찰들이 저택 주변으로 흩어지며 수색하고 있었다. 표도는 처음 지목했던 문제의 경찰을 가리키며 말을 마쳤다.

“도둑을 찾는 척하며 도망치는 것이오.”

에이미는 고개를 끄덕이다가 뭔가 이상함을 느끼며 물었다.

“확실히 대단한 수법이지만, 그냥 훔치면 될 걸 뭐 하러 굳이 그런 번거로운 방법을…….”

표도는 대답하지 않았다. 그는 이미 지평도를 쫓아 몸을 날리고 있었다.

지평도는 경찰들과 떨어지자 경공을 펼쳤다. 지붕을 뛰어넘으며 어느 정도 달려 안전하다고 생각되는 곳에 이르자 그는 멈추었다.

“그럼…….”

그는 품에서 훔친 보석을 꺼내 달빛에 비춰보았다. 잠시 살펴본 그는 혀를 찼다.

"쳇, 이것도 아니군."

실망하며 품에 챙겨 넣는데, 그를 부르는 소리가 있었다.

"오랜만이군."

지평도가 깜짝 놀라 돌아보니 표도가 서 있었다. 표도는 싱글싱글 웃는 얼굴로 그를 보면서 말했다.

"다른 세계에 와서까지 도둑질을 하는 것이나, 대도라는 이름을 위해 예고장을 보내고 일부러 번거로운 수법을 쓰는 것이나, 그 도둑질 수법까지 전혀 변한 게 없군, 지평도."

놀랐던 지평도는 곧 진정하고 얼굴을 문질렀다. 별 특징 없는 평범한 중년 남자의 얼굴이 드러났다.

"정말 오랜만이군, 표도."

그는 표도를 똑바로 바라보며 말했다.

"설마 자네 얼굴을 다시 볼 날이 있을 줄은 꿈에도 몰랐군. 날 만나러 이곳까지 온 것은 아닐 테고, 어쩌다 여기까지 흘러 들어 왔나?"

표도는 인상을 찡그렸다.

"묻지 마. 다쳐."

지평도는 웃었다.

"하긴, 자네가 여기저기 원한을 많이 사긴 했지. 나 역시 자네에게 맺힌 것이 많고 말이야."

"쓸데없는 소리 말고 본론으로 들어가자."

표도의 말에 지평도의 얼굴이 굳어졌다.

"본론? 무슨 본론인가? 중원에서처럼 현상금을 노리고 날 잡겠다는 건가?”

“현상금이 얼마나 걸렸는지는 모르겠지만, 그건 훗날의 즐거움을 위해 좀 더 커질 때까지 남겨놓기로 하지. 내가 원하는 것은 네가 훔친 물건 중 하나야.”

지평도는 의아하다는 표정이 되었다.

“훔친 물건이라면 뭘 말하는 건가?”

“네가 얼마 전 태양신의 신전에서 훔친 신물, 영원히 꺼지지 않는 불꽃인가 하는 것 말이야.”

지평도는 흠칫하더니 물었다.

“모르겠군. 왜 그걸 얻으려 하지?”

“원래 주인에게 부탁받았다. 너야말로 그런 것을 훔쳐서 뭐 하려는 거지? 부싯돌 대용으로 쓰려는 거냐? 내가 좋은 놈으로 하나 사줄 테니 신물은 내놓아라.”

“하하하하하!”

표도의 대답에 지평도가 크게 웃었다.

“하필 원하는 것이 내가 절대 돌려주고 싶어도 돌려줄 수 없는 것이로군. 미안하지만 그건 이미 내 수중에 없다.”

표도의 인상이 일그러졌다.

“뭐야? 그럼 누가 가지고 있지?”

“나의 주인.”

“뭐?”

표도는 놀랐다. 지평도는 홀로 고고히 활동하는 것에 자부심을 가지고 있는 자이다. 중원에 있을 때에도 아무리 어려움이 있어도 절대 다른 누구와 손을 잡는 일이 없었는데, 이 세계에 와서 그냥 동료도 아닌 주인을 섬기게 되었단 말인가?

"황건호리도 땅에 떨어졌군. 그래, 네 주인이라는 놈은 누구냐?"

"크크크……."

지평도는 킬킬거렸다. 표도는 기분이 나빠졌다.

"뭐야? 뭐가 우스워?"

"미안하군. 그냥 좀 웃겨서 말이지."

지평도는 손을 저었다. 잠시 후 웃음을 멈춘 그는 말했다.

"어찌 되었든 신물은 돌려줄 수 없다. 나의 주인이 누군지도 말해줄 수 없다. 뭐, 네가 신물이 아닌 다른 어떤 하찮은 것을 달라고 해도 돌려줄 생각은 전혀 없지만……."

"간이 부었구나, 지평도!"

표도의 안광이 번뜩였다.

"몇 년간 내가 없는 세상에 살다 보니 내가 누군지 잊었나 보지? 어디 한번 기억나게 해줄까?"

"크큭, 굳이 알려주지 않아도 잘 기억하고 있다."

지평도는 히죽거렸다.

"어찌 잊을 수 있겠느냐. 현상금을 노리고 날 쫓던 녀석 중에 가장 지독했던 네놈을. 결국 네놈 때문에 중원을 떠날 수밖에 없었고, 이 세계에 와서 나는 자유를 빼앗기고 말았지."

그에게서 분노의 기운이 퍼져 나왔다.

"그래, 따지고 보면 내가 이런 신세가 된 것도 다 너 때문이다. 네가 어쩌다 중원에서 여기까지 오게 되었는지는 모르지만, 나에게는 축복이로군. 너에게 당한 것을 갚아줄 수 있게 되었으니.”

2

표도 역시 분노했다. 그의 사냥감에 불과하던 지평도가 자신에게 그딴 소리를 지껄이다니! 자신이 어쩌다 이 지경이 되었는가 하는 생각에 더욱 화가 났다.

“말로 해서는 안 되겠군. 네놈을 두들기고 네 주인이라는 놈에게 안내하게 해주지.”

그는 지평도가 서 있는 지붕으로 뛰어들었다. 상대는 신법에 있어 절대적인 실력을 가진 도둑. 하지만 그 역시 잡는 것 하나는 누구에게도 지지 않는다.

표도는 현란한 금나수법으로 퇴로를 막고 지평도의 목을 잡으려 했다. 그런데 지평도는 도망치려 하지 않았다. 오히려 품에서 단도를 꺼내 그를 찌르려 했다.

‘흥!’

속으로 코웃음 친 표도는 단도를 잡은 손을 낚아채려 했다. 그가 지평도의 손목을 잡으려 하는데, 돌연 단도가 빛을 내더니 앞으로 쭉 뻗는 것이 아닌가!

“……!”

깜짝 놀란 표도는 몸을 뒤집어 피했다. 그의 가슴 앞섶이 잘

려져 나갔다. 뒤로 물러나 살펴보니 지평도가 들고 있던 단검이 어느새 장검으로 변해 있었다.

"어, 어떻게 된 거지?"

놀란 표도의 질문에 지평도가 웃으며 반문했다.

"아직 이 세계에 대한 지식이 모자라군. 마법이 뭔 줄 모르나?"

표도는 안내서의 내용을 상기했다. 아직 직접 본 적은 없지만 책에는 마법에 대해 설명하고 있었다. 하지만 내용이라는 것이 대충 손에서 불 같은 것이 나가는 요상한 재주를 부리는 자들이 있다는 정도가 다였다.

지평도가 검을 보이며 설명했다.

"이건 마법 무기란 거다. 무기에 마법을 걸어 특이한 효과를 내는 것이지. 마음대로 검신이 늘어났다 줄어드는 아주 편리한 무기지."

말이 끝나기도 전에 그는 검을 휘둘렀다. 표도와 지평도는 이 장 정도 떨어져 있었는데, 검신이 늘어나며 표도의 허리에 이르렀다.

"윽!"

표도는 깜짝 놀라 피했다.

"하하하! 표도, 뭐 하는 거냐? 네가 자랑하는 수공이란 것을 좀 보여줘 봐라!"

지평도는 비웃으며 검의 길이를 자유자재로 바꿔가며 표도를 공격해 왔다. 표도는 무공에 있어서는 지평도보다 훨씬 위였지만, 처음 겪어보는 공격에 피하기에만도 바빴다.

피하는 와중에도 표도는 지금의 현실이 기가 막히기만 했다.

'내가 지평도 따위에게 고전하다니!'

지평도 입장에서도 화가 나는 것은 마찬가지였다. 무기의 이점을 살려 공격하고는 있었지만 전혀 상대를 맞추지 못하고 있는 것이다.

'좀 맞아라!'

마음속으로 외치며 더욱 공격에 박차를 가했다. 그러나 너무 서두른 것이 결정적인 허점을 만들고 말았다.

'잡았다!'

표도는 즉시 품에서 화접선을 꺼내 지평도의 검을 받아쳤다.

챙!

그는 화섭선으로 검날을 타고 미끄러지며 지평도에게 돌진했다. 놀란 지평도는 검을 떨어뜨리려 했지만, 당기면 따라오고 밀면 미끄러지며 부채는 찰싹 달라붙어 떨어지지 않았다. 아니, 오히려 부채의 움직임에 검이 이리저리 흔들거렸다. 그 사이 표도는 그의 지척에 이르러 있었다.

"그깟 신기한 검 하나 얻었다고 나를 이길 줄 알았나?!"

표도는 외치며 부채를 검에서 떼어 휘둘렀다.

'월아섬!'

섬광이 초승달 모양으로 번쩍이며 지평도의 팔이 검과 함께 떨어졌다.

“악!”

“끝이다.”

표도는 승리를 선언하고는 주저앉은 지평도를 내려다보며 말했다.

“자, 살고 싶으면 네 주인에게 안내해라.”

“크큭, 아직 끝나지 않았다.”

“뭐?”

순간 뒤에서 엄습하는 기운에 표도는 급히 몸을 틀었다. 검날이 그의 뺨을 스치고 지나갔다. 하지만 그가 놀란 이유는 상처 때문이 아니었다.

“뭐야?!”

방금 그가 자른 팔이 공격해 온 것이다.

“하하!”

지평도는 웃으며 팔을 잡아 상처에 가져갔다. 순식간에 아물며 원래대로 돌아갔다. 표도는 기가 막혀 하면서도 생각나는 것이 있어 물었다.

“너도 물렸냐?”

그런데 생각해 보니 워 울프라도 그 정도 재생력은 힘들고, 무엇보다 지평도는 인간의 모습 그대로였다.

지평도는 아문 팔을 휘휘 돌리며 말했다.

“이것이 내가 이 세계에 와서 자유를 잃은 대신 얻은 힘이다. 어떠냐, 감상이?”

표도는 솔직한 심정을 밝혔다.

"부럽다. 나도 갖고 싶다."

말을 하는 순간에도 그의 손은 지평도를 노리고 있었다. 빈 틈을 노려 뻗은 그의 손바닥이 지평도의 가슴을 짓눌렀다.

"컥!"

지평도는 갈비뼈가 으스러져 피를 토하며 지붕에서 바닥으로 굴러 떨어졌다. 표도는 그를 내려다보며 말을 이었다.

"하지만 그래도 내가 더 세."

하지만 그의 자신만만함도 얼마 가지 않았다. 지평도가 바로 벌떡 일어난 것이다. 입가에 묻은 피를 닦는 모습은 아무렇지도 않아 보였다.

"여전히 치사한 놈이군!"

지평도는 외침과 동시에 검을 휘두르며 공격해 갔다. 표도는 놀라면서도 맞서 싸웠다. 두 번이나 회심의 공격이 실패하자 표도는 더 이상 공격할 엄두를 못 내었다. 덕분에 도시의 지붕 사이를 넘나드는 둘의 싸움은 오백 초를 넘어갔다.

생사를 가르는 싸움은 한순간이라도 엄청난 체력과 기력을 소모하는 법이다. 그런 싸움이 오백 초가 넘으니 절정고수인 표도라도 점점 힘이 딸리는 것을 느꼈다.

그러나 상대인 지평도는 조금도 힘이 떨어지지 않고 있었다. 내공에서도 표도가 훨씬 위일 텐데 오히려 반대인 것 같았다. 지평도는 치유 능력만이 아니라 체력에서도 뭔가 특별한 능력을 가진 것으로 보였다.

표도 입장에서는 환장할 노릇이었다.

'이대로는 진다!'

그는 지평도를 죽이지 않는다는 계획을 포기했다. 그를 살려두어야 신물을 가진 그의 주인에게 안내받을 수 있겠지만, 이대로 싸우다가는 자신이 죽을 판이니 그런 것을 따질 때가 아니었다.

'죽어라!'

기회를 잡은 그는 온 힘을 다해 부채를 접어 지평도의 심장을 찔렀다. 그가 읽은 안내서에 의하면 아무리 불사에 가까운 괴물이라도 심장이 파괴되면 죽을 수밖에 없다고 되어 있었다.

퍽!

부채가 지평도의 가슴에 박혔다. 부채가 박힌 채 뒤로 비틀거리며 물러나던 지평도가 쓰러졌다.

"휴우~"

표도는 한숨을 내쉬었다. 무리한 공격이라 자신 역시 옆구리에 검상을 입은 상태였다. 상처를 지혈하며 다시 부채를 회수하려 하는데, 돌연 지평도가 벌떡 일어나 웃는 것이 아닌가?

"이 정도로는 날 죽이지 못해!"

표도는 혹시나 하는 생각에 물었다.

"너, 심장이 혹시 오른쪽에 달렸냐?"

"헛소리 작작 해라!"

지평도가 다시 공격해 왔다. 표도는 이미 지치고 다치고, 거기다 무기까지 잃은 상태였다. 오른쪽 심장을 확인해 볼 힘은 남아 있지 않았다. 이대로는 승산이 전혀 없다고 판단한 그는 말했다.

"오늘은 힘들어서 그만둬야겠다. 내일 다시 이곳에서 만나 싸우자."

생각에도 없는 말을 한 다음, 표도는 몸을 돌려 도망쳤다.

"나에게 도망이라니, 쓸데없는 수작!"

지평도가 즉시 쫓아왔다. 무공에 있어서는 표도가 위였지만, 경공에 있어서는 지평도가 위였다. 게다가 표도는 이미 상당히 체력과 내공이 떨어진 상태. 지평도는 표도의 바로 뒤까지 쫓아와 검을 휘둘러 댔다.

'이거 미치겠네!'

도저히 뿌리칠 수가 없었다. 표도는 전에 진인겸에게 쫓기던 때가 생각났다. 그때는 그래도 도망칠 수 있었지만, 이번에는 그것도 되지 않는다.

'왜 이런 괴물 같은 놈들만 날 쫓아오는 거야?'

밤이 늦어 길거리에는 사람의 모습이 보이지 않았다. 표도는 골목길 사이를 오가며 지평도를 뿌리치려 했다. 그러나 이런 수법은 번데기 앞에서 주름 잡는 격이었다. 지평도는 그림자처럼 따라붙으며 집요하게 공격해 왔다.

"윽!"

마침내 등에 검상을 입고 말았다. 이번 부상은 옆구리의 검상보다 상태가 심했다. 표도는 뒷골목의 바닥을 뒹굴며 쓰러졌다.

"크크, 네놈도 이제 끝장이군. 나에게 이렇게 당할 줄은 꿈에도 몰랐겠지?"

지평도는 환의에 찬 표정을 지으며 끝장을 내기 위해 다가왔다. 그때 지붕 위에서 둥근 물체 하나가 떨어져 내렸다.

"……?"

지평도가 의아하다는 표정으로 물체를 보는 순간, 물체가 눈부신 빛을 발하며 폭발했다.

"윽!"

물체가 폭발한 것은 바로 지평도의 눈앞이었다. 엄청난 빛을 쪼인 지평도는 괴로워하며 뒷걸음질쳤다.

"이쪽으로 와!"

위에서 부르는 소리가 들렸다. 표도는 그 목소리가 에이미의 것이라는 것을 알아차렸다. 그러나 그 역시 섬광에 눈이 마비된 상태였다.

"어디? 어디?"

"어이구!"

에이미는 탄식하며 지붕 위에서 손을 뻗었다. 표도는 그제야 그녀의 기척을 느끼고 그녀의 손을 잡았다.

"이쪽으로!"

표도는 그녀에게 잡힌 채로 몇 개의 지붕을 넘어 어느 집 안으로 들어갔다. 에이미는 표도의 머리를 누르며 손가락을 입으로 가져갔다.

“조용히.”

입을 다물고 숨을 죽였다. 표도가 슬쩍 창문으로 밖을 내다보니 지평도가 자신을 찾고 있는 것이 보였다. 그는 얼른 다시 고개를 숙였다.

지평도는 한참 동안 표도를 찾았지만 헛수고였다. 이곳은 주택가. 그것도 하류층이 사는 곳이라 주택이 밀집되어 있고, 집집마다 사는 사람 수도 많았다. 일일이 집을 뒤져 숨어 있는 사람을 찾는 것은 무리였다.

결국 수색을 포기한 지평도가 외쳤다.

“표도, 지금 넌 쥐새끼마냥 구석에 처박혀 숨어 있겠지?! 그래, 어디 그렇게 구차한 목숨을 벌어봐라! 중원에서 너에게 당한 녀석들이 그 꼴을 보면 참으로 좋아하겠구나!”

표도는 숨어서 이를 갈았다.

‘저게!’

지평도는 계속해서 외쳐 댔다.

“네가 어쩌다 이곳까지 도망쳐 왔는지는 모르겠지만, 곧 절실히 느끼게 해주지! 이곳 역시 너에게 피난처가 될 수 없다는 사실을 말이다! 네놈은 영원히 도망칠 수밖에 없다! 죽음이라는 안식을 얻기 전까지는!”

표도가 듣고 있자니 분노보다 서러움이 복받쳤다. 진인겸에게 쫓길 때에야 상대가 천하제일고수이니 어쩔 수 없다고 스스로를 위로할 수 있었다. 그러나 이번 상대는 지평도. 중원에서 자신만 보면 꽁지 빠지게 도망 다니기에 바쁘던 녀석이 아닌가!

‘아이고, 내 팔자야!’

자신의 신세가 어쩌다 이 꼴이 되고 말았단 말인가?

3

지평도는 혹시나 자신의 도발에 응해 나오지 않을까 기대했으나 반응이 없자 코웃음을 쳤다.

“해리수도 땅에 떨어졌군!”

그 말을 끝으로 그는 몸을 돌려 가버렸다.

‘갔군.’

밖을 살피던 에이미는 지평도가 완전히 사라진 것을 확인하곤 안도하며 표도에게 말했다.

“이제 괜찮아.”

그런데 표도는 여전히 고개를 박은 채 움직이지 않았다. 이상하게 생각되어 표도를 살피던 에이미가 놀라 물었다.

“우는 거야?”

표도는 깜짝 놀라 눈가를 훔치며 대꾸했다.

“안구에 습기 찼다.”

어설픈 변명에 에이미가 피식 웃었다. 그녀는 잠시 표도가 진정하길 기다렸다가 물었다.

“이제부터 어떡할 거야? 꼴을 보니 당신이 잡기보다 오히려 잡히게 생겼던데.”

표도는 생각해 보았다. 자신의 워 울프를 치료하기 위해서는 태양신의 신물을 얻어야 한다. 그러기 위해서는 지평도를 잡아 그의 주인이 있는 곳을 알아내고, 다시 그의 주인에게 신물을 빼앗을 수밖에 없다.

문제는 지금으로서는 지평도의 주인은커녕 지평도도 상대하기 힘들다는 것이다.

“내가 도와줄까?”

그가 한참 고민하고 있는데 에이미가 말을 걸어왔다. 표도는 그녀를 돌아보았다.

“네가 나를?”

표도는 잠시 생각하다 고개를 저었다.

“당신 실력으로는 전혀 도움이 안 돼.”

에이미가 울컥했다.

“이번에 내가 안 도와줬으면 넌 이미 죽었어.”

표도가 듣고 보니 그렇긴 했다.

‘하긴, 아예 없는 것보다는 낫겠지.’

에이미가 미소를 지으며 제안했다.

“나 혼자 돕겠다는 것이 아니야. 내가 움직일 수 있는 사람들이 꽤 있으니까 그들까지 동원하면 도둑 하나 잡는 것은 불가능하지 않아.”

표도는 고개를 끄덕였다. 전의 그녀의 말대로라면 관의 사람이니 그 점을 잘 이용한다면 여러 가지 유리한 면이 있을 것이다.

“조건은?”

“물론 그쪽 역시 내 목적을 도와줘야지.”

“목적이 뭔데?”

“중원회를 무너뜨리는 것!”

에이미는 지금까지 표도를 살펴본 결과 그가 아직 중원회에 속하지 않았다는 사실을 알았다. 이에 표도를 자신의 편으로 만들어 중원회의 비밀을 알아내려는 것이다. 지평도에게 쫓기는 그를 도와준 것도 그가 죽으면 곤란하다는 이유도 있지만, 먼저 은혜를 입혀두는 것이 협상에 유리하다는 생각에서였다.

그러나 표도는 고개를 저었다.

“싫어.”

표도가 볼 때 이 거래는 그다지 좋은 점이 없었다. 지평도는 분명 상대하기 어렵긴 하지만 하나이니 잘 생각해 보면 방법이 있을 것이다. 하지만 중원회는 다수의 조직. 지평도를 상대하는 것보다 몇 배는 더 힘들다.

너무나 빠른 상대의 거절에 에이미는 기가 막혀 하다 물었다.

“당신, 좀 전에 내가 구해준 것을 잊었어?”

“물론 안 잊었지.”

“그런데 그런 식으로 딱 잘라 거절하는 거야?”

“그건 그거, 이건 이거.”

표도는 포권을 하며 말했다.

“어찌 되었든 날 구해줘서 고맙소.”

그것으로 끝이었다. 표도는 그대로 집을 나가 중원회로 돌아가 버렸다. 남겨진 에이미는 분노에 몸부림쳐야 했다.

중원회의 자신의 방으로 돌아온 표도는 상처를 치료했다. 금창약을 바르고 붕대로 감은 후 침대에 누운 그는 어떻게 지평도를 상대할지 생각에 잠겼다.

‘중원회의 힘을 빌려볼까?

중원회는 고수도 많은 것 같으니 수로 밀어붙이면 어떻게든 이길 수 있을 것 같았다. 중원회에 가입하는 조건으로 부탁하면 힘을 빌리는 것도 불가능하지는 않을 것이다. 문제는 그렇게 하려면 지평도와 싸우는 이유를 설명해야 하고, 중원회주 무산선인의 명령을 듣는 신세가 되어야 한다는 것이다.

‘아니, 그보다 최악의 경우는 무산선인과 지평도가 손을 잡고 날 죽이려 들 것이다.’

만난 지 얼마 되지도 않은 무산선인을 믿을 수는 없다. 그가 자신에게 잘해주는 이유는 그저 강한 고수를 원하기 때문. 자신이 지평도에게 졌다는 것을 안다면 자신에게 흥미를 잃고 지평도를 원한지도 모른다.

지평도가 전에 가입을 거절했다고는 하지만, 그가 표도에게 이를 가는 모습을 보면 표도를 죽이기 위해서라도 가입을 허락할 가능성이 얼마든지 있다.

“젠장!”

생각을 거듭할수록 머리만 아파졌다. 게다가 상처는 쑤시고 온몸이 녹초였다. 표도는 더 이상 생각은 그만두고 잠을 청했다.

다음날, 표도가 아침이 되어도 전날의 피곤함에 눈을 뜨지 못하고 있을 때였다. 문이 열리며 에이미가 들어왔다.

잠에서 깬 표도는 인상을 찌푸리며 물었다.

"무슨 일이오? 함부로 사내 방에 들어오다니. 어제 제안이 라면 이미 거절했을 텐데?"

그런데 에이미는 묘한 미소를 지으며 표도의 말을 무시하고 말했다.

"손님이 오셨는데요."

"손님?"

"창밖을 보시죠."

자신에게 올 만한 손님 따위는 존재하지 않는다. 표도는 의 아해하며 창밖을 보았다. 그의 방이 3층이라 정문과 정원이 바 로 눈에 들어왔다.

'헉!'

건물 앞에서 사방을 살피는 사람을 확인한 순간 표도의 눈 이 휘둥그레졌다. 다름 아닌 지평도가 아닌가!

'어이쿠, 저놈이 날 잡으러 왔구나!'

표도는 아무 생각 없이 중원회로 돌아온 것을 후회했다. 지 평도라면 당연히 중원회를 알고 있을 것이고, 자신을 찾아 중 원회로 올 가능성을 충분히 생각했어야 했는데…….

일이 이렇게 된 것은 아직 자신이 지평도에게 노림을 당하고 있다는 사실을 자각하지 못하고 있었기 때문이다. 그의 마음속에서는 단지 묘한 능력 때문에 고전한 것뿐, 여전히 지평도가 자신보다 아래라고 여기고 있었던 것이다.

당장 눈앞에 지평도가 나타나서야 표도는 위기감을 느끼고 당황하여 허둥지둥했다. 현재 자신의 몸은 상당한 부상을 입은 상태. 이래서는 지평도를 상대하기는커녕 목숨을 부지하기도 힘들다.

'도망쳐야 하는데, 어디로 도망치지?

중원회에 온 지도 며칠 됐지만 정문 외에는 다른 출구나 건물 구조를 알지 못했다. 당황한 표도는 어디로 도망쳐야 할지 갈피를 잡지 못했다.

그런 그를 비웃음 띤 표정으로 보고 있던 에이미가 물었다.

"도와줄까?"

4

지평도는 문지기와 이야기해 정문을 통과했다. 중원회 소속은 아니지만 중원인이라는 사실만으로 안으로 들어가는 것에는 별 어려움이 없었다.

문제는 표도를 찾는 일이었다. 저택에는 백 개 가까운 방이 있었기에 혼자서 일일이 찾아다니는 것은 무리였다. 이에 그는 마침 지나가는 사람 하나를 붙잡고 물었다.

“표도는 어디 있지?”

그에게 잡힌 사람은 다름 아닌 방칠이었다. 지평도의 기세에 놀란 방칠은 엉겁결에 대답했다.

“3층인데요.”

“고맙네.”

감사를 표하고 지평도는 건물 안으로 들어갔다. 그런데 로비를 지나 2층으로 올라가려는데, 무산선인이 두 명의 수하를 이끌고 앞을 막아섰다.

“아침부터 무슨 소란인가?”

둘은 지평도가 처음 이 세계로 왔을 때 안면이 있었다. 하지만 지평도가 중원회 가입을 거절했기에 썩 좋은 사이는 아니었다.

지평도는 살짝 눈살을 찌푸리며 대답했다.

“표도를 만나러 왔소.”

“그래? 그와 약속이라도 했나?”

“나와 그자와의 문제니 회주께서는 상관할 바가 아니오.”

무산선인은 수염을 쓰다듬으며 웃었다.

“허허, 그는 나의 손님인데 어찌 관계가 없다고 하겠소.”

지평도가 차갑게 웃었다.

“나의 원한을 표도를 대신해서 받을 작정이오?”

무산선인의 표정이 변했다. 지평도가 이렇게 강경하게 나올 줄은 몰랐기 때문이다. 예전 그가 중원회 가입을 거절할 때는, 혹시나 자신의 심기를 건드릴까 조심하는 것이 보였다. 그런

데 현재의 그는 자신감이 넘쳐 그때와는 완전히 달라져 있었
다.

'뭘 믿고 이렇게 큰소리지?'

지평도는 다시 말했다.

"나와 중원회는 아무 문제가 없소. 아니, 내가 막 이곳에 왔
을 때 신세를 진 적도 있으니 오히려 좋은 관계라고 할 수 있겠
지. 그러니 날 막지 마시오. 그냥 모른 척하면 회주께도 좋은
일이 있을 것이오."

무산선인은 잠시 생각해 보고는 자신이 괜히 끼어들어 봤자
이득이 없겠다고 판단했다. 그는 뒤의 수하에게 명했다.

"가서 표 대협을 모시고 오너라."

지평도가 재빨리 말했다.

"내가 왔다고는 말하지 마시오."

무산선인은 의아해하며 물었다.

"무엇 때문이오?"

"그가 내가 왔다는 것을 알면 도망칠 우려가 있어서요."

지평도의 대답에 무산선인은 어이가 없어졌다. 그가 알기로
지평도의 무공은 일류이지만 표도는 절정 급. 오히려 지평도
가 도망치는 것이 정상이었기 때문이다.

'뭔가 대단한 재주라도 새로 익혔나?'

하긴, 온갖 마법과 괴수가 판치는 세계이니 불가능한 이야
기도 아니다. 무산선인은 억지로 막지 않기를 잘했다고 생각
하며 수하에게 말했다.

"그리해라."

수하는 표도의 방으로 갔다가 얼마 후 돌아와 보고했다.

"방에 아무도 없습니다."

"뭐야?!"

지평도는 소리치며 수하에게 물었다.

"방이 어디지?"

"3층의 세 번째 방입니다만."

대답을 듣자마자 지평도는 뛰어 올라갔다. 무산선인도 그 뒤를 따랐다. 지평도가 표도의 방에 들어가 보니 피 묻은 붕대만 침대에 떨어져 있을 뿐이었다.

"제길, 도망쳤군!"

에이미가 정문 앞에 나타난 지평도를 보고 즉시 달려 올라가 사실을 알리고 도망치도록 해준 덕분에 표도는 이미 사라진 뒤였다. 지평도는 분해 이를 갈다가 뒤따라 들어온 무산선인에게 물었다.

"뒷문이 어디요?"

무산선인이 손가락으로 한 방향을 가리켰다. 지평도가 달려가 봤지만 때는 늦은 후였다.

"망할 놈!"

분해 날뛰는 그를 무산선인은 자신이 상관할 바가 아니어서 가만히 보고만 있었다. 한참을 분해하던 지평도가 무산선인에게 다시 물었다.

"표도가 이 세계에서 달리 의지할 곳이 있소?"

무산선인이 퉁명스럽게 반문했다.

"내가 그대에게 그것까지 일일이 대답할 의무는 없는 것 같소만?"

지평도는 자신이 너무 흥분했음을 깨닫고는 진정했다. 잠시 숨을 고른 그는 말했다.

"좋습니다. 표도 문제는 나중에 이야기하기로 하고, 나와 회주와의 일을 논의하기로 합시다."

"좋소."

무산선인은 지평도를 자신의 집무실로 안내했다. 수하를 물리치고 둘만이 남자 그는 물었다.

"그래, 나에게 좋은 일이 될 것이라는 것이 어떤 것이오?"

지평도는 대답 대신 말했다.

"중원회는 이 도시의 도둑 길드를 제압했다고 들었소이다."

"뭐, 그렇지. 그런데 그게 어쨌다는 거요?"

"한 가지 물건을 찾아주었으면 좋겠습니다."

"물건이라니, 어떤?"

"영원히 반짝이는 별빛이라는 이름의 보석이오."

무산선인은 웃으며 말했다.

"참 특이한 이름을 가진 보석이군."

지평도가 설명했다.

"보석 안에 마치 밤하늘의 별빛처럼 수많은 빛의 입자들이 반짝이는 것이지요. 그 보석이 있는 곳을 알아내기만 해준다면 엄청난 대가를 치르겠습니다."

무산선인은 흥미로운 표정이 되었다.

"엄청난 대가라면 어느 정도요?"

"내가 이 세계에 와서 훔친 보석 전부."

"뭐?"

무산선인은 놀랐다. 비록 이 세계에 와서 활동한 시간은 몇 년 되지 않았지만 지평도는 이곳 하이랜드 왕국 내에 이름난 부자들의 집에서 유명한 보석이란 보석을 모조리 털다시피 했다. 그것의 전부라면 그 금액만도 어마어마할 것이다.

하지만 그도 강호 경험이 녹록치 않은 인물이었다. 지평도의 표정을 살피며 물었다.

"그렇다면 그대가 찾은 그 별빛이라는 보석이 지금까지 그대가 훔친 보석 전부보다 가치있다는 이야기인가?"

지평도는 능구렁이 같은 놈이라고 생각하며 답했다.

"그거야 사람에 따라 다르겠지요. 단지 문제는 나에게 꼭 필요한 보석이라는 점이오. 반면, 지금까지 내가 훔친 보석들은 나에게 쓸모가 없지. 왜냐하면 그 별빛을 찾기 위해 훔친 것들이니까."

그는 웃으며 말을 이었다.

"하지만 회주에게는 당신에게 꼭 필요하지 않은 보석 하나보다 내가 지금까지 훔친 백서른다섯 개, 즉 하나하나가 집 여러 채를 살 만한 엄청난 고가인 보석들이 더 가치있지 않겠습니까?"

무산선인은 침을 꿀꺽 삼켰다. 엄청난 고가의 보석이 무려 백서른다섯 개라니! 이 하이랜드 왕국의 최고 갑부가 되기에 부족함이 없는 양이었다. 이 정도면 자신이 꿈꾸던 목적이 수년은 당겨질 것이 분명했다.

그는 떨리는 가슴을 진정시키고는 말했다.

"분명 그대의 제안은 거절하기 힘들군. 하지만 내가 그대가 바라는 것을 충족시켜 줄 수 있을지 의문이오."

"그건 회주의 능력과 운에 달린 것이겠지요. 사실 난 도둑 길드를 찾아가 이 제안을 하려고 했습니다. 하지만 이미 회주에 의해 무너져 흔적도 찾기 힘들더군. 솔직히 말씀드려 꿩 대신 닭이라고, 이쪽으로 올 수밖에 없었지요."

무산선인은 수염을 쓰다듬으며 웃었다. 어처구니가 없다는 웃음이었다.

"허허, 우리 중원회가 닭이고 도둑 길드가 꿩이라……. 우리가 그따위 도둑놈들보다 못하단 말인가?"

"오해 마십시오. 어찌 중원회가 도둑 무리보다 못하겠습니까. 단지 내가 원하는 일에는 도둑 무리가 더 적합하다는 뜻입니다."

"그러니까 보석의 행방을 알아내는 데에는 도둑들이 훨씬 낫다?"

지평도는 고개를 끄덕였다.

"그렇지요. 내가 전해 들은 정보에 따르면, 그 별빛이란 보석은 분명 이 수도 어딘가에 있을 겁니다. 그런데 몇 년간 수도뿐 아니라 이 나라 곳곳에 이름 좀 알려진 보석이란 보석은 다 훔쳤지만 그것을 찾아내지는 못했습니다. 그래서 별수없이 도움을 청할 생각을 할 수밖에 없었지요."

그는 말을 이었다.

"나 또한 도둑이라 도둑의 생리를 잘 알지요. 도둑, 그것도 실력에 자신있는 도둑이라면 당연히 비싸고 가치있는 물건에 눈독을 들이게 마련입니다. 도둑 길드는 이 수도에 수백 년간이나 자리 잡고 있었고, 수많은 도둑들이 거기에 속해 있었으니 분명 누군가 그 보석을 훔치려고 시도한 자가 있었을 것이오. 아니, 어쩌면 이미 훔쳤을지도 모르죠."

무산선인이 물었다.

"그렇다면 그 보석이 도둑 길드에 있을 가능성이 있다?"

지평도는 고개를 저었다.

"아마 그건 아니겠지요. 훔쳤다 해도 이미 팔아버렸겠죠. 하지만 어찌 되었든 훔치려고 시도했으면 어디 있는지 정도는 알 것이고, 훔쳐서 팔았다면 어디에 팔았는지 알고 있겠지요. 어느 쪽이든 있는 곳을 알 가능성이 높지 않겠습니까."

"과연!"

무산선인은 잠시 곰곰이 생각했다. 지평도의 목적이 어떤 것인지 대충 알 것 같았다.

"그러니까 그대는 우리가 직접 보석을 찾는 것이 아니라, 도둑 길드의 잔당을 찾아내 그들을 통해서 보석의 위치를 알아내 주기를 원하는 것이군. 그들과 싸웠던 우리라면 그들의 은

신처나 잔당에 대해 잘 알 테니까.”

지평도가 고개를 끄덕였다.

“바로 그렇습니다.”

“하하하하하하!”

무산선인이 호탕하게 웃었다. 한참을 웃던 그는 무릎을 치
며 말했다.

“정말 잘 찾아왔소. 나에게 찾아온 것은 정말 잘한 일이오.
도둑 길드의 잔당을 찾는 것은 너무나 쉬운 일이지. 바로 잔당
을 잡아 그 영원히 반짝이는… 뭐라고 했더라?”

“영원히 반짝이는 별빛이오.”

“그래, 그 영원히 반짝이는 별빛의 소재를 알아내지.”

지평도는 무산선인의 자신감이 보통이 넘자 눈치 채고 말했
다.

“회주께서는 이미 잔당의 소재를 탐지하고 있는 모양이군
요.”

“하하, 바로 그렇소. 사실대로 말하자면 바로 이 저택 안에
있지.”

“뭐라고요?”

무산선인은 웃음을 참으며 설명했다.

“전에 죽은 도둑 길드 마스터란 작자의 딸년이 하녀로 변장
해 여기서 일하고 있지. 나에게 이미 오래전에 정체가 탄로난
것을 모르고 복수를 하겠다며 말이오. 이러니 이 어찌 쉽지 않
겠소.”

지평도는 놀라워하며 물었다.

"복수하겠다는 자를 곁에 두었단 말입니까?"

"하하, 그깟 계집애 하나가 무서워서야 어찌 큰일을 하겠소. 적당히 긴장감을 주니 나태해지는 것을 막고 오히려 좋더군."

무산선인은 말하고는 밖에다 명했다.

"차를 내오거라."

그리고는 지평도에게 말했다.

"자, 바로 도둑 길드의 잔당을 대령하겠소."

그런데 잠시 후, 차를 가지고 나타난 것은 에이미가 아닌 다른 하녀였다. 무산선인은 의아해하며 물었다.

"늘 차를 내오던 아이는 어찌 되었느냐?"

에이미는 표도를 데리고 도망치느라 저택에 없었던 것이다. 차를 내온 하녀는 에이미가 한 변명대로 답했다.

"몸이 아파 쉬겠다고 하고 집으로 돌아갔습니다."

이렇게 되니 큰소리 탕탕 쳤던 무산선인은 무안해져 버렸다. 어색하게 웃은 그는 지평도에게 말했다.

"어쩌다 보니 이런 일도 있군. 하지만 걱정 마시오. 확실히 그 보석의 소재를 알아낼 테니."

Chapter 9

결별

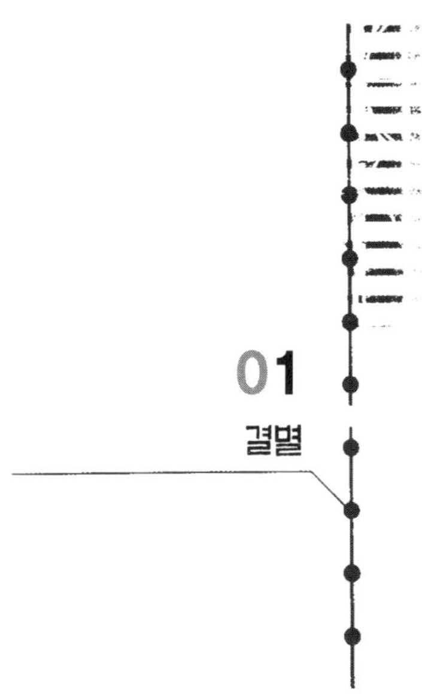

표도는 주변을 두리번거렸다. 현재 그가 있는 곳은 낡고 퀴퀴한 냄새가 나는 창고 안이었다. 에이미가 그를 불렀다.

"이쪽이야."

창고의 물건이 쌓아진 틈으로 벽에서 에이미가 어떤 장치에 손을 대자 벽이 열리며 통로가 나왔다. 표도가 그녀를 따라 안으로 들어가니 술집 같은 곳에 세 사람이 모여 있었다. 그들은 에이미를 보고 인사를 하려다가 표도를 보고는 안색이 변해 벌떡 일어났다.

"앉아 있어. 적이 아니야."

에이미의 말에 그들은 다시 앉았다. 하지만 경계하는 기색은 조금도 변하지 않았다. 에이미는 근처의 의자를 끌어다 앉은 다음, 표도에게도 앉기를 권하며 말했다.

"어때, 여기라면 숨어 있기 적당하겠지?"

표도는 고개를 끄덕이고는 의자에 앉았다. 주변을 둘러보고 자신을 쳐다보고 있는 세 사람을 본 다음 에이미에게 물었다.

"아무리 봐도 나라의 수사관으로는 안 보이는군."

에이미는 솔직히 고개를 끄덕였다.

"그건 거짓말이었어. 난 도둑 길드 사람이야."

표도는 안내서를 꺼내 길드가 무엇인지 찾아보았다. 대충 의미를 알게 되자 그는 물었다.

"그런데 길드라면서 사람이 이것뿐인가?"

에이미가 쓸쓸하게 웃었다.

"원래는 훨씬 많았지. 하지만 중원회 녀석들에게 당한 후 뿔뿔이 흩어져 거의 남질 않게 되어버렸어."

"과연 그렇군. 그런데 여긴 은신처인데 나에게 안내해도 괜찮은 건가? 어찌 되었든 나 역시 중원회와 관련있는 사람인데."

그 말을 듣는 순간 세 사람이 벌떡 일어났다.

"이 자식, 중원회였나?!"

그들은 즉시 단도를 꺼냈다. 에이미가 급히 그들을 말렸다.

"그만둬!"

그러나 소용없었다. 그들은 그녀의 말을 무시하고 표도에게 달려들었다. 표도는 그들이 다가오는 것을 보고 있다가 가볍게 손을 뻗었다.

“으악!”

순식간에 그들은 비명을 지르며 무기를 떨어뜨렸다. 모조리 팔이 탈골되어 버린 것이다. 에이미가 감탄하며 말했다.

“대단한 솜씨군. 중원회 녀석들이 그와 비슷한 기술을 쓰는 것은 몇 번 보긴 했지만 당신과는 비교가 안 되는군.”

“당연하지.”

표도는 에이미를 쳐다보았다.

“그보다 대답해 보지. 왜 날 여기에 데려온 거지?”

“당신이 필요하니까.”

에이미가 이어 답했다.

“중원회를 쓰러뜨리기 위해서는 우리만으론 무리야. 결정적인 카드가 필요하지. 당신이라면 그 카드가 되어줄 것 같아서.”

표도는 피식 웃었다.

“무모하군.”

“나도 나름대로 생각해 둔 계획이 있어. 무모하긴 하지만 충분히 가능성은 있어. 당신이 도와준다면 그 가능성을 더욱 높일 수 있겠지.”

에이미는 대답하고는 표도를 살피며 말을 이었다.

“사실 당신도 우리를 걱정해 줄 처지가 아니잖아? 그 지평도인가 하는 사람이 중원회까지 쳐들어왔으니. 갈 곳 없고 의지할 데도 없다는 점에서 오히려 우리보다 못한 것 같은데?”

표도는 인상을 찡그렸다. 확실히 그녀의 말대로다. 중원회

가 자신을 보호해 준다는 보장도 없고, 자신을 노출하면 지평
도가 언제 밤에 몰래 숨어들어 와 목숨을 노릴지 모르는 일이
다.

'그보다 무산선인이 어떻게 대응했는지 모르겠군. 지평도
와 한 판 붙어서 원수지간이 되었다면 좋을 텐데.'

생각하는 그에게 에이미가 다시 제안했다.

"어때, 우리와 손잡는 것이?"

표도는 즉각 대답했다.

"싫다."

에이미의 표정이 굳어졌다.

"이 상황까지 와서도 고집을 부리는 건가?"

"고집이 아니다."

표도는 쓰러져 아파서 끙끙거리는 삼 인을 발로 툭툭 차며
말했다.

"이놈들은 아무짝에도 쓸모가 없어. 결국 나 혼자서 싸워야
하는데, 그 고생을 하느니 지평도와 싸우는 것이 훨씬 낫지. 논
리적으로 생각해 전혀 이점이 없단 거다."

에이미는 표도를 노려보았다. 표도는 노려보면 어쩔 거냐는
태도로 응했다. 결국 에이미는 깊은 한숨을 내쉬었다.

"좋아, 시간을 주지. 충분히 생각할 시간을 말이야."

표도는 생각해 봐야 별다를 것 없다고 봤지만, 달리 갈 곳도
없는 신세라 일단 이곳에 있기로 하고 확실한 거절은 보류하
기로 했다.

‘일이 이렇게 된 이상 무산선인에게 가입하겠다고 말한 뒤 중원회의 힘을 빌려 지평도를 치는 것이 낫겠다. 일단 중원회의 반응을 보자. 지평도와 중원회가 적대하는 것이 나에게는 가장 좋다. 아무리 중원회라도 지평도의 그 이상한 힘이 있는 한 상당히 힘들 것이다. 그때 내가 도와주는 식으로 하면 중원회에 가입할 때도 훨씬 유리해진다.’

결정을 내린 표도는 도적 길드의 아지트에서 하룻밤을 보냈다. 그리고 다음날, 표도가 식사를 하고 슬슬 움직여야겠다고 생각하는데 어제 그가 혼내준 도적 길드의 삼 인이 헐레벌떡 달려와 소리쳤다.

“큰일 났다!”

먹는 데 방해받은 표도가 인상을 쓰며 물었다.

“뭔데?”

삼 인은 급하게 달려왔는지 숨을 헉헉거리며 말했다.

“에이미가 중원회 놈들에게 잡혔다!”

표도는 생각했다.

‘언젠가 들킬 거라 생각했는데 결국 들키고 말았군. 어제 일이 결정적이었나?’

그리고 그는 물었다.

“그래서?”

“구해줘야지!”

표도는 그들을 격려해 주었다.

“열심히 해봐.”

말뿐인 격려에 삼 인은 기가 막혀 했다.

"당신도 도와줘야지!"

"내가? 왜?"

"에이미가 당신 도와줬다는데, 당신은 모른 척하겠다는 거냐, 이 배은망덕한 녀석아?!"

표도는 인상을 찡그렸다.

"좋다. 반드시 대가를 받아야겠다면 주도록 하지."

그는 품에서 돈을 꺼내 던졌다.

"옜다, 먹고 떨어져라."

"……."

잠시 멍청해져 있던 삼 인은 곧 정신을 차리고는 분노해 달려들었다. 하지만 상대가 될 리 없었다. 또다시 여기저기 탈골되어 바닥에 드러눕고 말았다.

"시끄러운 녀석들."

표도는 툴툴거리며 아지트를 나왔다. 그가 향한 곳은 중원회였다. 하지만 안으로 들어가지 않고 근처에 숨어 살피기만 했다.

한참 동안 동정을 살피고 있는데 방칠이 나오는 것이 보였다. 표도는 그를 몰래 뒤따르다 중원회와 어느 정도 거리가 멀어지자 모습을 드러냈다.

"이봐."

방칠은 깜짝 놀라더니 곧 어리둥절한 표정을 지었다.

"표 대협, 어제는 어딜 간 겁니까?"

“소리 줄여라.”

표도는 방칠을 끌고 으슥한 곳으로 데려가서는 물었다.

“내가 나가고 어떻게 됐냐?”

방칠이 순순히 설명했다.

“지평도가 표 대협을 잡겠다고 날뛰었습니다. 그러다 회주님하고 방으로 들어가 한참 동안 무슨 이야기를 나누더군요.”

“무슨 이야기를 했지?”

“그거야 저도 모르죠.”

“좋아, 그건 그렇다 치고, 그 다음에는?”

“방에서 나온 후 잘 부탁한다며 둘이 악수하고 헤어졌는데요.”

“……”

표도의 얼굴이 일그러졌다. 아무래도 최악의 상황일 가능성이 높아 보인다.

‘무산선인 녀석, 지평도에게 날 넘기기로 약속한 거 아냐?’

고민하는 표도의 얼굴을 살피며 방칠이 물었다.

“도대체 뭐가 어떻게 된 일입니까?”

표도는 방칠을 쳐다보았다. 평소라면 신경도 안 쓸 인물이지만 현재로서는 중요한 정보원이라고 할 수 있었다.

“자세한 이야기는 아직 나도 확실한 것이 아니라 말해줄 수 없네. 그보다 자네, 날 도와주지 않겠는가?”

“어떻게 말입니까?”

“그냥 지금처럼 중원회 내에서 지내며 나에게 소식만 알려주면 되네. 내 자네의 도움을 잊지 않겠네.”

방칠은 곤란하다는 표정이 되었다. 좀 전까지는 별 생각 없이 물어보는 대로 대답해 주었지만, 방금 표도의 말을 들어보니 예감이 심상치가 않은 것이다.

표도는 방칠의 생각을 눈치 채고 품에서 돈을 꺼내 방칠의 손에 쥐어주었다.

“물론 섭섭하지 않게 사례하겠네.”

손 안의 들어온 돈이 상당한 액수이자 방칠은 금세 표정이 달라졌다. 표도는 은근한 말투로 그를 꼬드겼다.

“지금의 난 이 세계에 온 지 얼마 되지 않아 일이 잘 풀리지 않고 곤란한 경우가 많네. 하지만 장담하건대 그건 얼마 가지 않을 것이네. 이 세계에 적응하는 대로 크게 일을 벌일 생각이네.”

“그냥 중원회에 들어가면 안 되겠습니까? 그럼 간단하지 않습니까?”

그는 고개를 저었다.

“물론 지금 당장 중원회에 들어가면 어느 정도 위치는 보장되겠지. 그러나 내가 누군가? 구대문파 장문인도 나에게 함부로 못했네. 그런 내가 남의 부하 노릇, 그것도 사람 수가 백 명도 되지 않는 작은 단체에서 썩는다니 말이 되는가?”

그의 말은 허풍이 대부분이었다. 하지만 방칠은 듣고 보니 일리있는 것 같아 고개를 끄덕였다.

“그건 그렇군요.”

 해리수 표도의
도망자

"그러니 자네가 날 좀 도와주게. 나의 힘에 이 세계의 지식이 풍부한 자네가 있다면 분명 큰일을 이룰 수 있을 것이네."

방칠은 생각해 보았다. 중원이나 이 세계나 한 가지 변하지 않는 사실이 있었다. 그것은 능력있는 놈은 어딜 가도 대우받고, 능력없는 놈은 뒤치다꺼리나 해야 한다는 것이다.

그렇다면 능력없는 놈은 어떻게 해야 하는가? 배경이 있어야 한다. 집안이 좋거나 그게 안 되면 능력있는 놈에게 붙어야 한다.

그가 볼 때 표도는 확실히 능력있는 놈이었다. 그의 무공이라면 어느 나라를 가도 기사단장 자리 하나쯤 얻는 것은 시간 문제이고, 모험가가 되든 투기장에서 싸움질을 하든 명성을 떨칠 것이다.

그렇다면 이건 방칠에게 있어 기회였다. 표도는 실력은 있지만 아직 이 세계의 경험이 없어 뭐가 뭔지 잘 모른다. 그런 그에게 도움을 줌으로써 심복이 되면 나중에 그가 한자리를 차지할 때 자신 역시 그에 상응하는 보답이 있을 것이다.

인생에서 기회는 좀처럼 오지 않는다. 그처럼 능력이 부족하면 더욱 그렇다. 방칠은 이 기회를 놓쳐서는 안 되겠다고 결심했다.

"표 대협의 충복이 되겠습니다!"

"충복이라니? 난 절대 자네를 부하 따위로 생각하지 않네. 자네와 나는 운명을 함께하는 동료일세."

방칠은 감격했다. 중원에서나 이 세계에서나 그는 남의 뒤치다꺼리나 하는 인생이었다. 그런데 자신과는 비교도 안 되는 표도가 자신을 이렇게 대우해 주다니!

"분골쇄신, 표 대협이 시키신다면 무엇이든지 하겠습니다!"

"고맙네. 자네의 마음을 잊지 않겠네."

표도는 방칠을 토닥여 중원회로 보내고 다시 도둑 길드의 아지트로 돌아왔다. 그때까지 삼 인은 표도에게 당한 것을 회복하지 못해 끙끙거리고 있었다. 그러다 그가 돌아온 것을 보자 원망과 분노를 담아 노려보았다.

"쯧쯧."

그런 그들을 한심해하며 표도는 탈골된 뼈를 맞춰주었다. 그리고는 자리에 앉아 그들에게 손짓했다.

"여기 앉아봐라."

삼 인은 당장이라도 표도를 쥐어 패고 싶었지만, 두 번이나 온몸으로 상대가 안 된다는 것을 경험한 후라 손을 쓰지 못했다. 대신 말로 그들이 할 수 있는 최대한의 저항을 했다.

"당신과 노닥거릴 시간이 없소. 우린 에이미를 구하러 가야 하니까."

표도는 혀를 찼다.

"그래서 앉아보라는 것이 아니냐. 계획을 짜야 그 여자를 구하든 말든 하지."

"뭐, 뭐요?"

삼 인은 놀라 표도를 쳐다보았다. 설마 그사이 마음이 바뀌었단 말인가?

“왜 갑자기 태도가 달라진 거요?”

“나도 사람인데 죽게 놔두면 꿈자리가 사나울 것 같아서 그런다.”

그러나 표도의 속마음은 달랐다.

‘지평도가 중원회와 손을 잡았다면 나 역시 한편이 있어야 한다. 이놈들이 영 쓸모가 없긴 하지만, 최소한 화살받이로라도 쓸 수 있겠지.’

2

표도와 도둑 길드의 사람들이 구출 계획을 세우고 있을 무렵, 당사자인 에이미는 사지가 결박당해 의자에 묶여 있었다.

“난 고문 따위는 좋아하지 않는다.”

그녀의 앞에 선 무산선인이 말했다.

“그런 짓은 점잖치 못하지. 젊은 여자에게 못할 짓이기도 하다. 앞으로 살 날이 창창한데 고문으로 사지가 못 쓰게 된다고 하면 이 얼마나 안타까운 일이냐.”

그는 앉아 에이미와 눈높이를 맞추고 말을 이었다.

“그러니 순순히 내가 묻는 말에 대답하려무나. 그럼 아무 해도 입히지 않고 돌려보내마.”

에이미는 그의 얼굴에 확 침을 뱉고 싶었다. 하지만 그녀는 감정적으로 일을 처리하는 여자가 아니었다. 일부러 망설이는 듯한 표정을 지으며 물었다.

"내가 당신들에게 복수하려고 하는 줄 알면서도 놓아주겠
단 건가?"

무산선인은 웃었다.

"허허, 그런 것쯤은 이미 오래전에 알고 있었다. 이번에 피
치 못할 일이 있지 않았다면 여전히 모른 척하고 있었겠지. 네
가 마음이 내킨다면 이번 일이 끝난 후에도 이전처럼 이곳에
서 하녀 일을 해도 상관없다."

에이미는 처음에는 놀랐으나 곧 화가 치밀었다. 상대는 자
신 따위는 안중에도 없을 만큼 하찮게 여기고 있는 것이다.

무산선인은 일어서서 그녀를 내려다보며 말했다.

"나는 목적이 있다. 중원회나 이 도시의 암흑가 따위, 그 목
적을 위한 수단에 불과하다. 목적을 이루면 수단 따위는 아무
래도 상관없다. 네가 도둑 길드를 부활시키고 싶어 한다면 내
가 도와주지 못할 것도 없지."

에이미는 고민하는 듯하다 물었다.

"나에게 원하는 것이 뭐지?"

"네가 가진 도둑 길드의 정보망으로 한 가지 보석을 찾아주
어야겠다."

"보석?"

무산선인은 설명했다.

"영원히 반짝이는 별빛이라는 보석이다. 보석 안에 마치 밤
하늘의 별빛처럼 수많은 빛의 입자가 반짝이는 것이라더군.
어때? 어디서 들어본 적이 있나?"

잠시 곰곰이 생각하던 에이미는 고개를 저었다.

"모르겠군."

무산선인은 당장 그녀가 대답하길 기대하지 않았다. 그럴 줄 알았다는 표정을 지으며 말했다.

"넌 아직 어리니까 모르겠지. 하지만 너희 길드의 사람이나 모아놓은 자료 같은 것을 찾아보면 뭔가 나올 것이다."

"알았어. 찾아볼 테니까 일단 날 풀어줘."

"허허, 그럴 수야 없지. 입 싹 닦고 도망치면 내가 곤란하지."

"그럼 어떻게 하자는 거야?"

"너희 길드의 은신처와 연락 방법을 알려다오. 그럼 내가 사람을 보내 용건을 알리고, 너희 동료가 보석에 대해 알아내면 정보와 너의 신병을 교환하는 것으로 하지."

에이미는 고개를 저었다.

"보석은 구실에 불과하고 우리 길드를 일망타진하려는 것이면 어쩌지? 난 우리 길드가 위험하게 할 수는 없어."

사실 남은 길드원이라고는 그녀를 제외하면 달랑 세 명뿐, 이미 망할 대로 망해서 길드의 존속 따위는 의미가 없어진 상태였다. 표도를 아지트에 데려갈 수 있었던 것도 그런 이유가 있었기 때문이다. 그녀의 거부 이유는 구실에 불과했다.

그 사실을 모르는 무산선인은 의심도 많은 여자라고 생각하며 물었다.

"그럼 어떻게 하면 좋겠느냐? 난 보석의 행방만 알면 된다.

대신 그것을 알기 전에는 널 풀어줄 수 없지. 이 두 가지 사실만 지켜주면 방법은 네가 알아서 해도 상관없다."

"당장은 떠오르는 것이 아무것도 없어. 시간을 주면 생각해 보겠어."

"알았다. 딱 하루만 시간을 주지."

무산선인은 그녀가 갇힌 지하실에서 나왔다. 그는 방문 앞을 지키고 있는 수하들에게 당부했다.

"도둑질이 전문인 계집이다. 방심하지 말고 단단히 지켜라."

그가 나가고 혼자가 된 에이미는 한숨을 내쉬었다. 멍청하게 상대가 눈치 챈 줄도 모르고 저택을 출입하고 있었다니……. 그런 자신이 한심스럽기만 했다.

"아니, 지금은 그럴 때가 아니지."

그녀는 어떻게든 도망쳐야겠다고 생각했다. 그러나 그녀는 곧 실망할 수밖에 없었다.

'방법이 없잖아!'

결박 따위를 푸는 것은 문제가 아니었다. 잠긴 문을 여는 것도 간단했다. 밖에서 감시하고 있는 자들이 힘들긴 했지만 생각해 보면 속일 방법을 찾을 수 있을 것도 같았다. 그러나 이런 문제들을 해결하기 전에 가장 큰 문제가 그녀를 가로막고 있었다.

'움직일 수가 없어!'

무산선인이 그녀를 점혈하여 움직이지 못하게 하고 간 것이다. 점혈이 무엇인지 모르는 그녀로서는 무슨 마법 같은 것을 쓴 것이라 생각했는데, 마법이든 요술이든 사지가 마비되어 손가락 하나 까닥할 수 없으니 백 가지 방법이 무용이었다.

'어떡하지? 그냥 순순히 하자는 대로 해?'

무산선인이 원하는 문제의 보석, 그것의 소재는 굳이 알아볼 필요도 없이 그녀 자신이 잘 알고 있었다. 바로 그녀 본인이 가지고 있었던 것이다.

도둑 길드 마스터였던 그녀의 아버지가 훔쳐서 보관하고 있던 그 보석은 그가 죽으면서 자연스럽게 그녀의 손으로 들어왔다. 그녀의 아버지가 특별히 보석 같은 것을 수집하는 사람이 아니라 원래 곧 팔 예정이었지만 중원회가 나타나 싸우게 되어 그 일은 뒷전으로 밀렸고, 결국 팔기 전에 그녀의 아버지는 죽고 만 것이다.

이유야 어찌 되었든 그 보석은 길드가 사실상 무너지고 남은 것이 거의 없는 상황에서 그녀의 아버지가 그녀에게 남겨준 유일한 유품처럼 되어버렸다. 그래서 당장 생활이 어려운 중에도 팔지 않고 있었다.

'그동안 아무리 힘들어도 팔지 않았는데 쉽게 넘길 수야 없지.'

좀 신기한 보석일 뿐이라고 생각한 물건을 무산선인이 왜 원하는지 모르겠지만, 그녀로서는 순순히 넘겨주고 싶지 않았다. 더욱이 아버지를 죽게 만든 무산선인에게 이득이 되는 일은 절대 하고 싶지 않았다.

에이미는 다시 한 번 한숨을 내쉬었다. 마음이 확고한 것은 좋은데 죽으면 아무 의미가 없다.

'나 혼자서는 도저히 도망칠 수 없어. 이렇게 되면 동료가 구해주길 바라는 수밖에 없나?'

그녀는 도둑 길드에 남은 세 사람의 얼굴을 떠올렸다. 빅스, 웨지, 제시. 아버지가 죽은 후 모두가 길드를 떠난 가운데 남아 준 세 사람이다. 하지만 문제는 그들이 특별히 무슨 의리 때문에 남은 것이 아니라, 달리 갈 데가 없어서 그냥 길드에 죽치고 있는 것뿐이라는 사실이었다.

"…암담하군."

그 시각, 에이미를 암담하게 만드는 삼 인은 중원회 저택이 보이는 근처 건물 구석에서 고개를 숙이고 염탐하고 있었다. 어찌 되었든 그녀를 구하러 나선 것까지는 좋은데 나누는 대화는 기대보다 불안을 느끼게 했다.

제시가 중얼거리듯 말했다.

"괜찮을까?"

웨지가 반문했다.

"뭐가?"

"중원회 안으로 잠입하는 것 말이야. 분명 중원회의 실력자들이 지키고 있을 텐데 우리까지 잡혀 버리는 것 아닌지 몰라."

빅스가 인상을 쓰며 말했다.

"그래서 표도란 녀석을 데려온 것 아냐. 그놈보고 상대하라고 하고 우린 에이미만 빼내면 되지."

"하지만 그놈은 혼자고, 중원회 안의 인간들 숫자는 오십이나 되잖아. 혼자서 그 많은 수를 어떻게 감당하겠어?"

제시는 당장이라도 죽을상이었다.

"그 중원회 놈들이 얼마나 무서운지 잊었어? 그놈들 중에 여강도라는 녀석이 사실상 혼자서 우리 도둑 길드를 박살 냈잖아. 그놈에게 우리 길드 사람 열세 명이 죽고, 그중에는 길드마스터까지 있었다고. 그런 놈이 몇 명이나 더 있다고 하고, 게다가 다스베이더라는 놈은 그놈보다 훨씬 강하다고 하던데……."

그때 뒤에서 불쑥 묻는 소리가 있었다.

"여강도가 있었냐?"

"엄마야!"

세 사람은 깜짝 놀라 바닥에 주저앉았다. 곧 소리의 장본인이 표도란 것을 알고는 그들은 가슴을 쓸어내렸다.

"깜짝 놀랐잖아. 심장 내려앉는 줄 알았네."

"어디 갔었던 거요?"

표도가 대꾸했다.

"그야 안의 상황 좀 알아봤지."

방칠을 만나 구출을 위한 사전 준비를 한 것이다. 그는 대충 사정을 설명한 다음 삼 인에게 물었다.

"여강도란 놈이 중원회에 있다고 했지?"

삼 인이 고개를 끄덕였다.

“여기서는 알투라고 하는데, 우리가 알아낸 본명은 여강도라고 하더군.”

표도는 턱을 쓰다듬으며 중얼거렸다.

“여강도라면 상당히 알아주는 고수인데, 그런 녀석을 부하로 두었다면 중원회란 곳이 단순한 도망자 집단은 아닌 모양이군.”

빅스가 물었다.

“아는 사이오?”

“알지.”

웨지가 걱정스런 표정으로 물었다.

“그 사람을 이길 자신이 있나?”

표도는 인상을 찡그렸다. 무시당했다는 사실에 대한 분노였다.

‘아무리 내가 땅에 떨어졌다고 해도 이런 놈들에게까지 무시당하냐?’

그는 헛기침을 하고는 물었다.

“그 여강도 녀석, 앞이빨이 몽땅 나가 있지 않았나?’

삼 인은 일제히 고개를 끄덕였다. 여강도의 떨어져 나간 이빨과 바람 새는 발음에 웃었던 도둑 길드원 네 명이 그 자리에서 세상을 뜨는 것을 직접 보았기에 잊으려야 잊을 수가 없었다.

표도는 어깨를 으쓱하며 말했다.

“그 이빨, 예전에 내가 날려 버린 거야.”

제시가 놀라며 물었다.

"저, 정말입니까?"

"그래. 그 자식이 나에게 시비를 걸기에 면상에다 한 방 먹여주었지. 입에서 피를 철철 흘리며 잘못했다고 싹싹 빌기에 불쌍해서 그 정도로 봐줬던 거야."

사실은 달랐다. 먼저 시비를 건 것은 표도였다. 당시 둘은 양쪽 모두 막 강호에 출도하여 이름이 알려지기 시작하던 시절이었는데, 경쟁자로 본 표도가 일부러 시비를 걸어 아예 싹을 밟아버린 것이었다.

커다란 좌절과 치유할 수 없는 상처를 입은 여강도는 그 후 곤두박질쳤고, 반면 표도는 욱일승천하여 절정고수에까지 이르렀다. 여강도의 입장에서 더욱 기가 막힌 것은 시비를 건 것도 때린 것도 표도인데, 합의금이랍시고 천 냥까지 뜯겼다는 것이다.

진실을 알 길 없는 삼 인은 표도가 여강도보다 세다는 말에 좋아했다. 그들은 이미 불안감은 사라지고 용기가 샘솟아 오르고 있었다. 표도를 대하는 태도도 완전히 달라졌다.

"정말 대단하신 실력이로군요."

"우리 셋의 협공을 간단히 물리칠 때부터 범상치 않은 인물이라고 생각했습니다."

"형님이라고 불러도 되겠습니까?"

빅스, 웨지, 제시는 차례로 아부를 늘어놓았다. 중원에서야 늘 있었던 일이지만, 진인겸에게 쫓기는 신세가 된 이후 이런

소리를 들어보는 것도 방칠 외에 처음이라 표도는 금세 기분
이 좋아져 말했다.

"나에게 맡겨라, 그 여자를 반드시 구해낼 테니."

3

표도와 도둑 길드의 삼 인은 밤이 되기를 기다렸다. 해가 지
고 날이 어두워지자 표도는 숨어 있는 건물 지붕 위로 올라가
중원회 저택을 살폈다. 한참 후, 저택 건물의 이층 창문에서 불
빛이 깜박였다.

방칠이 내는 신호였다. 표도는 지붕에서 내려와 삼 인에게
따라오라고 손짓했다. 사 인은 중원회 저택의 뒷문을 열고 들
어갔다. 이미 방칠이 문을 열어놓은 후라 들어오는 데 문제는
전혀 없었다.

"경비가 허술하군. 함정 아니야?"

표도의 말에 빅스가 말했다.

"아닙니다. 원래부터 여긴 문만 잠가놓고 특별히 경비 같은
것은 없었습니다. 낮에 정문 쪽에만 아무나 못 들어오게 사람
세워놓는 정도였죠."

웨지가 말을 받았다.

"우리 도둑 길드가 지고 나서 중원회에 덤빌 엄두를 내는 자
가 아무도 없으니까요."

표도는 고개를 끄덕였다. 하긴, 자신도 지평도가 왔을 때 에

이미를 따라 이곳으로 저택을 빠져나갔었다.

일행은 잠시 기다렸다. 얼마 후 방칠이 나타나 알아본 바를 설명했다.

"여자는 지하실에 갇혀 있습니다. 거기까지 가는 것은 문제가 없는데, 지키는 자가 세네 명이나 됩니다. 회주가 꽤나 신경 쓰는 모양입니다."

"수고했네."

방칠의 일은 여기까지였다. 자기 방으로 돌아가 잠이나 자는 척하라고 보내고, 표도는 도둑 길드 삼 인에게 지시를 내렸다.

"너희 둘은 여기서 준비하고 기다리고 있다가 우리가 안에서 위험해진다 싶으면 신호를 보낼 테니 불을 질러라."

웨지와 제시는 남기고 표도는 빅스만을 데리고 저택 건물 안으로 들어갔다.

저택 안은 조용하기만 했다. 다들 깊은 잠에 빠져 있는 모양이었다. 표도와 빅스는 복도를 조심조심 걸어 지하실로 가는 철문 앞에 이르렀다.

"열어."

표도의 지시에 빅스는 도구를 꺼내 잠긴 철문을 열었다. 철문은 바닥과 긁히며 듣기 싫은 소리를 냈고, 그 소리는 복도 전체에 울려 퍼졌다.

'쳇!'

표도는 인상을 썼지만 어쩔 수 없는 일이었다. 그는 지하로 가는 계단을 걸어 내려갔다. 몇 계단 내려가지 않았는데 안에서 문을 여는 소리가 들리며 곧 사람이 나타났다.

"누구요?"

횃불을 들고 물어보려던 남자는 표도의 얼굴을 알아보았다.

"표 대협 아니십니까? 그런데 여긴 어쩐 일이십니까?"

표도에 대해 경계하거나 적대하는 기색은 조금도 없었다. 지평도에 대한 일을 모르고 여전히 중원회의 손님이라고 생각하는 모양이었다. 표도는 상대가 중원회에서 잠시 만난 사람이라는 것은 기억났지만 이름까지는 떠오르지 않았다.

"음, 그러니까, 이름이 뭐더라?"

"충식입니다."

"아, 맞아. 그렇지."

표도는 말하며 뒤에 있는 빅스에게 어서 철문을 닫으라고 손짓했다.

중원회의 지하실은 자신들에게 반항하거나 빚을 갚지 않는 자들을 잡아두기 위한 시설이었다. 당연히 고문 같은 것도 은밀하게 이루어져 왔다. 때문에 방음에 대해 신경 써서 일단 철문을 닫으면 지하의 소리는 밖으로 전해지지 않게 되어 있었고, 방칠을 통해 표도는 이 사실을 알고 있었다.

빅스에 의해 철문이 닫혔다. 그 소리를 듣고 시선을 뒤로 돌린 충식이 빅스를 보고는 물었다.

"저 사람은 누구……?"

그러나 그는 말을 채 잇지 못했다. 표도에 의해 뒷덜미를 맞아 정신을 잃은 것이다. 그런데 그때 하필 다른 한 명이 지하에서 올라와 그 광경을 보고 말았다.

"표 형, 이게 무슨 짓이오?!"

표도는 대답 대신 계단을 뛰어 내려가며 나타난 자를 발로 차버렸다. 하지만 이번 상대는 경계하고 있어서 쉽게 당하지 않았다. 바로 뒤로 물러나 피했다.

그가 지른 소리를 듣고 지하실을 지키고 있던 다른 자들까지 모두 몰려 나왔다. 그들은 표도를 보고 안색이 변했다.

그들이 명령받은 것은 이곳을 지키고 있다가 도둑 길드의 사람이 에이미를 구하러 오면 사로잡으라는 것이었다. 그들이 예상한 상대에 표도는 들어 있지 않았고, 상대할 만한 능력도 없었다.

"덤벼!"

이런 싸움에는 기세가 중요하다는 것을 표도는 잘 알았다. 버럭 외치며 거침없이 성큼성큼 걸어 전진했다. 겁을 먹은 중원회 사람들은 서로 자기들 뒤에 숨으려 애쓰며 뒤로 물러났다. 하지만 어느새 앞사람 바로 앞에 표도는 이르러 있었다.

다급해진 앞사람이 소리쳤다.

"표 대협, 같은 고향 사람끼리 이러기요?!"

그러자 표도가 물었다.

"너, 고향이 어딘데?"

"중원이오."

"중원 어디냐고?!"

"낙양이오."

"난 시천이야! 만 리나 떨어져 있는데 뭐가 한 고향이냐, 임마?!"

표도는 외치며 앞사람을 후려쳤다. 앞사람은 비명 한 번 못 지르고 쓰러졌다.

"……!"

앞사람이 당하자 바로 뒤의 사람과 표도의 시선이 마주쳤다. 뒤의 사람은 다급히 손을 저으며 말했다.

"난 사천 출신이오!"

"그래서?"

"같은 고향이잖습니까."

"매운 음식 좋아해?"

"하하, 우리 사천 음식하면 매운 음식이 아닙니까."

"난 싫더라!"

"컥!"

쓰러진 사람을 보며 표도는 말했다.

"사천 사람이라고 무조건 매운 음식을 좋아한다는 편견을 버려."

다음 사람이 즉시 말했다.

"저도 매운 음식 싫어합니다."

"그래서?"

"예?"

"어쩌라고?"

"아니, 그냥 그렇다고요."

표도가 주먹을 휘두르자 그 사람은 괜히 말했다고 생각하며 쓰러졌다. 이제 남은 것은 마지막 한 사람뿐이었다. 그는 꽤나 머리를 굴렸는지 즉시 말했다.

"전 사천 사람이고, 그럼에도 매운 음식은 싫어합니다."

"그래?"

"예. 표 대협과 전 통하는 것이 많은 것 같습니다."

"그런데 사천에서 태어나긴 했지만 실제 자란 곳은 강남인데?"

"오오, 이럴 수가! 저 역시 사천에서 태어나고 강남에서 자랐습니다."

"그래? 하지만 성인이 되어 주로 활동한 곳은 개봉이야."

"저 역시 그렇습니다!"

표도는 한심스럽다는 눈으로 그를 보며 물었다.

"네가 생각해도 억지라는 것은 알겠지?"

"……."

"살짝 때릴 테니 그냥 솔직히 말해라."

"정말입니다! 믿어주십시오!"

"실은 나 사천 출신 아니야. 다 거짓말이었어."

"……."

지금까지 억지 부린 것이 무용지물이 되는 순간이었다. 상대는 당장이라도 울 것 같은 표정이 되었다.

"…흑, 정말 너무하십니다."

표도가 보기에도 정말 불쌍해 보였다.

"미안. 대신 살짝 기절만 시킬게."

포기한 남자는 머리를 내밀었다.

"부탁드립니다."

"오냐."

이렇게 지키던 자들을 모조리 처리한 표도는 빅스를 데리고 안쪽으로 들어갔다. 복도 양쪽에는 네 개의 지하실이 있고, 에이미가 있는 곳은 가장 안쪽의 오른쪽 방이었다. 빅스가 먼저 나서서 문을 열고 들어갔다.

"구해주러 왔어!"

에이미는 그다지 기대하지 않았던 빅스가 나타나자 크게 기뻐했다. 빅스는 얼른 밧줄을 풀고 그녀를 일으켜 세웠다.

"자, 도망가자."

그러나 그녀는 다리에 힘을 주지 못해 곧 주저앉았다.

"왜 그래?"

"회주 놈이 뭔가 수작을 부려놨어."

뒤따라 들어온 표도가 눈치를 채고 말했다.

"점혈이군."

표도는 에이미의 혈도를 풀어주었다.

"이제 가자."

셋은 지하실을 나섰다. 별 문제 없이 다시 밖으로 나온 셋은 밖에서 기다리고 있던 웨지, 제시와 합류하여 아지트로 돌아갔다.

빅스, 웨지, 제시는 무사히 아지트로 돌아오자 그제야 마음을 놓고 떠들었다.

“휴우, 성공이군.”

“생각보다 별것 아닌데?”

“아니, 우리만이라면 당했을 거야.”

셋은 말하며 표도의 공을 치하했다. 하지만 표도의 표정은 떨떠름했다. 확실히 셋의 말대로 도둑 길드 사람들만으로 에이미를 구하기는 무리였을 것이다.

‘그렇긴 한데, 뭔가 찜찜하군.’

그는 에이미를 돌아보며 물었다.

“왜 무산선인, 아니, 다스베이더가 널 잡은 거지?”

에이미는 고개를 저었다.

“나도 몰라. 아마도 날 이용해 우리 길드를 일망타진할 생각이었겠지.”

그녀는 아직 신뢰할 수 없는 표도에게 보석에 대해서 말하기는 이르다고 판단했다. 대충 말을 받아넘긴 그녀는 이층의 자신의 방으로 향했다.

“휴우!”

방으로 돌아와 한숨을 내쉰 에이미는 침대에 누워 쉬었다. 이리저리 뒤척이다 아침 일찍 자리에서 일어난 그녀는 벽에 숨겨진 공간에서 작은 상자를 꺼냈다.

“……”

상자를 여니 보석이 나타났다. 완전한 원형의 검푸른 보석 안에 무수한 빛의 입자가 반짝이는 보석. 지평도가 원하는 영원히 반짝이는 별빛이었다.

"왜 이 보석을 노리는 거지?"

한참 살펴보았지만 특별한 점을 찾을 수가 없었다. 결국 포기한 그녀는 보석을 다시 원래의 자리에 감췄다.

'어찌 되었든 그놈이 이걸 노리는 이상 우리에게 있어 중요한 카드로 활용할 수 있겠지.'

그때 밖에서 급히 문을 두드리는 소리가 들렸다. 그녀가 문을 여니 제시가 다급한 표정을 짓고 있었다.

"무슨 일이지?"

"중원회 놈들이 쳐들어왔어!"

4

표도는 이층 창으로 밖을 내다보았다. 수십 명의 중원회 사람들이 건물을 완전히 둘러싸고 있었다.

"쳇! 방칠 녀석은 왜 아무 소리도 안 해준 거야?"

둘러싼 사람들 사이에서 방칠의 모습도 보였다. 그는 표도와 눈이 마주치자 울상을 지으며 손을 저었다. 자기도 어쩔 수 없었다는 표시였다.

실제로 그는 아침에 일어나자마자 바로 무산선인의 명령으로 이곳으로 달려왔기에 알릴 틈이 없었다. 어젯밤 표도 일 때문에 신경 쓰여 잠을 설치는 바람에 늦잠을 잤기 때문이다.

"어떻게 됐어?"

에이미가 다가와 물어왔다. 표도는 대답 대신 창밖을 가리켰다. 에이미가 보니 도저히 상대가 안 되는 숫자였다.

"도망칠 수밖에 없겠군."

"어디로?"

"여기 말고도 은신처는 몇 곳 더 있어. 문제는 여길 어떻게 빠져나가느냐인데……."

무산선인이 밖에서 창을 통해 표도를 보고 소리쳤다.

"표도, 네가 어떻게 도둑 길드와 손을 잡았는지는 모르겠다! 하지만 아직 기회는 있다! 안에 있는 자들을 모두 잡아서 데리고 나와라! 그럼 지금까지의 일은 불문에 붙이마!"

표도는 인상을 썼다. 꽤나 좋은 제안 같았지만, 무산선인이 지평도와 손을 잡고 있는 이상 믿을 수 없는 이야기이기도 했다.

"닥쳐! 마음에도 없는 소리 하지 마시지!"

한소리 지른 그는 에이미에게 물었다.

"탈출로는 없나?"

"지하 통로로 두 집 건너 건물로 나갈 수 있게 되어 있어. 하지만 이 상황에서는 나갈 때 들킬 가능성이 높아."

표도는 생각해 보았다. 그러니까 중원회 사람들을 최대한 이쪽으로 시선을 집중시킨 후 도망쳐야 한다는 것이다.

"쳇, 알았어. 내가 시간을 끌지."

에이미와 세 사람은 통로가 있는 곳으로 달려갔다. 그사이 표도는 시간을 끌기 위해 무산선인에게 소리쳤다.

"닌 나에게 중원회에 가입하면 잘해주겠다고 해놓고 지평도 녀석에게 날 팔 궁리를 하고 있었다! 아무리 이곳이 강호가 아니라고 하지만 강호인으로서의 도리는 잊지 말아야 할 것 아니냐!"

무산선인은 수하들이 보는 앞에서 악인으로 몰리자 변명했다.

"무슨 소리냐! 난 지평도에게 그런 약속을 한 적이 없다!"

"웃기지 마! 둘이 방 안에서 쑥덕거렸잖아!"

"그건 다른 일로 그런 것이다! 네가 지평도와 원한이 있다면 우리 중원회는 전혀 상관하지 않을 테니 둘이서 결판을 내라!"

"좋아, 그럼 네 말대로 할 테니 지평도를 불러와라! 말 꺼낸 김에 결판을 보도록 하지!"

무산선인은 눈살을 찌푸렸다. 지금은 표도를 상대할 때가 아니다. 지평도와 표도의 결투 따위, 자신과는 아무 이익도 없는 일이다. 지금은 도둑 길드 사람들을 잡아 보석의 행방을 알아내는 것이 우선인 것이다.

그는 옆의 수하에게 살짝 물었다.

"입구를 아직도 못 찾았나?"

"예."

"할 수 없군. 그냥 도끼로 벽을 부수고 들어가라고 해라."

"예."

무산선인과 표도가 영양가없는 말씨름을 벌이는 사이, 여강도가 이끄는 한 무리가 뒤편에서 벽을 부수고 안으로 뛰어들었다. 그때 마침 에이미와 삼 인이 비밀 통로로 향하고 있었다. 원래 그냥 도망칠 생각이었다가 무산선인이 노리는 보석에 생각이 미쳐 찾아가지고 오느라 시간을 지체하고 만 것이다.

“여강도!”

에이미와 삼 인의 안색이 변했다. 여강도는 사실상 도둑 길드를 박살 낸 장본인이다. 여강도가 도를 휘두르며 차갑게 웃었다.

“내 도에 피를 묻히고 싶지 않으면 항복해라.”

그때 표도는 아래층에서 들리는 소리가 심상치 않자 무산선인과 떠드는 것을 그만두고 아래로 내려왔다. 그는 에이미 등을 발견하고는 짜증 섞인 목소리로 물었다.

“아직도 안 도망쳤어?”

그 말에 고개를 돌린 여강도의 얼굴이 사정없이 구겨졌다.

“표도!”

여강도를 알아본 표도는 건성으로 아는 척을 했다.

“여어, 오랜만이네. 요즘 잘 먹고 있냐?”

원래 여강도는 중원회 내에서 기거하고 있었기에 표도가 중원회에 머무르고 있었다는 것을 알았다. 당장이라도 그에게 당한 이빨의 원한을 갚고 싶은 마음이야 굴뚝같았지만 회주의 손님이라 손을 쓰지 못했다. 아무것도 못하는데 그의 면상을 직접 보면 울화만 치밀 것 같아 일부러 피하는 것이 그가 할 수 있는 유일한 방법이었다.

그런데 이런 식으로 만났으니 마침 좋은 기회였다. 완전히 적으로 만났으니 얼마든지 없애도 문제없었다.

"너 이 자식, 잘 만났다!"

여강도는 도를 휘두르며 표도가 서 있는 계단을 치고 올라갔다. 그사이 그가 데리고 온 두 명이 에이미 일행을 공격했다.

"하필이면 네놈이냐."

표도는 혀를 찼다. 여강도는 너 죽고 나 죽자는 식으로 공격해 왔기에 맨손으로는 상대하기가 힘들었다. 자신의 무기인 화접선이 있다면 먼저 도를 막고 반격해 보겠지만, 지평도의 가슴에 찍어놓고 도망치기에 바빠 회수하지 못했다.

한편, 에이미와 삼 인 쪽은 더 어려운 상황이었다. 그들이 상대하는 중원인 두 명은 여강도보다 훨씬 무공이 떨어졌고 사 대 이로 수적으로도 우위였지만, 문제는 에이미와 삼 인이 무공이 약한 상대보다 더 약하다는 사실이었다.

수의 이점으로 그럭저럭 버티고는 있지만 위태롭기 짝이 없었다. 다급해진 에이미는 표도에게 도움을 청했다.

"좀 도와줘!"

표도의 대답은 쌀쌀맞기만 했다.

"시끄러! 이쪽도 바빠!"

그러자 빅스가 화를 내며 외쳤다.

"전에 이겼다고 했잖아요! 자신있어하더니 이게 뭡니까?!"

이 말은 표도의 자존심을 건드렸다.

"잘 보고 있어!"

그는 외치고는 용감히 도광 속으로 뛰어들었다. 어느 정도 위험을 감수한 행동이었다. 여강도의 도가 그의 가슴을 찢으려는 순간, 그의 손은 여강도의 면상을 가격하고 있었다.

"컥!"

표도는 여강도의 얼굴을 잡아 벽에 처박았다. 이어 머리를 잡아 누르며 무릎으로 턱을 찼다. 여강도는 몇 개 남지 않은 이빨마저 자신을 떠나는 것을 느끼며 정신을 잃었다.

여강도를 처리한 그는 단숨에 뛰어들어 나머지 중원인 두 명도 쓰러뜨렸다. 그러나 아직 그들의 위기는 끝나지 않았다. 무산선인이 수하들에게 총 공격 명령을 내린 것이다.

"제길!"

지금 적들이 안으로 뛰어들면 비밀 통로고 뭐고 더 이상 비밀이 아니게 된다. 표도가 당황해하는데 에이미가 비밀 통로를 열고 통로 안의 장치를 눌렀다. 그러자 건물 벽에서 한순간 불길이 치솟아올랐다.

적이 쳐들어왔을 경우를 대비해 장치를 해둔 것이다. 건물 안으로 뛰어들려던 중원회 사람들은 깜짝 놀라 뒤로 물러섰다.

불길의 기세가 심해 보였지만 사실은 단지 건물 외벽을 그을리는 정도밖에 되지 않는다는 사실을 알아차린 것은 좀 더 시간이 흐른 뒤였다. 뒤늦게 건물 안으로 들어왔을 때에는 이미 표도 일행이 도망친 후였다.

“망할!”

계획이 완전히 틀어져 버린 무산선인은 중원회로 돌아와 머리를 쥐어 잡고 고민했다. 뾰족한 대안은 생각나지 않고 화만 치밀어 올랐다.

‘이게 다 표도 녀석 때문이야!’

이를 갈고 있는데 지평도가 찾아왔다는 보고가 들어왔다.

“들어오라고 해라.”

“그런데 동행이 있습니다.”

“동행?”

잠시 의문을 느낀 무산선인이지만 모두 들어오게 했다. 잠시 후 지평도와 함께 들어온 여인을 본 무산선인은 절로 인상이 찌푸려지려는 것을 참아야 했다.

‘뭐, 저런 여자가 다 있냐?’

여인은 바로 유매향이었다. 그녀는 무산선인을 보고는 웃으며 말했다.

“이 세계에서까지 와서도 패거리를 이루지 못하면 살기 힘든가 보군요.”

말투 또한 마음에 들지 않았다. 무산선인은 짜증을 감추며 물었다.

“당신은 누구요?”

지평도가 대신 말했다.

“이분은 바로 진인겸의 부인이십니다.”

무산선인은 흠칫했다. 그가 이 세계에 온 것은 15년 전, 천
하제일고수 진인겸의 명성이 이제 막 퍼지기 시작할 때였다.
때문에 유매향의 이름은 몰랐지만 진인겸의 부인이라는 것만
으로도 함부로 할 순 없었다.

"유 소저께서도 이 세계에 오셨을 줄은 몰랐군요."

"어머, 듣지 못했나요? 내가 막 이 세계에 왔을 때 당신 부하
인 중원회 사람을 만났는데."

유매향은 중원회의 안내서를 꺼내 보였다.

"이렇게 책까지 받았는데요."

그녀를 만난 중원회의 안내인 김창명은 분노한 진인겸에 의
해 세상을 떠났다. 하지만 그 사실을 모르는 무산선인은 그가
문책이 두려워 보고를 하지 않았다고 생각했다.

'하나같이 쓸모없는 놈들 뿐이군!'

무산선인은 화가 나는 것을 참았다. 지금은 그보다 더 중요
한 일이 있었다.

"부인께서 오셨다면 혹시 부군께서도 오셨습니까?"

"글쎄요? 아마 제가 여기 있는 것을 모르지 않을까요?"

유매향의 대답에 조금은 안심한 무산선인은 자리에 앉기를
권했다. 자리에 앉자마자 지평도가 곧바로 물었다.

"도둑 길드 일은 어떻게 되었습니까? 내가 듣기로 이미 도
둑 길드의 인물을 잡았다고 하던데."

무산선인은 머뭇거리다가 할 수 없이 말을 꺼냈다.

"면목없지만 실패했소. 표도란 녀석 때문에."

"표도?"

유매향의 표정이 변했다.

"그가 여기 있나요?"

"그게……."

무산선인은 사정을 설명했다. 표도가 도둑 길드와 손잡고 중원회를 배신했다는 말에 유매향은 빙그레 웃고는 입술을 핥았다.

"그 인간은 여러 가지로 생각지도 못한 짓을 하는군. 좋아요. 회주께서 표도 때문에 고생이라면 그는 내가 처리하기로 하지요."

『해리수 표도의 도망자』 2권에 계속…

Side story
열투 마법 상점가

"수석 졸업을 축하합니다, 라할 군."

"감사합니다, 학원장님."

긴장한 나의 목소리에는 힘이 잔뜩 들어가 있었다. 그것을 눈치 챘는지 학원장이 부드러운 미소를 지으며 입을 열었다.

"너무 긴장하지 마세요. 자, 이것이 졸업장입니다."

졸업장이 들어 있는 리본이 장식된 붉은 원형의 통을 받는 나의 손은 떨리고 있었다. 졸업장이야 졸업하면 누구나 받는 것이지만, 이 학교의 수석 졸업자만이 이렇게 특수 제작된 원형 통에 든 졸업장을 받을 수 있다.

"가, 감사합니다."

나의 이름은 라할 라코스키. 이제 막 마법 학원을 졸업한 18세의 견습 마법사이다. 부모님이 일찍 돌아가시고 맡아줄 친척도 없는 몸인 내가 마력의 재능을 인정받아 마법 학원에 들어왔을 때가 엊그제 같은데 벌써 5년이란 세월이 흘러 졸업을 한 것이다. 그것도 수많은 학생들 사이에서 수석으로.

'아버지, 어머니, 드디어 제가 해냈습니다!'

졸업장을 어루만지며 감격에 젖어 있던 나는 학원장의 이어지는 말에 정신을 차렸다.

"그리고 마법 연수 말인데……."

"아, 예."

마법의 길은 끝이 없다. 5년으로 배울 수 있는 것이라고는 고작해야 기초일 뿐이다. 학원 졸업자는 연수라는 이름으로 정식 마법사 밑으로 들어간다. 그곳에서 연구를 도우며 마법을 익혀야만 견습이란 딱지를 떼고 진정한 마법사가 될 수 있는 것이다.

대부분 연수를 하는 곳은 먼저 졸업하여 마법사로 활동하고 있는 선배들 밑이다. 하지만 운이 좋으면 왕실마법사나 현자의 제자로 들어갈 수도 있다. 그렇게 되면 앞으로의 인생은 보장된 것이나 다름이 없다.

그런 기회를 얻을 수 있는 사람은 극소수지만 나는 감히 상당히 기대 중이다. 왜냐하면 난 수석 졸업생이니까. 왕실마법사나 현자 분들이 제자를 구하려 한다면 당연히 재능있는 사람을 찾을 것이고, 졸업생 중에 가장 성적이 뛰어난 내가 뽑힐 가능성이 높지 않겠는가.

'과연 누구 밑으로 들어가게 될까? 그러고 보면 왕실마법사 카판님이 나이가 많아 슬슬 제자를 구할 때가 되었다는 소문도 있고, 현자 슬로브님도 아직 제자가 없다고 하던데…….'

이리저리 생각을 굴리는 나에게 학원장은 두 장의 봉투를 건넸다. 하나는 내가 찾아가야 할 사람과 그가 거주하는 곳을 알려주는 것이었고, 또 하나는 그에게 전해줄 소개장이었다. 나는 떨리는 손으로 첫 번째 봉투를 열어 그 안에 적힌 내용을 읽어보았다.

세라 마법 상점가 해피해피점.
점주 레리즈.

"……?"

나는 의문을 느낄 수밖에 없었다. 보통 어느 마법사 협회라든가 현자의 탑이라든가, 아니면 마법 연구소가 나와야 정상인데, 상점가라니? 그것도 해피해피? 무슨 이름이 그래?

"저기… 레리즈가 누굽니까?"

"내가 오래전부터 알고 지내는 사람이지."

지금 내가 알고자 하는 사실은 그게 아닙니다만…….

"마법사 맞아요?"

"물론이지. 그것도 대단히 뛰어난 마법사이네."

학원장이 그렇게까지 말하는 것으로 보아 실력있는 마법사이긴 한 모양이다. 그런데 해피해피점이라니…….

순간 떠오르는 생각이 있었다.

'아, 그렇구나!'

마법사라는 것은 의외로 돈이 많이 필요한 직업이다. 연구에 사용되는 각종 재료가 대부분 상당한 고가이기 때문이다. 따라서 많은 마법사들이 나라에서 지원을 받으며 연구를 하고 있지만, 그런 혜택을 받는 마법사는 전체 마법사를 통틀어 극히 일부에 불과하다.

분명 레리즈라는 분은 그런 지원금을 얻지 못해 자신이 만든 마법 물품들을 팔아 번 돈으로 연구비를 충당하는 그런 분일 것이다. 찾아보면 그런 마법사는 의외로 많다. 보통은 만든 것을 직접 팔지는 않지만.

"그 사람이 좀 괴짜긴 하지만 많은 것을 배울 수 있을 걸세. 마법뿐만 아니라 인생의 여러 가지를 말이야."

마법사 중에 괴짜야 얼마든지 많다. 아니, 오히려 그런 괴짜 중에 뛰어난 마법사가 많다고 할 수 있다. 나는 학원장의 말을 그다지 대수롭지 않게 넘기고 말았다. 훗날 생각해 보면 난 그 뒷말의 의미를 간과해서는 안 되었다.

"예, 알겠습니다."

그리고 보름 후, 나를 포함한 학원 학생들은 졸업식을 맞이했다. 그동안 친해진 친구들과 작별을 아쉬워하며 우리는 다시 만날 때는 훌륭한 마법사가 되어 있자고 약속하고 각자 마법 연수의 길을 떠났다.

내가 연수를 받을 세라 마법 상점가는 마법 도시라 불리는 에프로케에 위치해 있다. 그곳에 가기 전에 알아본 바에 의하면 세라 마법 상점가는 전 세계에서 손꼽히는 상점가로, 다른 나라에서까지 이곳에 물건을 구입하러 온다고 한다. 뿐만 아니라 해마다 여러 가지 이벤트가 벌어지는데, 이것이 또한 보기 드문 볼거리라 이 이벤트를 보기 위해 찾아오는 관광객까지 있을 정도라고 한다.

'꽤 대단한 곳인가 보네.'

여행이라고는 한 번도 해본 적이 없는 나는 도대체 어떤 곳일까 기대하며 마차에 몸을 실었다. 그리고 일주일 후 별 어려움 없이 목적지에 도착했다.

"여기구나."

세라 마법 상점가는 간단히 찾을 수 있었다. 도시에 들어서자마자 곳곳에 안내판이 가리키고 있었기 때문이다. 덕분에 간단히 도착한 나는 상점가 입구에서 잠시 짐을 내려놓고 고개를 들어 올려다보았다.

세라 마법 상점가에 어서 오세요.

커다랗게 쓰여 있는 문에는 온갖 꽃이 장식되어 찾아온 사람을 환영하고 있었다. 또한 옆에는 나무통에 안내 책자가 끼워져 있다. 목적지를 찾는 것이 어렵지 않을까 걱정하던 나는 절로 웃음이 나왔다.

"역시 세계적으로 유명한 상가는 뭐가 달라도 다르네."

안내 책자에서 해피해피점을 찾아 적혀진 위치대로 가면 된
다. 나는 안내 책자 하나를 뽑아 펼쳐 보았다.

"얼레?"

이상하게도 안내 책자 안에 적힌 가게 이름마다 줄이 죽죽
그어져 대부분 읽을 수가 없었다. 애들이 장난친 모양이라고
생각하고 다른 것을 뽑아보았지만 역시 마찬가지였다.

"거참, 이상하네."

별수없이 포기하고 직접 찾기로 했다. 그런데 이곳 세라 마
법 상점가는 내가 흔히 알고 있는 거리에 쭉 가게가 들어서 있
는 단순한 상점가가 아니었다. 규모가 무려 이 대도시의 3분의
1을 차지하고, 거미줄처럼 복잡한 미로처럼 되어 있는 거대한
상가 도시라 할 수 있었다.

"대, 대체 해피해피점은 어디 있는 거야?"

복잡한 길을 한참을 돌아다니다 보니 내가 어디서 왔는지조
차 모를 지경이었다. 지친 표정으로 여기저리를 둘러보는데
한 가게 간판이 눈에 뜨였다.

손님이라서 행복해요.

이런 식으로는 안 되겠다는 생각을 가지게 된 나는 물어보
기로 하고, 손님이라서 행복해요라는 가게 안으로 들어갔다.

"실례합니다."

딸랑~

문에 걸어둔 방울이 울리며 나보다 한두 살 어려 보이는 소녀가 방긋 웃으며 인사해 왔다.

"어서 오세요, 손님!"

머리를 양쪽으로 땋아 묶고 짧은 치마를 팔랑거리며 뛰어오는 소녀의 볼이 발갛게 상기되어 있었다. 나도 모르게 머리를 쓰다듬어 주고 싶은 정말 귀여운 애였다.

"뭘 찾으세요? 없는 것 빼고 다 있답니다. 헤헤."

말하는 것도 정말 귀엽네?

"아, 난 뭘 사러 온 것이 아니라 길 좀 물어보려고. 해피해피 점이 어디 있는지 아니?"

"손님 아니에요?"

소녀는 실망이 큰지 활발하던 표정은 어디로 가고 축 늘어졌다. 미안한 생각이 든 나는 그래도 왔으니 뭐라도 하나 사가기로 했다.

'앞으로 신세지게 될 레리즈님께 선물할 것을 사가면 좋겠지.'

이렇게 생각을 정한 나는 웃으며 말했다.

"그럼 이왕 온 김에 뭐라도 하나 사갈까?"

"와아~ 정말요?"

잠시 후 나는 식기 세트를 들고 가게를 나왔다. 생각보다 큰 돈을 쓰긴 했지만 이제부터 남의 집에서 몇 년간 신세를 지게 되는데 최소한 이 정도는 가져가 줘야지?

"해피해피점은요, 여기서 쭉 가서요, 오른쪽으로 꺾어서 갈림길이 나오면 왼쪽으로 쭉 가다 보면 나와요. 그럼 잘 가시고 나중에 또 오세요."

손님이라서 행복해요 가게의 소녀는 길을 가르쳐 주고 깍듯이 배웅까지 해주었다. 절로 기분이 좋아지는 것이 정말 가게 이름대로 손님이라서 행복한 가게라는 생각이 들었다.

그런데 짐에다 식기 세트까지 짊어지고 소녀가 가르쳐 준 대로 갔지만 해피해피점은 보이지 않았다.

'이상한데? 길을 잘못 들었나?

혹시나 하는 생각에 다시 갔던 일을 되돌아가고 몇 번을 반복했지만 분명 가르쳐 준 대로 확실히 왔다.

"이상하다? 이상하다?"

나는 힘들고 다리도 아파 길바닥에 우두커니 서 있었다. 그 모습을 봤는지 한 남자가 말을 걸어왔다.

"손님, 찾으시는 것이 뭡니까? 싸게 해드릴게요."

나는 다시 한 번 물어보기로 마음먹었다.

"해피해피점이 어디죠?"

싱글싱글 웃던 남자의 얼굴에 미소가 사라졌다. 그는 귀찮다는 듯 말해주었다.

"여기서 왼쪽으로 가서 갈림길마다 오른쪽으로 가시오."

이상하게도 전에 소녀가 가르쳐 준 길과 전혀 달랐다.

"감사합니다."

일단 가보자는 생각에 인사를 하고 가르쳐 준 대로 갔다. 혹시나 했더니 역시나 해피해피점은 없었다. 나는 근처의 가게를 찾아가 물어보았다. 이번에도 전의 두 명과 전혀 다른 길을 가르쳐 주었다. 역시나 이번에도 그 설명은 잘못되었고…….

'대, 대체 왜 전부 가르쳐 주는 방향이 다 다른 거야? 그리고 대체 해피해피점은 어디 있는 거야?'

하늘을 향해 절규하고 싶은 기분에 사로잡혔을 때, 길가에 책상을 가져다 놓고 앉아 있는 사람이 눈에 들어왔다. 아무래도 점쟁이인 모양이었다.

'차라리 어디로 가야 할지 점을 쳐달라고 하는 편이 나을지 모르겠군.'

이런 생각이 드는데 자세히 보니 그 사람은 점쟁이가 아니었다. 그 사람의 옆에 세워놓은 깃발은 운명을 맞혀준다는 것이 아닌…….

길을 가르쳐 드립니다.

뭐냐, 저건? 왜 이런 것이 있을까 의문을 느끼면서도 어서 빨리 해피해피점을 찾아야 한다는 생각에 다가가 물어보았다.

"저, 해피해피점을 찾는데요."

"500셀입니다."

길 가르쳐 주는 것도 돈 받는 겁니까?

돈이 아깝긴 했지만 계속되는 길 찾기에 지친 나는 돈을 냈고, 그 사람은 자세히 약도까지 그려주며 길을 가르쳐 주었다.

혹시 이것도 틀린 것이 아닐까 반신반의하면서 약도대로 길을 찾아간 나는 마침내 발견하고 말았다. 해피해피점을!

"차, 찾았다!"

세 시간 동안 헤맨 끝에 마침내 찾아낸 것이다. 나는 감격에 겨워 잠시 멍하니 있다가 문을 열고 안으로 들어갔다.

"어서 오세요!"

문을 열자마자 환영하는 목소리. 그 목소리의 주인공은 아름다운 여성이었다. 나이는 스물이 조금 넘었을까. 찰랑거리는 녹색 머리칼에 갸름한 얼굴과 연분홍색 눈동자. 지금까지 살면서 처음 보는 미인이었다.

그런데 얼굴도 얼굴이지만 복장이야말로 처음 보는 것이었다. 옆이 탁 트여 허벅지가 드러나고 상의도 가슴을 반쯤 내놓고 있다. 갸름한 허리와 대조되는 풍만한 가슴과 엉덩이는 굉장히 요염했다.

나는 나도 모르게 얼굴이 빨개졌다. 그 여성은 내 반응에 웃으며 다가왔다. 거의 나의 몸에 찰싹 붙은 그녀는 나의 귀에 속삭이듯 물었다.

"손님, 원하시는 것이 뭔가요?"

"저, 저는 학원장님의 소개로 연수를……."

"뭐야? 손님이 아니잖아?"

유혹적인 태도는 즉시 사라지고 그녀는 머리를 긁적였다. 그리고는 손을 툭 내밀었다.

"소개장 줘봐."

“저기… 레리즈님께 직접 드려야 되는데…….”

“내가 레리즈야.”

“네에?”

학원장님이 말한 뛰어난 마법사가 바로 이 사람이란 말인가! 뛰어난 마법사는커녕 술집 여자라고 해도 믿겠다.

“저, 정말 레리즈님 맞아요?”

“맞다니까. 이 녀석이 속고만 살았나?”

그 말을 듣자 여기까지 오느라 고생했던 기억이 생각났다. 물어보는 사람마다 엉뚱한 곳만 가르쳐 주지 않았던가. 이 사람도 그런 사람인지 어떻게 알겠어.

“그런데 제가 여기까지 오느라 엄청 고생했거든요. 물어보는 사람마다 엉뚱한 곳만 가르쳐 주는 바람에…….”

“그거야 당연하지.”

“당연?”

아니, 왜 그게 당연해? 황당한 표정을 짓는 나에게 그녀가 해준 설명은 더욱 황당했다.

“너라면 내 가게에 와서 다른 가게로 가는 길을 묻는데 제대로 가르쳐 주고 싶겠어? 미쳤다고 다른 가게 매상 올려줄 손님을 도와주겠냐고.”

“……..”

그건 대체 누구 머리에서 나온 놀부 심보입니까? 그때 문득 상점가 입구에 죄다 못 읽게 되어 있는 안내 책자가 떠올랐다.

“설마 안내 책자 줄이 그어져 있는 것도……..”

“그래. 딴 가게 찾지 못하게 해놓은 거지. 문제는 서로 그러다 보니 다 못 알아보게 되긴 했지만.”

“…….”

기가 막혀 말이 안 나온다. 후에 알게 된 사실이지만 세라 마법 상점가에 갈 때 알아두어야 할 기본 지식 중 하나가 ‘가게에다 다른 가게 가는 길을 묻지 말라’는 것이었다. 덕분에 길 안내해 주는 신종 직종—내가 500셀 내고 약도 받은 그 사람—까지 생겨났다고.

‘뭐, 이딴 상점가가 다 있어?

나는 어이가 없었다. 그때까지 나는 알지 못했다. 그것은 단지 서론에 불과했다는 사실을…….

레리즈는 하도 어이가 없어 멍하니 서 있는 나의 손에서 소개장을 낚아채서는 봉인을 뜯고 카운터 의자에 앉아 읽었다.

"흐음, 수석 졸업이라고?"

나는 정신이 번쩍 들었다. 저 사람이 레리즈인지는 아직 반신반의하지만, 맞다면 앞으로 삼 년간 함께 지내면서 가르침을 받아야 할 사람이다. 즉시 자세를 가다듬고 자신을 소개했다.

"트윈 마법 학원 45회 졸업생 라할 라코스키라고 합니다."

"아, 난 레리즈. 부를 땐 점장님이라고 불러."

점장님? 스승님이 아니고요? 혼란에 빠져 있는 나에게 그녀가 내놓은 것은 계약서였다.

"자, 여기 서명해."

계약이라니? 사제지간 되는 데도 계약이 필요해? 나는 이상하디고 생각하면서도 일단 계약서를 읽어보았다.

"갑 나 해피해피점 점장 레리즈는 을 견습 마법사 라할 라코스키를 3년간 고용한다. 기본급은 월 5만셀. 실적에 따라 보너스를 지급한다. 갑은 을의 근무 태도, 실적 저하 등의 이유가 있으면 해고할 수 있으나 을은 계약 기간 동안 어떠한 이유로도 그만둘 수 없다. 갑은……."

뭐냐, 이건? 이건 사제지간이 아니라 고용 관계잖아. 게다가 준다는 봉급은…….

"5만 셀이라니? 아르바이트라도 배는 번다고요! 그리고 한쪽은 해고할 수 있는데 한쪽은 그만둘 수 없다니 너무 불공정한 것 아니에요?"

"연수잖아, 연수. 그리고 넌 무조건 내 밑에서 3년간 배워야지 그만두면 안 되는 거잖아."

그녀의 말대로 졸업생인 견습 마법사가 3년의 연수 기간을 채우지 않고 그만두면 정식 마법사가 될 수 없다. 물론 다시 연수를 받을 수는 있지만 중간에 한 번 그만둔 경력이 있는 자를 밑에 두고 가르칠 마법사가 과연 얼마나 있을까.

레리즈는 웃으며 계속해서 말했다.

"게다가 일반 견습 과정에서 봉급은 원래 안 준다고. 돈을 준다는 것은 여기서 내 가게 일을 돕는다는 것에 대한 특별 대가지. 즉, 넌 마법 견습과 동시에 나의 가게에서 아르바이트를 하는 거야. 공부도 하고 돈도 벌고 숙식까지 해결해 준다. 어디 찾아봐라, 이렇게 좋은 대우가 어디 있나.”

들고 보니 그럴듯했다. 거기다 이제 와서 다시 학원으로 돌아가 다른 견습 자리 달라고 할 수도 없었다. 별수없이 나는 고개를 끄덕였다.

“알겠습니다.”

레리즈는 웃음을 터뜨리며 내 어깨를 두드렸다.

“잘 생각했어. 걱정 마. 내 밑에서 배우면 누구보다 훌륭한 마법사가 될 수 있을 테니까. 자, 어서 여기 서명해.”

꼭 노예 문서에 서명하는 기분으로 서명을 끝내자 레리즈는 앞으로 지낼 곳을 보여주겠다며 따라오라고 했다. 난 문득 생각이 나 여기 올 때 ‘손님이라서 행복해요’ 라는 가게의 소녀에게서 산 식기 세트를 내밀었다.

“이거 비싼 것은 아니지만 앞으로 잘 부탁드린다는 뜻에서…….”

“뭘 이런 걸 다.”

레리즈는 선물이라고 내밀자 좋아하며 받았다. 그런데 받아 들고 곰곰이 살펴보더니 이내 표정이 변해 물었다.

“너 이거 길 건너 손님이라서 행복하다는 가게에서 산 거지?”

그 가게가 길 건너에 있었나? 그럼 바로 앞에 두고 한참을 헤맨 거잖아. 어처구니가 없었지만 나는 대답했다.

“맞는데요.”

“그럼 오늘 여기 오면서 산 거겠네?”

“네.”

“이 망할!”

갑자기 레리즈의 얼굴이 지옥의 악귀라도 된 것처럼 변했다. 나는 깜짝 놀라 뒷걸음질치며 물었다.

“왜, 왜 그러세요?”

“그럼 거기서 사지 말고 여기서 샀으면 됐잖아! 기왕 선물할 거면 매상도 함께 올려주면 좀 좋아, 이 어리석은 녀석아!”

“…….”

나야말로 묻고 싶어집니다. 세상에 누가 선물을 줄 사람에게 직접 사서 줍니까? 그러나 레리즈에게는 상식이 통하지 않았다.

“앞으로 뭘 살 때는 우리 가게에서 사! 없으면 그때 가서 딴 가게로 가란 말이야!”

“아, 알겠습니다.”

놀라 대답은 했지만 뭐 이런 사람이 있나 싶었다. ‘손님이라서 행복해요’ 점의 소녀와는 정말 천지 차이라는 생각을 하는데, 그때 식기 세트를 챙기며 레리즈가 중얼거리는 말에 나는 내 귀를 의심했다.

“한심하게 그 아줌마의 아양에 넘어가서는…….”

“아줌마라니요? 그 가게에 있던 사람은 어린 여자 애…….”

레리즈가 퉁명스럽게 대꾸했다.

“그 애가 아줌마야. 이미 결혼했다고.”

나는 또다시 황당해져야 했다.

“아니, 아직 열다섯 살도 안 돼 보이는 애가 무슨 결혼을 해요?"

"그 여자 얼굴이 동안이라서 그렇지, 실제 나이는 스물여덟
이라고."

허걱! 나보다 열 살이나 많단 말이야? 그뿐 아니라 레리즈의
말에 따르면 이미 애가 셋이나 있단다. 나는 충격과 경악에 사
로잡혀야 했다.

"마, 말도 안 돼……."

"그 여편네 특기가 어린 외모를 무기로 손님 속을 빼서 매상
올리는 거야. 가증스런 년이니까 앞으로 걸리지 않도록 조심
해."

거짓말이라고 외치고 싶었지만 그럴 수가 없었다. 생각해
보면 그 소녀, 아니, 아줌마가 가르쳐 준 이곳 위치도 엉터리였
다. 다른 가게와 마찬가지로 남 잘되는 꼴을 못 보는 놀부 심
보를 가졌다는 뜻이 아닌가! 그렇다면 그때 보였던 순진한 미
소도 거짓이었다는 것?

경악해 굳어 있는 나의 어깨에 레리즈는 손을 올리며 다짐
하듯 말했다.

"앞으로 여기서 일하다 보면 차차 알게 될 테지만 일단 먼저
알아두어야 할 것이 있어. 다른 가게, 특히 경쟁 관계의 점포
인간들은 우리에게 있어……."

순간 난 비명을 지를 뻔했다. 그녀가 엄청난 힘으로 내 어깨
를 움켜쥐었기 때문이다. 그녀는 이글이글 불타는 눈으로 씹
듯이 말을 내뱉었다.

“적이다!”

“적?”

“그래, 적! 죽이고 파괴하고 멸망시키고 뿌리마저 뽑아야 할 적! 적! 적!”

그녀의 손아귀 힘이 갈수록 강해졌다. 나는 이러다 어깨가 부러질 것 같아 소리쳤다.

“아, 알겠습니다!”

손아귀의 힘이 사라졌다. 언제 그랬냐는 듯 방긋 웃으며 그녀는 말했다.

“명심하도록.”

“…예.”

“자, 그럼 앞으로 지낼 방을 안내해 줄게.”

레리즈의 안내를 받아 이층으로 올라갔다. 이 해피해피점은 일층이 점포, 이층이 생활 공간, 지하 일층은 창고였다. 이층에는 두 개의 방과 작은 부엌, 그리고 부엌 옆에 식사를 하는 식탁이 있었다. 레리즈가 오른쪽 방을 가리켰다.

“저기가 앞으로 네가 지낼 방이야. 바로 옆이 내 방이고, 식사는 앞으로 함께하는 거고.”

나는 내가 지낼 방의 문을 열어보았다. 가로세로 4미터 정도의 작은 방에 바로 앞에는 작은 창문이 나 있었다. 그리고… 그리고… 그리고…….

“…아무것도 없네요?”

의자나 책상은커녕 침대, 장롱 등 생활에 필요한 것들이 한

가지도 없었다. 완전히 텅 비어 있어 '이렇게 깨끗할 수가' 라고 놀랄 정도였다.

"원래 내가 물건 놔두는 방이었는데 널 위해 어제 깨끗이 치웠지."

레리즈의 설명을 들으며 나는 불길한 느낌이 들었다.

"여기에 새로 두어야 할 가구들……."

"물론 새로 사서 해 넣어야지."

"…해피해피점의 물건으로요?"

"당연하지."

"내 돈으로요?"

"당연하지."

"……."

뭐, 이런 경우가 다 있어?! 보통 이런 것은 새로 들어온 제자를 위해 자기가 해주어야 하는 것 아냐? 일일이 돈까지 다 내라니!

그러나 굳어진 내 표정에도 아랑곳없이 그녀는 생글생글 웃으며 종이를 내밀었다.

"자, 우리 가게에서 파는 가구들입니다. 골라보시죠."

나는 반쯤 체념했다. 이 눈앞의 여자에게 더 이상 기대하지 않기로 하고 일단 침대를 고르기로 했다. 다른 가구도 필요하지만 돈이 별로 없으니 차차 마련하기로 했다. 아마도 여기서 받을 월급 1년치는 여기서 사는 데 필요한 물건을 사는 데 다 들어가리라.

"저, 그런데 여기서 파는 침대는 이거 하나밖에 없나요?"

파는 물품을 안내하는 카탈로그에 그려진 침대는 단 하나밖에 없었던 것이다. 레리즈는 싱글벙글 웃으며 대답했다.

"그래, 이거 하나뿐이야. 우리 가게는 마법 상점이지 가구점이 아닌걸."

"아니, 그럼 가구점이 아닌데 왜 가구를 파는 겁니까?"

"그야 네가 필요할 것 같아 특별히 미리 하나를 준비해 둔 거지. 손님이 필요한 물건은 뭐든지 준비해 판다. 이것이 우리 해피해피점의 모토거든."

"……."

어쩔 수 없군. 그래도 꽤 괜찮아 보이는 침대에 가격도 싼 편이었기에 나는 유일한 침대를 손가락으로 가리켰다.

"이걸 사죠."

"감사합니다, 손님."

내가 침대를 사기로 하자 레리즈는 생글생글 웃으며 윙크를 했다. 순간 나는 심장이 덜컥 내려앉는 줄 알았다. 여기 와서 정신이 없어서 깨닫지 못했지만 레리즈는 대단한 미녀였다.

게다가 복장도 노출이 심해 어디다 눈을 둬야 할지 모를 지경이었다. 이런 여성과 앞으로 삼 년을 같이 살아야 하는 것이다.

'저, 정신 차려, 라할! 넌 최고의 마법사가 되리라 결심했잖아. 여자에게 빠져 딴생각할 여유 따윈 없다고.'

스스로를 다잡고 있는데 레리즈가 말했다.

“그럼 네가 구입한 가구는 네가 알아서 들여놓도록 해.”

“아, 예. 그런데 가구가 어디 있죠?”

“따라와.”

레리즈를 따라 지하실로 내려갔다. 온갖 물품이 가득 쌓여 있는 지하 창고에서 그녀는 한구석을 가리켰다.

“자, 이게 네가 산 침대야.”

“…….”

저기, 아무리 봐도 카탈로그에 그려진 침대와는 달라 보입니다만…….

“응, 왜 그래?”

“카탈로그와 다르잖아요!”

“아니, 같아.”

나는 카탈로그의 그림과 실제 침대를 비교하며 따졌다.

“보세요! 이 그림과 이 물건이 어떻게 같을 수 있단 말입니까!”

그러자 레리즈는 피식 웃었다.

“같은 침대잖아. 그러니까 같지.”

“달라요.”

“같다니까.”

나는 한숨을 내쉬었다.

“알겠습니다. 같다고 칠 테니까 솔직히 말해주세요.”

“응.”

활짝 웃은 레리즈가 말했다. 그 카탈로그는 근처 가구점의 카탈로그를 잘라 붙인 것이라고.

"그럴 수밖에 없는 것이, 우리 가게는 가구점이 아닌걸. 달랑 하나밖에 없는 침대를 팔기 위해 카탈로그를 제작하는 것은 아깝잖아?"

나는 침대를 살폈다. 카탈로그와 다른 것은 더 이상 따지지 않기로 했다. 나만 머리 아플 것 같으니까. 하지만 이것만은 반드시 따져야겠다.

"아무리 봐도 중고 같은데요?"

레리즈는 방실방실 웃으며 대답했다.

"실은 내가 쓰던 거야. 그렇지 않다면 그런 저렴한 가격에 팔 리가 있겠어?"

나는 고개를 돌려 낡고 먼지가 쌓인 침대를 보았다.

"저게 쓰던 침대?"

"응."

"……."

"아직 쓸 만해."

"……."

"게다가 내 체취도 남아 있어."

"……."

"잘 때 이상한 생각 하면 안 돼?"

"……."

나는 머리를 움켜잡았다. 그리고 두 팔을 펼치며 절규하듯 외쳤다.

“나, 돌아갈래!”
레리즈가 말했다.
“환불은 안 돼.”

side story 03

레리즈

반 포기 상태로 침대를 분해해 이층의 내 방에 가져다 조립했다. 평소 공부만 하던 내가 힘쓰는 일을 하니 금세 땀투성이가 되고 말았다.

그러나 나에게는 쉴 틈이 없었다. 침대 위에 앉아 한숨 돌리려는데 레리즈가 아래층에서 불렀다.

"다 끝났으면 할 일이 있으니 내려와!"

"예!"

대답하고 내려온 나에게 그녀는 청소 도구를 쥐어주었다.

"깨끗이 청소해."

"예."

청소는 많이 해봤기 때문에 나는 먼저 익숙한 솜씨로 먼지

부터 털었다. 장식대의 물건을 하나하나 꺼내며 구석구석 세심하게 터는데, 그때 우연히 내 눈에 띄는 것이 있었다.

"저기요."

"뭔데?"

내가 청소하는 것을 지켜보고 있던 레리즈가 바로 다가왔다.

"여기 병에 적힌 유통 기한을 보니 이미 삼 개월이나 지났는데요."

"어, 그래?"

레리즈는 내가 전해주는 병을 받아 들고는 살펴보더니 주머니에게 펜을 꺼냈다. 그리고 신력 896년 4월 8일이라고 적힌 유통 기한 표시에서 896년의 6을 8로 고쳐 썼다.

"됐다."

"…끝입니까?"

"그래, 이제 이 물건은 앞으로 1년 9개월은 문제없어."

"……."

나는 잠시 생각을 정리했다. 배우러 온 제자에게 물건을 팔아먹는 것이나, 자기가 쓰던 중고 침대를 신품인 양 팔아먹는 것은 그렇다 치자. 하지만 유통 기한을 속이는 것은 엄연한 범죄가 아닌가!

"이게 무슨 짓입니까!"

내가 외치자 레리즈는 인상을 썼다.

"깜짝이야! 놀랐잖아!"

“저야말로 놀랐습니다. 어쩌면 그렇게 뻔뻔스럽게 아무 일도 아닌 양 범죄 행위를 할 수 있는 겁니까?”

분노한 내 얼굴을 보자 레리즈도 웃어넘길 일이 아닌 것을 깨달았는지 표정을 바꾸곤 입을 열었다.

“라할 군, 자네 뭔가 오해하고 있는 모양인데.”

“뭐가 말입니까?”

“나는 상할 가능성이 있는 상품에는 모두 변질되지 않도록 보존 마법을 걸어두었어. 그러니까 유통 기한 따위, 아무 의미가 없단 말이지.”

“그, 그래요?”

그러고 보니 학원장의 말에 따르면 그녀는 뛰어난 마법사라고 했다. 보존 마법을 거는 것 정도는 어려운 일이 아니겠지.

“그럼 유통 기한을 왜 적어놓은 것입니까?”

“그야 그렇게 하라고 법으로 정해져 있으니까. 또한 안 적어두면 손님이 의심할 수가 있거든.”

레리즈는 웃으며 손가락으로 V자를 그려 보였다.

“그러니까 괜찮아.”

괜찮은 건가? 안 괜찮은 것 같은데. 마음속에서 뭔가 찜찜한 느낌이 사라지지 않는데…….

“어찌 되었든 라할 군은 잘했어. 유통 기한 표시가 지난 상품이 진열되어 있는 것을 손님이 보면 곤란하니까.”

떨떠름한 표정이 가시지가 않는 나에게 레리즈는 들고 있던 펜을 쥐어주었다.

 해리수 표도의
도망자

“앞으로도 라할 군은 상품을 잘 보고 만약 유통 기한이 지난 것이 있으면 이걸로 적당히 기한을 늘려 쓰도록 해.”

“……”

“그럼 계속 청소해.”

“……”

그래, 일단 하던 청소는 끝내야지. 나는 복잡한 머릿속을 지우고 다시 힘차게 청소를 시작했다. 한 시간쯤 걸려 대충 일층의 청소를 끝내고 이어 다른 층을 하려고 하는데, 또다시 레리즈가 불렀다.

“나머지 청소는 내일 하도록 하고, 일단 다른 일을 해줘.”

“뭔데요?”

나는 레리즈를 따라 다시 지하 창고로 갔다. 레리즈는 쌓인 상자 중 하나를 꺼내 뜯었다. 안에는 체력과 상처를 치료하는 여행자의 필수품인 포션이 잔뜩 들어 있었다.

“이걸 진열하는 겁니까?”

“아니. 그전에 할 일이 있어.”

레리즈는 커다란 통과 빈 포션 병을 가져왔다.

“그럼 할 일을 설명할게.”

이어지는 그녀의 설명은 기가 막힌 것이었다.

“먼저 내용물이 든 포션 액을 통에다 모두 부어. 그리고 포션 액 분량의 30퍼센트 정도의 물을 다시 부어. 그렇게 조합한 액을 포션 병에 다시 담아. 원래 내용물이 든 포션이 이른 개고 가져온 빈 포션 병이 서른 개니까, 그렇게 해서 총 백 병의 포션을 만드는 것이 네가 할 일이야."

"……."

아까 유통 기한 문제로 복잡해진 머리가 깨끗하게 정리됐다. 생각할 것도 없이 해답은 너무나도 간단명료한 것이었다.

눈앞의 이 여자는 범죄자다. 그것도 악질 중에서도 순 악질이다.

"…지금 저보고 범죄를 도우라는 겁니까?"

레리즈는 싱긋 해맑게 웃으며 대답했다.

"괜찮아."

얼굴과 하는 짓이 극과 극이다. 참으로 가증스럽기 짝이 없다.

"괜찮긴 뭐가 괜찮다는 겁니까? 이건 누가 봐도 엄연한 범죄라고요!"

"괜찮아. 다른 데서도 다들 그렇게 해."

"도대체 어디서 말입니까?"

"여기 내가 사온 이 포션을 판 도매상도 20퍼센트 희석해서 팔아."

나는 내 머리를 쥐어뜯었다. 이거 돌아버리겠네!

"아니, 그럼 애초에 들여온 물건에 문제가 있는 것 아닙니까? 그런 물건을 알면서 왜 들여온 겁니까?"

"그야 다른 데보다 10퍼센트 싸니까."

“…….”

그러니까 이 여자는 이미 20퍼센트 희석된 포션을 다시 30퍼센트 희석해서 팔겠다는 것이다. 잠깐, 그렇다면 사실상 실제 포션액은 절반 정도밖에 안 되잖아.

“포션이란 것은 때에 따라서 여행자의 생명까지도 좌우하는 약입니다. 그런데 반이나 희석된 것으로 약효가 있겠습니까. 자칫하면 사람이 죽는다고요.”

“한 병으로 효과가 없으면 한 병 더 사용하라고 사용 설명서를 첨부하면 돼. 절반에 절반을 더하면 하나가 되잖아?”

“…….”

아무래도 안 되겠다. 여기 더 있다가는 내가 돌아버리거나 범죄자가 되어 철장 신세를 질 것 같다. 결심한 나는 단호하게 말했다.

“여기 그만두겠습니다.”

말을 하자마자 나는 몸을 돌렸다. 곧바로 이층으로 올라가 짐을 챙겨 나갈 생각이었다. 그러나 뒤에서 들려온 레리즈의 목소리가 날 붙잡았다.

“훗, 과연 그렇게 될까?”

돌아보니 그녀는 내가 서명한 계약서를 펴 보이고 있었다.

“계약서 내용에 따르면 나를 널 언제든지 해고할 수 있지만 넌 절대 그만둘 수 없다고 되어 있어. 여길 나가면 계약 위반이라고.”

당했다! 난 이미 그녀의 함정에 빠져 있었던 것이다. 하지만 이렇게 된 이상 나 역시 순순히 굽힐 수는 없지.

"불법을 저시드는 주제에 계약을 따지다니 우습군요. 제가 고발하면 당장 가게 문을 닫아야 될 판인데, 점원이 무슨 의미가 있을까요?"

"호오! 제법 세게 나오시는데?"

레리즈는 묘한 미소를 짓더니 말을 이었다.

"그런데 넌 이상하다고 생각지 않아?"

"뭐가 말입니까?"

"왜 계약서에 계약 내용은 있고, 위반했을 시 조항은 왜 없을까?"

뭐라고? 설마? 당황하는 나를 보며 레리즈는 계약서의 끝을 잡아당겼다. 그러자 쫙 하는 소리와 함께 계약서가 세 배로 늘어나는 것이 아닌가?

원래 계약서는 세로로 긴 종이가 세 겹으로 접혀 있었던 것이다. 접혀서 안 보였던 부분에는 내가 보지 못한 온갖 세세한 조항들이 빽빽하게 적혀 있었다.

레리즈가 한 부분을 가리키며 설명했다.

"여기 부분을 보면 본 점의 사업상의 비밀을 누설하면 저주받아 죽는다. 물론 본 점을 무단으로 그만둬도 저주받아 죽는다. 본 점에 손해를 입혀도 저주받아 죽는다……."

주, 죽는다니? 그것도 저주로?

"어, 어떻게 죽는다는 겁니까?"

"후후, 이 계약서 자체가 내가 최근에 발굴해 낸 고대의 마법이지. 서명한 사람은 명시된 내용을 지키지 않으면 고대 신의 저주의 힘으로 반드시 죽게 된다.”

견습 마법사로 와서 처음으로 견학한 마법이 저주, 그것도 나에게 건 저주였다. 나는 하늘이 무너지는 충격에 외쳤다.

“말도 안 돼! 이런 내용, 나는 알지 못했는데! 이건 사기예요!”

“후후, 마법이 그런 것 따지고 발동하는 것 봤어? 어찌 되었든 서명만 하면 끝이라고.”

결국 나는 눈물을 삼키며 포션을 희석하는 신세가 되고 말았다. 내가 가진 얼마 안 되는 정의감은 목숨을 버리면서까지 뜻을 관철하기에는 턱없이 모자랐기 때문이다.

‘아이고, 내 팔자야!’

그런데 문득 한 가지 의문이 들었다. 나는 고개를 돌려 레리즈에게 물었다.

“왜 20퍼센트 희석해 놓은 데서 물건을 들여온 거죠? 10퍼센트 싸다고 해도 20퍼센트나 희석했으니 오히려 손해잖아요. 차라리 제대로 된 물건을 들여 여기서 50퍼센트 희석하는 것이 더 이익일 텐데.”

레리즈는 웃으며 답했다.

“그야 적발되었을 때를 대비해서지.”

“적발되었을 때?”

“그래, 적발되면 나는 모르는 일이다. 그저 도매상에서 싸게 팔기에 샀을 뿐이다라고 우길 수 있잖아? 우리가 희석한 부분까지 도매상에게 떠넘겨 버리는 거야.”

“…….”

정정하겠다. 이 여자는 범죄자 정도가 아니다. 마녀, 말 그
대로 사악한 마녀였다. 그리고 내가 이 마녀와 맺은 계약의 기
간은 3년. 일천구십오 일에서 이제 겨우 하루를 보내고 있을
뿐이었다.

다세포 소녀 원작 만화 출간!!

전국 서점가 최고의 화제작!

OCN 슈퍼액션 드라마 시리즈 방영!

왜? 사람들은 다세포 소녀에 주목하는가 !
상식을 뒤엎는 기발하고 엉뚱한 상상력!

『다세포 소녀』의 숨겨진 힘!!

다세포 소녀 원작만화 (전 5권 예정)
B급 달궁 글·그림 | 값 9,000원 / 부록 예이츠 시집

몇 페이지만 읽어도 좌중을 휘어잡을 이야깃거리가 넘쳐난다!
둔감해진 머리에 영감을 주는 아이디어가 마구마구 솟구친다!
원작을 더욱더 빛내주는 기발한 댓글 퍼레이드!
300만 다세포 폐인을 열광시킨 상식을 뒤엎는 엉뚱한 상상력!

또 하나의 이야기! 또 하나의 재미!
소설 『다세포 소녀』

초우 장편소설 | 값 9,000원 / 원작자 B급 달궁

"그건 모르겠고, 나는 외눈의 사랑이야. 사랑을 줄 수는 있어도 마주 할 수 없는 사랑이지. 두 눈을 가진 사람은 주고받을 수 있지만, 나는 주는 것만 할 수 있어. 나는 주는 사랑으로 족해. 외사랑이지."
－외눈박이

초등학생이 반드시 읽어야 할 좋은 책 49권

각 학년별로 초등학생이 반드시 읽어야할 좋은 책을
선정하여 통합논술의 기본이 되는 '올바른 독서법' 을
일깨워 줍니다.

교과서와 함께하는
초등학교 통합논술

초등1학년 | 값 12,000원 / 초등2학년 | 값 9,500원 / 초등3학년 | 값 11,000원 / 초등4학년 | 값 9,500원 / 초등5학년 | 값 9,500원 / 초등6학년 | 값 11,000원

♣ 혼자 할 수 있어요.

엄마가 책 읽는 방법을 가르쳐 주어도 좋아요.
독서지도하는 선생님이 가르쳐 주어도 좋답니다.
"초등 교과서와 함께하는 **통합논술 시리즈**"는
아이 스스로 독서할 수 있도록 꾸며진 책이에요.
엄마와 선생님은 요령만 가르쳐 주시면 된답니다.

♣ 교과서의 중요한 내용이 총정리되어 있어요.

각 학년별로 중요한 교과 내용이 함께 수록되어 있어요.
초등학생은 교과서 내용을 충실하게 공부해야합니다.
아울러 그와 병행한 독서가 대단히 중요하지요
"초등 교과서와 함께하는 **통합논술 시리즈**"는
두 가지 방법 모두 알려준답니다.

♣ 이 책은 훌륭하신 선생님들이 함께 쓰신 책이랍니다.

동화작가 선생님들이 쓰셨어요. 소설가 선생님도 쓰셨답니다.
국어 논술독서지도 선생님들도 함께 쓰셨지요.
"초등 교과서와 함께하는 **통합논술 시리즈**"는
엄마의 마음으로 모든 선생님들이 함께 꾸민 책이랍니다.

입소문을 통해 아는 분은 다 알고 계십니다!
올 한해 공인중개사 최고의 화제작!

1~2권 합본 | 이용훈 지음
3~4권 합본 | 이용훈 지음
5~6권 합본 | 이용훈 지음
용 어 해 설 | 이용훈 지음
1~2차 문제풀이집 | 이용훈 지음

수험생 기본 필독서
만화 공인중개사

제목 : 만화공인중개사 쓰신 분에게 감사드립니다.

학원을 두달 다녔어요. 근데 과연 그 숫자 와우기 그런게 몇 문제나 나올까 생각을 했어요.

아니라는 생각이 드네요. 학원강의를 뒤로 하고 서점을 갔어요. 내 머리에 가장 이해될 수 있는

책이 없나 하구요. 거기서 만화를 발견했어요. 무조건 세번 봤어요. 3개월 걸렸어요. 문제집을

보라고 했는데 그건 시행을 못했어요. 근데 합격을 했네요.

어떻게 감사의 말을 해야 될지…

도서관에서 만화책 들고 다니니까 사람들이 바웃더라구요. 만화책으로 공인중개사를 공부한

다고 미친사람처럼 보더라구요. 근데 그거 다 감수하고 했던 내가 자랑스럽습니다.

어떻게 감사의 말을 해야 할지 정말 감사합니다.

부디 행복하세요. 제 나이 41살에 좋은 스승을 만난 거 같습니다.

엎드려 감사드립니다.

-본사 홈페이지에 독자분이 올린 메일 中 에서 발췌-